汪曾祺

作者，一九九五年初于北京

汪曾祺

晚翠文谈

河南文艺出版社

凡例

一、《汪曾祺集》共十种，包括小说集四种：《邂逅集》、《晚饭花集》、《菰蒲深处》、《矮纸集》；散文集六种：《晚翠文谈》、《蒲桥集》、《旅食集》、《塔上随笔》、《逝水》、《独坐小品》。

二、全书均以初版本或初刊本为底本，参校各种文集及作者部分手稿、手校本。不论所据底本为何种形式，全书统一为简体横排。

三、底本误植者，或据校本，或据上下文可明确推断所误为何，由编者径改。异体字可见作者习惯者不做改动；通假字，方言用字，象声词，及外国人名、地名译法，仍存旧貌。

四、在早期作品中，作者习惯使用或现代文学创作中尚不规范的"的"、"地"、"得"、"做"、"作"、"撩天"等特殊用法，悉仍其旧。

五、意义完全相同的同一字，及同一人、地、物名，保持局部（限于一篇）统一。

六、作者原注、编者注统一随文注于当页页脚，编者注特别标出。

七、独立引文统一使用仿宋体，另行起排，段首缩进两字。

八、作者自注的创作时间，一律在文后以中文数字标注。

目录

自序

昆明云南大学的教授宿舍区有一处叫"晚翠园",月亮门的石额上刻着三个字,字是胡小石写的,很苍劲。我们那时常到云大去拍曲子,常穿过这个园。为什么叫"晚翠园"呢?是因为园里种了大概有二三十棵大枇杷树。《千字文》云:"枇杷晚翠",用的是这个典。这句话最初出在哪里,我就不知道了,实在是有点惭愧。不过《千字文》里的许多四个字一句的话不一定都有出处。比如"海咸河淡",只是眼面前的一句大实话,考查不出来源。"枇杷晚翠"也可能是这样的。这也是一句实话,只不过字面上似乎有点诗意,不像"海咸河淡"那样平常得有点令人发笑。枇杷的确是晚翠的。它是常绿的灌木,叶片大而且厚,革质,多大的风也不易把它们吹得掉下来。不但经冬不落,而且愈是雨余雪后，愈是绿得惊人。枇杷叶能止咳润肺。我们那里的中医处方，常用枇杷叶两片（去毛）作药引子。掐枇杷叶大都是我的事。我的老家的后园有一棵枇杷树。它没有结过一粒枇杷，却长得一树浓密的叶子。不论什么时候，走近去，一伸手，就能得到两片。回来，用纸媒子的头子，把叶片背面的茸毛搓掉，整片丢进药罐子，完事。枇杷还有一个特点，是花期极长。头年的冬天就开始著花。花冠淡黄白色，外披锈色的长毛，远看只是毛乎乎的一个疙瘩，极不起眼，甚至根本不像是花，不注意是不会发现的，不像桃花李花喊着叫着要人来瞧。结果也很慢。不知道什么时候，它的花落了，结了纽子大的绿色的果粒。你就等吧，要到端午节前它才成熟，变成一串一串淡黄色的圆球。枇杷呀，你结这么点果子，可真是费劲呀！

把近几年陆续写出的谈文学的短文编为一集，取个什么书名呢？想来想去，想出了一个《晚翠文谈》。这也像《千字文》一样，只是取其字面上有点诗意。这是"夫子自道"么？也可以说有那么一点。我自二十岁起，开始弄文学，蹉跎断续，四十余年，而发表东西比较多，则在六十岁以后，真也够"费劲"的。呜呼，可谓晚矣。晚则晚矣，翠则未必。

我把去年出的一本小说集命名为《晚饭花集》，现在又

2

把这本书名之曰《晚翠文谈》，好像我对"晚"字特别有兴趣。其实我并没有多少迟暮之思。我没有对失去的时间感到痛惜。我知道，即使我有那么多时间，我也写不出多少作品，写不出大作品，写不出有分量、有气魄、雄辩、华丽的论文。这是我的气质所决定的。一个人的气质，不管是由先天还是后天形成，一旦形成，就不易改变。人要有一点自知。我的气质，大概是一个通俗抒情诗人。我永远只是一个小品作家。我写的一切，都是小品。就像画画，画一个册页、一个小条幅，我还可以对付；给我一张丈二匹，我就毫无办法。中国古人论书法，有谓以写大字的笔法写小字，以写小字的笔法写大字的。我以为这不行。把寸楷放成擘窠大字，无论如何是不像样子的，——现在很多招牌匾额的字都是"放"出来的，一看就看得出来。一个人找准了自己的位置，就可以比较"事理通达，心气平和"了。在中国文学的园地里，虽然还不能说"有我不多，无我不少"，但绝不是"谢公不出，如苍生何"。这样一想，多写一点，少写一点，早熟或晚成（我的一个朋友的女儿曾跟我开玩笑，说"汪伯伯是'大器晚成'"），又有什么关系呢？我偶尔爱用"晚"字，并没有一点悲怨，倒是很欣慰的。我赶上了好时候。

三十多年来，我和文学保持一个若即若离的关系，有时甚至完全隔绝，这也有好处。我可以比较贴近地观察生活，又从一个较远的距离外思索生活。我当时没有想写东西，不需要赶任务，虽然也受错误路线的制约，但总还是比较自在，比较轻松的。我当然也会受到占统治地位的带有庸俗社会学色彩的文艺思想的左右，但是并不"应时当令"，较易摆脱，可以少走一些痛苦的弯路。文艺思想一解放，我年轻时读过的，受过影响的，解放后被别人也被我自己批判的一些中外作品在我的心里复苏了。或者照现在的说法，我对这些作品较易"认同"。我从弄文学以来，所走的路，虽然也有些曲折，但基本上能做到我行我素。经过三四十年缓慢的，有点孤独的思索，我对生活、对文学有我自己的一点看法，并且这点看法正像纽子大的枇杷果粒一样渐趋成熟。这也是应该的。否则的话，不白吃了这么多年的饭了么？我不否认我有我的思维方式，也有那么一点我的风格。但是我不希望我的思想凝固僵化，成了一个北京人所说的"老悖晦"。我愿意接受新观念、新思想，愿意和年轻人对话，——主要是听他们谈话。希望他们不对我见外。太原晋祠有泉曰"难老"。泉上有亭，傅山写了一块竖匾："永锡难老"。要"难老"，只有向青年学习。我看有的老作家对青年颇多指责，这也不是，那也不是，甚至大动肝火，只能说明他老了。我也许还不那么老，这是沾了我

"来晚了"的光。

这一集相当多的文章是写给青年作者看的。有些话倒是自己多年摸索的甘苦之言，不是零批转贩。我希望这里有点经验，有点心得。但是都是仅供参考，不是金针度人。孔子曰："以吾一日长乎尔，无吾以也。"

此集编排，未以文章写作、发表时间先后为序，而是按内容性质，分为四类：

第一辑是所谓"创作谈"；

第二辑是几篇文学评论；

第三辑是戏曲杂论；

第四辑是两篇民间文学论文。

"吾令羲和弭节兮，望崦嵫而勿迫"。套用孔乙己的一句话："晚乎哉，不晚也"，我还想再工作一个时期。

一九八六年八月十一日

序于蒲黄榆路寓楼

关于《受戒》

我没有当过和尚。

我的家乡有很多大大小小的庙。我的家乡没有多少名胜风景。我们小时候经常去玩的地方，便是这些庙。我们去看佛像。看释迦牟尼，和他两旁的侍者（有一个侍者岁数很大了，还老那么站着，我常为他不平）。看降龙罗汉、伏虎罗汉、长眉罗汉。看释迦牟尼的背后塑在墙壁上的"海水观音"。观音站在一个鳌鱼的头上，四周都是卷着漩涡的海水。我没有见过海，却从这一壁泥塑上听到了大海的声音。一个中小城市的寺庙，实际上就是一个美术馆。它同时又是一所公园。庙里大都有广庭、大树、高楼。我到现在还记得走上吱吱作响的楼梯，踏着尘土上印着清晰的黄鼠狼足迹的楼板时心里的轻微的紧张，记得凭栏一望后的畅快。

我写的那个善因寺是有的。我读初中时，天天从寺边经过。寺里放戒，一天去看几回。

我小时就认识一些和尚。我曾到一个人迹罕到的小庵里，去看过一个戒行严苦的老和尚。他年轻时曾在香炉里烧掉自己的两个指头，自号八指头陀。我见过一些阔和尚，那些大庙里的方丈。他们大都衣履讲究（讲究到令人难以相信），相貌堂堂，谈吐不俗，比县里的许多绅士还显得更有文化。事实上他们就是这个县的文化人。我写的那个石桥是有那么一个人的（名字我给他改了）。他能写能画，画法任伯年，书学吴昌硕，都很有可观。我们还常常走过门外，去看他那个小老婆。长得像一穗兰花。

我也认识一些以念经为职业的普通的和尚。我们家常做法事。我因为是长子，常在法事的开头和当中被叫去磕头；法事完了，在他们脱下袈裟，互道辛苦之后（头一次听见他们互相道"辛苦"，我颇为感动，原来和尚之间也很讲人情，不是那样冷淡），陪他们一起喝粥或者吃挂面。这样我就有机会看怎样布置道场，翻看他们的经卷，听他们敲击法器，对着经本一句一句地听正座唱"叹骷髅"（据说这一段唱词是苏东坡写的）。

我认为和尚也是一种人，他们的生活也是一种生活。

凡作为人的七情六欲，他们皆不缺少，只是表现方式不同而已。

一个偶然的机会，我在一个乡下的小庵里住了几个月，就住在小说里所写的"一花一世界"那几间小屋里。庵名我已经忘记了，反正不叫菩提庵。菩提庵是我因为小门上有那样一副对联而给它起的。"一花一世界"，我并不大懂，只是朦朦胧胧地感到一种哲学的美。我那时也就是明海那样的年龄，十七八岁，能懂什么呢。

庵里的人，和他们的日常生活，也就是我所写的那样。明海是没有的。倒是有一个小和尚，人相当蠢，和明海不一样。至于当家和尚拍着板教小和尚念经，则是我亲眼得见。

这个庄是叫庵赵庄。小英子的一家，如我所写的那样。这一家，人特别的勤劳，房屋、用具特别的整齐干净，小英子眉眼的明秀，性格的开放爽朗，身体姿态的优美和健康，都使我留下难忘的印象，和我在城里所见的女孩子不一样。她的全身，都发散着一种青春的气息。

我一直想写写在这小庵里所见到的生活，一直没有写。

怎么会在四十三年之后，在我已经六十岁的时候，忽然会写出这样一篇东西来呢？这是说不明白的。要说明一个作者怎样孕育一篇作品，就像要说明一棵树是怎样开出花来的一样的困难。

理智地想一下，因由也是有一些的。

一是在这以前，我曾经忽然心血来潮，想起我在三十二年前写的，久已遗失的一篇旧作《异秉》，提笔重写了一遍。写后，想：是谁规定过，解放前的生活不能反映呢？既然历史小说都可以写，为什么写写旧社会就不行呢？今天的人，对于今天的生活所从来的那个旧的生活，就不需要再认识认识吗？旧社会的悲哀和苦趣，以及旧社会也不是没有的欢乐，不能给今天的人一点什么吗？这样，我就渐渐回忆起四十三年前的一些旧梦。当然，今天来写旧生活，和我当时的感情不一样，正如同我重写过的《异秉》和三十二年前所写的感情也一定不会一样。四十多年前的事，我是用一个八十年代的人的感情来写的。《受戒》的产生，是我这样一个八十年代的中国人的各种感情的一个总和。

二是，前几个月，因为我的老师沈从文要编他的小说集，我又一次比较集中，比较系统的读了他的小说。我认为，他的小说，他的小说里的人物，特别是他笔下的那些农村的少女，三三、夭夭、翠翠，是推动我产生小英子这样一个形象的一种很潜在的因素。这一点，是我后来才意识到的。在写作过程中，一点也没有察觉。大概是有关系的。

4

我是沈先生的学生。我曾问过自己：这篇小说像什么？我觉得，有点像《边城》。

第三，是受了百花齐放的气候的感召。

试想一想：不用说十年浩劫，就是"十七年"，我会写出这样一篇东西么？写出了，会有地方发表么？发表了，会有人没有顾虑地表示他喜欢这篇作品么？都不可能的。那么，我就觉得，我们的文艺的情况真是好了，人们的思想比前一阵解放得多了。百花齐放，蔚然成风，使人感到温暖。虽然风的形成是曲曲折折的（这种曲折的过程我不大了解），也许还会乍暖还寒，但是我想不会。我为此，为我们这个国家，感到高兴。

这篇小说写的是什么？我在大体上有了一个设想之后，曾和个别同志谈过。"你为什么要写这样一篇东西呢？"当时我没有回答，只是带着一点激动说："我要写！我一定要把它写得很美，很健康，很有诗意！"写成后，我说：我写的是美，是健康的人性。美，人性，是任何时候都需要的。

人们都说，文艺有三种作用：教育作用，美感作用和认识作用。是的。我承认有的作品有更深刻或更明显的教育意义。但是我希望不要把美感作用和教育作用截然分开甚至对立起来，不要把教育作用看得太狭窄（我历来不赞成单纯娱乐性的文艺这种提法），那样就会导致题材的单调。美感作用同时也是一种教育作用。美育嘛。这二年重提美育，我认为是很有必要的。这是医治民族的创伤，提高青年品德的一个很重要的措施。我们的青年应该生活得更充实，更优美，更高尚。我甚至相信，一个真正能欣赏齐白石和柴可夫斯基的青年，不大会成为一个打砸抢分子。

我的作品的内在的情绪是欢乐的。我们有过各种创伤，但是我们今天应该快乐。一个作家，有责任给予人们一分快乐，尤其是今天（请不要误会，我并不反对写悲惨的故事）。我在写出这个作品之后，原本也是有顾虑的。我说过：发表这样的作品是需要勇气的。但是我到底还是拿出来了，我还有一点自信。我相信我的作品是健康的，是引人向上的，是可以增加人对于生活的信心的，这至少是我的希望。

也许会适得其反。

我们当然是需要有战斗性的，描写具有丰富的人性的现代英雄的，深刻而尖锐地揭示社会的病痛并引起疗救的注意的悲壮、宏伟的作品。悲剧总要比喜剧更高一些。我的作品不是，也不可能成为主流。

我从来没有说过关于自己作品的话。一个不长的短篇，也没有多少可说的话。《小说选刊》的编者要我写几句关于《受戒》的话，我就写了这样一些。写得不短，而且那样的直率，大概我的性格在变。

很多人的性格都在变。这好。

《大淖记事》是怎样写出来的

　　一个作品写出来了，作者要说的话都说了。为什么要写这个作品，这个作品是怎么写出来的，都在里面。再说，也无非是重复，或者说些题外之言。但是有些读者愿意看作者谈自己的作品的文章，——回想一下，我年轻时也喜欢读这样的文章，以为比读评论更有意思，也更实惠，因此，我还是来写一点。

　　大淖是有那么一个地方的。不过，我敢说，这个地方是由我给它正了名的。去年我回到阔别了四十余年的家乡，见到一位初中时期教过我国文的张老师，他还问我："你这个淖字是怎样考证出来的？"我们小时做作文、记日记，常常要提到这个地方，而苦于不知道该怎样写。一般都写作"大脑"，我怀疑之久矣。这地方跟人的大脑有什么关系呢？后来到了张家口坝上，才恍然大悟：这个字原来应该这样写！坝上把大大小小的一片水都叫做"淖儿"。这是蒙古话。坝上蒙古人多，很多地名都是蒙古话。后来到内蒙走过不少叫做"淖儿"的地方，越发证实了我的发现。我的家乡话没有儿化字，所以径称之为淖。至于"大"，是状语。"大淖"是一半汉语，一半蒙语，两结合。我为什么念念不忘地要去考证这个字，为什么在知道淖字应该怎么写的时候，心里觉得很高兴呢？是因为我很久以前就想写写大淖这地方的事。如果写成"大脑"，在感情上是很不舒服的。——三十多年前我写的一篇小说里提到大淖这个地方，为了躲开这个"脑"字，只好另外改变了一个说法。

我去年回乡，当然要到大淖去看看。我一个人去走了几次。大淖已经几乎完全变样了。一个造纸厂把废水排到这里，淖里是一片铁锈颜色的浊流。我的家人告诉我，我写的那个沙洲现在是一个种鸭场。我对着一片红砖的建筑（我的家乡过去不用红砖，都是青砖），看了一会。不过我走过一些依河而筑的不整齐的矮小房屋，一些才可通人的曲巷，觉得还能看到一些当年的痕迹。甚至某一家门前的空气特别清凉，这感觉，和我四十年前走过时也还是一样。

我的一些写旧日家乡的小说发表后，我的乡人问过我的弟弟："你大哥是不是从小带一个本本，到处记？——要不他为什么能记得那么清楚呢？"我当然没有一个小本本。我那时才十几岁，根本没有想到过我日后会写小说。便是现在，我也没有记笔记的习惯。我的笔记本上除了随手抄录一些所看杂书的片断材料外，只偶尔记下一两句只有我自己看得懂的话，——一点印象，有时只有一个单独的词。

小时候记得的事是不容易忘记的。

我从小喜欢到处走，东看看，西看看（这一点和我的老师沈从文有点像）。放学回来，一路上有很多东西可看。路过银匠店，我走进去看老银匠在模子上敲打半天，敲出一个用来钉在小孩的虎头帽上的小罗汉。路过画匠店，我歪着脑袋看他们画"家神菩萨"或玻璃油画福禄寿三星。路过竹厂，看竹匠把竹子一头劈成几杈，在火上烤弯，做成一张一张草筢子……多少年来，我还记得从我的家到小学的一路每家店铺、人家的样子。去年回乡，一个亲戚请我喝酒，我还能清清楚楚把他家原来的布店的店堂里的格局描绘出来，背得出白色的屏门上用蓝漆写的一副对子。这使他大为惊奇，连说："是的是的。"也许是这种东看看西看看的习惯，使我后来成了一个"作家"。

我经常去"看"的地方之一，是大淖。

大淖的景物，大体就是像我所写的那样。居住在大淖附近的人，看了我的小说，都说"写得很像"。当然，我多少把它美化了一点。比如大淖的东边有许多粪缸（巧云家的门外就有一口很大的粪缸），我写它干什么呢？我这样美化一下，我的家乡人是同意的。我并没有有闻必录，是有所选择的。大淖岸上有一块比通常的碾盘还要大得多的扁圆石头，人们说是"星"——陨石，以与故事无关，我也割爱了（去年回乡，这个"星"已经不知搬到哪里去了）。如果写这个星，就必然要生出好些文章。因为它目标很大，引人注目，结果又与人事毫不相干，岂非"冤"了读者一下？

　　小锡匠那回事是有的。像我这个年龄的人都还记得。我那时还在上小学，听说一个小锡匠因为和一个保安队的兵的"人"要好，被保安队打死了，后来用尿碱救过来了。我跑到出事地点去看，只看见几只尿桶。这地方是平常日子也总有几只尿桶放在那里的，为了集尿，也为了方便行人。我去看了那个"巧云"（我不知道她的真名叫什么），门半掩着，里面很黑，床上坐着一个年轻女人，我没有看清她的模样，只是无端地觉得她很美。过了两天，就看见锡匠们在大街上游行。这些，都给我留下很深的印象，使我很向往。我当时还很小，但我的向往是真实的。我当时还不懂高尚的品质、优美的情操这一套，我有的只是一点向往。这点向往是朦胧的，但也是强烈的。这点向往在我的心里存留了四十多年，终于促使我写了这篇小说。

大淖的东头不大像我所写的一样。真实生活里的巧云的父亲也不是挑夫。挑夫聚居的地方不在大淖而在越塘。越塘就在我家的巷子的尽头。我上小学、初中时每天早晨、傍晚都要经过那里。星期天，去钓鱼。暑假时，挟了一个画夹子去写生。这地方我非常熟。挑夫的生活就像我所写的那样。街里的人对挑夫是看不起的，称之为"挑篓把担"的。便是现在，也还有这个说法。但是我真的从小没有对他们轻视过。

越塘边有一个姓戴的轿夫，得了血丝虫病——象腿病。抬轿子的得了这种最不该得的病，就算完了，往后的日子还怎么过呢？他的老婆，我每天都看见，原来是个有点邋遢的女人，头发黄黄的，很少梳得整齐的时候，她大概身体不太好，总不大有精神。丈夫得了这种病，她怎么办呢？有一天我看见她，真是焕然一新！她完全变成了另外一个人，头发梳得光光的，衣服很整齐，显得很挺拔，很精神。尤其使我惊奇的，是她原来还挺好看。她当了挑夫了！一百五十斤的担子挑起来嚓嚓地走，和别的男女挑夫走在一列，比谁也不弱。

这个女人使我很惊奇。经过四十多年，神使鬼差，终于使我把她的品行性格移到我原来所知甚少的巧云身上（挑夫们因此也就搬了家）。这样，原来比较模糊的巧云的形象就比较充实，比较丰满了。

这样，一篇小说就酝酿成熟了。我的向往和惊奇也就有了着落。至于这篇小说是怎样写出来的，那真是说不清，只能说是神差鬼使，像鲁迅所说"思想中有了鬼似的"。我只是坐在沙发里东想想，西想想，想了几天，一切就比较明确起来了，所需用的语言、节奏也就自然形成了。一篇小说已经有在那里，我只要把它抄出来就行了。但是写出来的契因，还是那点向往和那点惊奇。我以为没有那么一点东西是不行的。

各人的写作习惯不一样。有人是一边写一边想，几经改削，然后成篇。我是想得相当成熟了，一气写成。当然在写的过程中对原来所想的还会有所取舍，如刘彦和所说："殆乎篇成，半折心始。"也还会写到那里，涌出一些原来没有想到的细节，所谓"神来之笔"，比如我写到"十一子微微听见一点声音，他睁了睁眼。巧云把一碗尿碱汤灌进了十一子的喉咙"之后，忽然写了一句：

"不知道为什么，她自己也尝了一口。"

这是我原来没有想到的。只是写到那里，出于感情的需要，我迫切地要写出这一句（写这一句时，我流了眼泪）。我的老师沈从文教我们写作，常说"要贴到人物来写"，很多人不懂他这句话。我的这一个细节也许可以给沈先生的话作一注脚。在写作过程中要随时紧紧贴着人物，用自己的心，自己的全部感情。什么时候自己的感情贴不住人物，大概人物也就会"走"了，飘了，不具体了。

几个评论家都说我是一个风俗画作家。我自己原来没有想过。我是很爱看风俗画。十六七世纪的荷兰画派的画，日本的浮世绘，中国的货郎图、踏歌图……我都爱看。讲风俗的书，《荆梦岁时记》、《东京梦华录》、《一岁货声》……我都爱看。我也爱读竹枝词。我以为风俗是一个民族集体创作的生活抒情诗。我的小说里有些风俗画成分，是很自然的。但是不能为写风俗而写风俗。作为小说，写风俗是为了写人。有些风俗，与人的关系不大，尽管它本身很美，也不宜多写。比如大淖这地方放过荷灯，那是很美的。纸制的荷花，当中安一段浸了桐油的纸捻，点着了，七月十五的夜晚，放到水里，慢慢地漂着，经久不熄，又凄凉又热闹，看的人疑似离开真实生活而进入一种飘渺的梦境。但是我没有把它写入《记事》，——除非我换一个写法，把巧云和十一子的悲喜和放荷灯结合起来，成为故事不可缺少的部分，像沈先生在《边城》里所写的划龙船一样。这本是不待言的事，但我看了一些青年作家写风俗的小说，往往与人物关系不大，所以在这里说一句。

对这篇小说的结构，有两种不同的意见。一种以为前面（不是直接写人物的部分）写得太多，有比例失重之感。另一种意见，以为这篇小说的特点正在其结构，前面写了三节，都是记风土人情，第四节才出现人物。我于此有说焉。我这样写，自己是意识到的。所以一开头着重写环境，是因为"这里的一切和街里不一样"，"这里的人也不一样。他们的生活，他们的风俗，他们的是非标准、伦理道德观念和街里的穿长衣念过'子曰'的人完全不同"。只有在这样的环境里，才有可能出现这样的人和事。有个青年作家说："题目是《大淖记事》，不是《巧云和十一子的故事》，可以这样写。"我倾向同意她的意见。

我的小说的结构并不都是这样的。比如《岁寒三友》，开门见山，上来就写人。我以为短篇小说的结构可以是各式各样的。如果结构都差不多，那也就不成其为结构了。

一九八二年五月二十六日

关于《虐猫》

关于《虐猫》，本来没有多少话好说。小说才那么一点儿，可以印在一张明信片上。

小说是写"文化大革命"的，是寄给"文化大革命"的一张生日卡。

这篇小说大概写于一九八六年，其时离"文化大革命"结束已经十年了。但是人们没有忘记"文化大革命"。"文化大革命"的许多事值得我们不断反思。这篇小说可以说是"反思文学"。

"文化大革命"最大的损失是人的毁坏，人性的毁坏。人怎么会变得这样自私，这样怯懦，并从极端的自私、怯懦之中滋生出那么多的野蛮、邪恶和人类最坏的品德——残忍呢？为什么在我们的民族心理上会发生那样大面积的坏死？这次浩劫是民族劣根性的大暴露。整个民族都发了疯，中了邪。只有极少数人还能保存他们的良知。我们是"文化大革命"过来人，对这场浩劫的前因后果到现在还不能有深层的认识。后来者，比如现在的中学生，就更会觉得完全不可思议。

我没有正面写"文化大革命"，我只是从一个很小的侧面，并在几度折射下反映了一点浩劫小景，写"文化大革命"对孩子心灵的毒害，写他们本来是纯洁无瑕的性格怎样被扭曲，被摧毁。

孩子如此，大人可知。

几个孩子到处捉猫，把猫从六楼扔下来，是真事，就发生在我原来的宿舍楼里。我亲眼看见过他们用绳子把猫拉回来。他们用各种方法"玩"猫，有的是从别处移借来的。用乳胶把猫的爪子粘在药瓶的盖子里，这种恶作剧倒不是孩子想出来的，是一个大人，一个年轻的干部，并且我听到他的"发明"是在"文化大革命"之后。"桀之恶，不如是其甚也。"写小说，总要有所虚构，有所集中。

他们毕竟是孩子。孩子是无辜的。责任在大人。我即使在写这些孩子的邪恶行径时，也还在字里行间写了他们一点可爱之处，一点"童趣"。

我原来的宿舍楼是有人跳过楼（这在"文化大革命"中

是极普通的事），但不是小说中所写的李小斌的父亲。把他写成李小斌的父亲是为了刺激李小斌和这几个孩子的觉醒。

"李小斌、顾小勤、张小涌、徐小进没有把大花猫从六楼上往下扔，他们把猫放了。"他们在罪恶里陷得还不是那样深，他们的人性回归得比较早。他们是有希望的。

我们这个民族是有希望的。

希望，是这篇小说的"内思想"。因此，它不同于一般意义上的"伤痕文学"。

这篇小说篇幅很小。要使小说写得很"小"，一是能不说的话，就不说；二是作者要控制自己的感情，在叙述语言上要尽量冷静，不要带很多感情色彩，尽量说得平平淡淡，好像作者完全无动于衷。越是好像无动于衷，才能使读者感觉出作家其实是有很深的感触的。

一九九一年十月二十二日

《职业》自赏

　　作家在谈到自己的作品时总要谦虚一番，很少称为"自赏"的。这又何必。庄子云："如鱼饮水，冷暖自知"，一个人写作时有过什么激动，在作品里倾注了什么样的感情，是不是表达了想要表达的东西，是不是恰到好处，可以"提刀却立，四顾踌躇"，这只有作家自己感受最深。那么"自赏"一下，有何不可？

　　有不少人问我："你自己最满意的小说是哪几篇？"这倒很难回答。我只能老实说：大部分都比较满意。"哪一篇最满意？"一般都以为《受戒》、《大淖记事》是我的"代表作"，似乎已有定评，但我的回答出乎一些人的意外：《职业》。

　　山西的评论家兼小说家李国涛，说我最好的小说是《职业》。有一位在新疆教古典文学的教授说他每读《职业》的结尾都要流泪。这使我觉得很欣慰。

《职业》是一篇旧作，近半个世纪中，我曾经把它改写过三次，直至八十年代，又写了一次，才算定稿。

为什么我要把这篇短短的小说（我很反对"小小说"这种提法）不厌其烦地一再改写呢？

第四稿交给《人民文学》后，刘心武说："为什么这样短的小说用这样大的题目？"他读了原稿，说："是得用这样大的题目。"

职业是对人的框定，是对人的生活无限可能的限制，是对自由的取消。一个人从事某种职业，就会死在这个职业里，他的衣食住行，他的思想，全都是职业化了的。

小说中那个卖"椒盐饼子西洋糕"的孩子是一个真人。我在昆明的文林街每天可以看到他。我最初只是对他有点怜悯：一个十一二岁的孩子，"学龄儿童"，却过早地从事职业，为了养家。他的童年是没有童年的童年，他在暂时摆脱他的职业时高喊了一声街上的孩子摹仿他的叫卖声，是一种自我调侃，一种浸透苦趣的自我调侃。同时，这也是对于被限制的生活的抗议。

第四稿我增写了一些别的叫卖，作为这个卖椒盐饼子西洋糕的叫卖声音的背景。有的脆亮，有的苍老，也有卖杨梅和玉麦粑粑的苗族女孩子娇嫩的声音。这样是为了注入更多的生活气息。这样，小说的主题就比原来拓宽了，也深化了。从童年的失去，扩展成为：

人世多苦辛。

《汪曾祺短篇小说选》自序

近年来有人称我为老作家了，这对我是新鲜事。老则老矣，已经六十一岁；说是作家，则还很不够。我多年来不觉得我是个作家。我写得太少了。

我写小说，是断断续续，一阵一阵的。开始写作的时间倒是颇早的。第一篇作品大约是一九四〇年发表的。那是沈从文先生所开"各体文习作"课上的作业，经沈先生介绍出去的。大学时期所写，都已散失。此集中所收的第一篇《复仇》，可作为那一时期的一个代表，虽然写成时我已经离开大学了。一九四六、四七年在上海，写了一些，编成一本《邂逅集》。此集的前四篇即选自《邂逅集》。这次编集时都作了一些修改，但基本上保留了原貌。解放后长期担任编辑，未写作。一九五七年偶然写了一点散文和散文诗。一九六一年写了《羊舍一夕》。因为少年儿童出版社约我出一个小集子（听说是萧也牧同志所建议），我又接着写了两篇。一九七九年到一九八一年写得多一些，这都是几个老朋友怂恿的结果。没有他们的鼓励、催迫，甚至责备，我也许就不会再写小说了。深情厚谊，良可感念，于此谢之。

我的一些小说不大像小说，或者根本就不是小说。有些只是人物素描。我不善于讲故事。我也不喜欢太像小说的小说，即故事性很强的小说。故事性太强了，我觉得就不大真实。我的初期的小说，只是相当客观地记录对一些人的印象，对我所未见到的，不了解的，不去以意为之作过多的补充。后来稍稍展开一些，有较多的虚构，也有一点点情节。

有人说我的小说跟散文很难区别，是的。我年轻时曾想打破小说、散文和诗的界限。《复仇》就是这种意图的一个实践。后来在形式上排除了诗，不分行了，散文的成分是一直明显地存在着的。所谓散文，即不是直接写人物的部分。不直接写人物的性格、心理、活动。有时只是一点气氛。但我以为气氛即人物。一篇小说要在字里行间都浸透了人物。作品的风格，就是人物性格。

我的小说的另一个特点是：散。这倒是有意为之。我不喜欢布局严谨的小说，主张信马由缰，为文无法。苏轼说："大略如行云流水，初无定质；但常行于所当行，常止于所不可不止。文理自然，姿态横生"（《答谢民师书》）；又说："吾文如万斛泉源，不择地而出，在平地滔滔汩汩，虽一日千里无难。及其与山石曲折，随物赋形而不可知也"（《文说》）。虽不能至，心向往之。

我的小说的题材，大都是不期然而遇，因此我把第一个集子定名为"邂逅"。因此，我的创作无计划可言。今后写什么，一点不知道。但如果身体还好，总还能再写一点吧。恐怕也还是断断续续，一阵一阵的。

是为序。

一九八一年四月二十二日

《汪曾祺自选集》自序

承漓江出版社的好意，约我出一个自选集。我略加考虑，欣然同意了。因为，一则我出过的书市面上已经售缺，好些读者来信问哪里可以买到，有一个新的选集，可以满足他们的要求；二则，把不同体裁的作品集中在一起，对想要较全面地了解我的读者和研究者方便一些，省得到处去搜罗。

自选集包括少量的诗，不多的散文，主要的还是短篇小说。评论文章未收入，因为前些时刚刚编了一本《晚翠文谈》，交给了浙江出版社，手里没有存稿。

我年轻时写过诗，后来很长时间没有写。我对于诗只有一点很简单的想法。一个是希望能吸收中国传统诗歌的影响（新诗本身是外来形式，自然要吸收外国的，——西方的影响)。一个是最好要讲一点韵律。诗的语言总要有一点音乐性,这样才便于记诵,不能和散文完全一样。

我的散文大都是记叙文。间发议论,也是夹叙夹议。我写不了像伏尔泰、叔本华那样闪烁着智慧的论著,也写不了蒙田那样渊博而优美的谈论人生哲理的长篇散文。我也很少写纯粹的抒情散文。我觉得散文的感情要适当克制。感情过于洋溢,就像老年人写情书一样,自己有点不好意思。我读了一些散文,觉得有点感伤主义。我的散文大概继承了一点明清散文和"五四"散文的传统。有些篇可以看出张岱和龚定庵的痕迹。

我只写短篇小说,因为我只会写短篇小说。或者说,我只熟悉这样一种对生活的思维方式。我没有写过长篇,因为我不知道长篇小说为何物。长篇小说当然不是篇幅很长的小说,也不是说它有繁复的人和事,有纵深感,是一个具有历史性的长卷……这些等等。我觉得长篇小说是另外一种东西。什么时候我摸得着长篇小说是什么东西,我也许会试试。我没有写过中篇(外国没有"中篇"这个概念)。我的小说最长的一篇大约是一万七千字。有人说,我的某些小说,比如《大淖记事》稍为抻一抻就是一个中篇。我很奇怪:为什么要抻一抻呢?抻一抻,就会失去原来的完整,原来的匀称,就不是原来那个东西了。我以为一篇小说未产生前，即已有此小说的天生的形式在，好像宋儒所说的未有此事物，先有此事物的"天理"。我以为一篇小说是不能随便抻长或缩短的。就像一个苹果，既不能把它压小一点，也不能把它泡得更大一点。压小了，泡大了，都不成其为一个苹果。宋玉说东邻之处子，增之一分则太长，减之一分则太短，施朱则太赤，敷粉则太白，说的虽然绝对了一些，但是每个作者都应当希望自己的作品修短相宜，浓淡适度。当他写出了一个作品，自己觉得：嘿，这正是我希望写成的那样，他就可以觉得无憾。一个作家能得到的最大的快感，无非是这点无憾，如庄子所说："提刀而立，为之四顾，为之踌躇满志。"否则，一个作家当作家，当个什么劲儿呢？

我的小说的背景是：我的家乡高邮、昆明、上海、北京、张家口。因为我在这几个地方住过。我在家乡生活到十九岁，在昆明住了七年，上海住了一年多，以后一直住在北京，——当中到张家口沙岭子劳动了四个年头。我的以这些不同地方为背景的小说，大都受了一些这些地方的影响，风土人情；语言——包括叙述语言，都有一点这些地方的特点。但我不专用这一地方的语言写这一地方的人事。我不太同意"乡土文学"的提法。我不认为我写的是乡土文学。有些同志所主张的乡土文学，他们心目中的对立面实际上是现代主义，我不排斥现代主义。

我写的人物大都有原型。移花接木，把一个人的特点安在另一个人的身上，这种情况是有的。也偶尔"杂取种种人"，把几个人的特点集中到一个人的身上。但多以一个人为主。当然不是照搬原型。把生活里的某个人原封不动地写到纸上，这种情况是很少的。对于我所写的人，会有我的看法，我的角度，为了表达我的一点什么"意思"，会有所夸大，有所削减，有所改变，会加入我的假设，我的想象，这就是现在通常所说的主体意识。但我的主体意识总还是和某一活人的影子相粘附的。完全从理念出发，虚构出一个或几个人物来，我还没有这样干过。

重看我的作品时，我有一点奇怪的感觉：一个人为什么要成为一个作家呢？这多半是偶然的，不是自己选择的。不像是木匠或医生，一个人拜师学木匠手艺，后来就当木匠；读了医科大学，毕业了就当医生。木匠打家具，盖房子；医生给人看病。这都是实实在在的事。作家算干什么的呢？我干了这一行，最初只是对文学有一点爱好，爱读读文学作品，——这种人多了去了！后来学着写了一点作品，发表了，但是我很长时期并不意识到我是一个"作家"。现在我已经得到社会承认，再说我不是作家，就显得矫情了。这样我就不得不慎重地考虑考虑：作家在社会分工里是干什么的？我觉得作家就是要不断地拿出自己对生活的看法，拿出自己的思想、感情，——特别是感情的那么一种人。作家是感情的生产者。那么，检查一下，我的作品所包涵的是什么样的感情？我自己觉得：我的一部分作品的感情是忧伤，比如《职业》、《幽冥钟》；一部分作品则有一种内在的欢乐，比如《受戒》、《大淖记事》；一部分作品则由于对命运的无可奈何转化出一种常有苦味的嘲谑，比如《云致秋行状》、《异秉》。在有些作品里这三者是混合在一起的，比较复杂。但是总起来说，我是一个乐观主义者。对于生活，我的朴素的信念是：人类是有希望的，中国是会好起来的。我自觉地想要对读者产生一点影响的，也正是这点朴素的信念。我的作品不是悲剧。我的作品缺乏崇高的、悲壮的美。我所追求的不是深刻，而是和谐。这是一个作家的气质所决定的，不能勉强。

重看旧作，常常会觉得：我怎么会写出这样一篇作品来的？——现在叫我来写，写不出来了。我的女儿曾经问我："你还能写出一篇《受戒》吗？"我说："写不出来了。"一个人写出某一篇作品，是外在的、内在的各种原因造成的。我是相信创作是有内部规律的。我们的评论界过去很不重视创作的内部规律，创作被看作是单纯的社会现象，其结果是导致创作缺乏个性。有人把政治的、社会的因素都看成是内部规律，那么，还有什么是外部规律呢？这实际上是抹煞内部规律。一个人写成一篇作品，是有一定的机缘的。过了这个村，没有这个店。为了让人看出我的创作的思想脉络，各辑的作品的编排，大体仍以写作（发表）的时间先后为序。

严格地说，这个集子很难说是"自选集"。"自选集"应该是从大量的作品里选出自己认为比较满意的。我不能做到这一点。一则是我的作品数量本来就少，挑得严了，就更会所剩无几；二则，我对自己的作品无偏爱。有一位外国的汉学家发给我一张调查表，其中一栏是："你认为自己最具有代表性的作品是哪几篇"，我实在不知道如何填。我的自选集不是选出了多少篇，而是从我的作品里剔除了一些篇。这不像农民田间选种，倒有点像老太太择菜。老太太择菜是很宽容的，往往把择掉的黄叶、枯梗拿起来再看看，觉得凑合着还能吃，于是又搁回到好菜的一堆里。常言说：拣到篮里的都是菜。我的自选集就有一点是这样。

一九八六年十二月十四日
序于北京蒲黄榆路寓居

《汪曾祺自选集》重印后记

漓江出版社要重印《汪曾祺自选集》，建议改名为《受戒》，而以《汪曾祺自选集》为副题。我同意。

我觉得我还是个挺可爱的人，因为我比较真诚。

重读一些我的作品，发现：我是很悲哀的。我觉得，悲哀是美的。当然，在我的作品里可以发现对生活的欣喜。弘一法师临终的偈语："悲欣交集"，我觉得，我对这样的心境，是可以领悟的。

我的作品有读者，我真是一则以喜，一则以惧。我给了读者一些什么？我说过我希望我的作品有益于世道人心，我做到了么？能够做到么？

我算是个"有影响"的作家了。所谓影响，主要是对青年作家的影响。我影响了他们什么？是对生活的、文学的态度，还是仅仅是语言、技巧、韵味？

最近应人之请，写了一篇短文，读二十一世纪的文学。我认为本世纪的中国文学，翻来覆去，无非是两方面的问题：现实主义和现代主义；继承民族传统与接受西方影响。几年前，我曾在一次关于我的作品的讨论会上提出，回到现实主义，回到民族传统。我说：这种现实主义是容纳各种流派的现实主义；这种民族传统是对外来文化的精华兼收并蓄的民族传统。现实主义和现代主义可以并存，并且可以溶合；民族传统与外来影响（主要是西方影响）并不矛盾。二十一世纪的文学也许是更加现实主义的，也更加现代主义的；更多的继承民族文化，也更深更广地接受西方影响的。

我今年七十一岁，也许还能再写作十年。这十年里我将更有意识地吸收西方现代文学的影响。

我相信二十一世纪的中国文学将是辉煌的。

一九九一年五月十三日

《茱萸集》题记

　　《小学校的钟声》一九四六年在《文艺复兴》发表时，有一个副题："茱萸小集之一"。原来想继续写几篇，凑一个小集子。后来不知道为什么没有写下去，于是就只有"之一"，"之二"、"之三"都无消息了。现在要编一本给台湾乡亲看的集子，想起原拟的集名，因为篇数不算少，去掉一个"小"字，题为《茱萸集》。这也算完了一笔陈年旧帐。

　　当初取名《茱萸小集》原也没有深意。我只是对这种植物，或不如说对这两个字的字形有兴趣。关于茱萸的典故是大家都知道的。《续齐谐记》："费长房谓桓景曰：'九月九日，汝家有灾，急令家人各作绛囊盛茱萸系臂，登高，饮菊花酒。'"王维的诗也是大家都知道的："遥知兄弟登高处，遍插茱萸少一人。"我取茱萸为集名时自然也想到这些，有点怀旧的情绪，但这和小说的内容没有直接的关联。如果读者于此有所会心，自也不妨，但这不是我的本心。

我是江苏高邮人。关于我的家乡，外乡人所知道的，大概只有两件事。一是出过一个秦少游；二是出双黄鸭蛋。一九三九年，到昆明考入西南联大，读中国文学系，是沈从文先生的及门弟子。离校后教了几年中学。一九四九年以后，当了相当长时间的文学刊物的编辑。一九六二年起在北京京剧院担任京剧编剧，至今尚未离职。

我一九四〇年开始发表作品，当时我二十岁。大学时期所写诗文都已散佚。此集的第一篇《小学校的钟声》可以作为那一时期的代表。这篇东西大约写于一九四五年。一九四八年，我在巴金先生主编的文学丛刊中出过一本《邂逅集》。以后写作，一直是时断时续。一九六二年出过一本《羊舍的夜晚》。一九八二年出过一本《汪曾祺短篇小说选》，一九八五年出过小说集《晚饭花集》。近期将出版谈创作的文集《晚翠文谈》、《汪曾祺自选集》。散文尚未成集，须俟明春。

我的小说在中国当代文学中可以视为"别裁伪体"。我年轻时有意"领异标新"。中年时曾说过："凡是别人那样写过的，我就绝不再那样写。"现在我老了，我已无意把自己的作品区别于别人的作品。我的作品倘与别人有什么不同，只是因为我不会写别人那样的作品。

我希望台湾的读者能喜欢我的小说。

一九八七年八月下旬北京

自序①

　　我曾在一篇谈我的作品的小文中说过：我的作品不是，也不可能是中国当代文学的主流。我觉得这样说是合乎实际的，不是谦虚。"主流"是什么？我说不清楚，也不想说。我只是想：我悄悄地写，读者悄悄地看，就完了。我不想把自己搞得很响亮。这是真话。

　　我年轻时曾受过西方的、现代主义文学的影响。但是我已经六十七岁了。我经历过生活中的酸甜苦辣，春夏秋冬，我从云层回到地面。我现在的文学主张是：回到民族传统，回到现实主义。

---

　　① 此序或为作者台湾版小说集《寂寞和温暖》所写，但其书未采用。——编者注

36

一位公社书记曾对我说：有一天，他要主持一个会，收拾一下会场。发现会议桌的塑料台布上有一些用圆珠笔写的字。昨天开过大队书记的会。这些字迹是两位大队书记写的。他们对面坐着，一人写一句。这位公社书记细看了一下，原来这两位大队书记写的是我的小说《受戒》里明海和小英子的对话。他们能一字不差地默写出来。这件事使我很感动。我想：写作是件严肃的事。我的作品到底能在精神上给读者一些什么呢？

我想给读者一点心灵上的滋润。杜甫有两句形容春雨的诗："随风潜入夜，润物细无声。"我希望我的小说能产生这样的作用。

一九八七年九月二十日于爱荷华

《汪曾祺小品》自序

　　我没有想过把我写的非小说散文归一归类，没想过哪些算是小品文，哪些不算。我在写作的时候，思想里甚至没有浮现过"小品文"这个名词。什么是"小品文"，也很难界定。

　　提起"小品文"很容易让人想起"晚明小品"。"晚明小品"是特定的历史时期的产物，是一种文化现象，社会现象，反映了明季的知识分子的心态。其次才是在文体方面的影响。我们现在说"晚明小品"，多着重在其文体，其实它的内涵要更深更广得多。我们今天所说的"小品"和"晚明小品"有质的不同。可以说"小品文"这个概念不是从"晚明小品"沿袭来的。西班牙的阿左林的一些充满人生智慧的短文，其实是诗，虽然也叫做小品。现在所说的"小品文"的概念是从英国的 Essay 移植过来的。Essay 亦称"小论文",是和严肃的学术著作相对而言的。小品文对某个现象,某种问题表示一定的见解。《辞海》说小品文往往"夹叙夹议的讲一些道理"是对的。这些见解不一定深刻,但一定要是个人的见解。我现在就按照这样的标准来编选这本书。

我没有研究过现代文学史,但觉得小品文在中国的名声似乎不那么好。其罪名是悠闲。中国现代小品文的兴起,大概是在三十年代。其时正是强邻虎视,国事蝴蝶的时候,悠闲总是不好。悠闲使人脱离现实,使人产生消极的隐逸思想。有人为之辩护,说这是"寄沉痛于悠闲",骨子里是积极的,是有所不为的。这自然也有道理。但是总还是悠闲。其实悠闲并没有什么错,即使并不寄寓沉痛。因为怕被人扣上悠闲的帽子,四十年代写小品文的就不多,五十年代简直就没有什么人写了。"小品文"一直带着洗不清的泥渍,若隐若现。小品文的重新"崛起",是近十年的事。这是因为什么呢?

小品文崛起这个文学现象,是和另一个更大的文学现象,即散文的振兴密不可分的。小品文是散文的组成部分,如果其他散文体裁不兴旺,只是小品文一枝独秀,是不可能的。为什么读者对散文感兴趣?我在《蒲桥集》再版后记中说："这大概有很深刻、很复杂的社会原因和文学原因。生活的不安定是一个原因。喧嚣扰攘的生活使大家的心情变得很浮躁，很疲劳，活得很累，他们需要休息，'民亦劳止，迄迄小休'，需要安慰，需要一点清凉，一点宁静，或者像我以前说过的那样，需要'滋润'。"小品文可以使读者得到一点带有文化气息的，健康的休息。小品文为人所爱读，也许正因为悠闲。小品文可以使读者增长一点知识，虽然未必有用。至于其中所讲的"道理"，当然是可听可不听的。

在小品文的作者自己，是可以有点事做。独居终日，无所事事，总不是事。写写小品文，对宇宙万汇，胡思乱想一气，可以感觉到自己像个人似的活着，感到自己的存在。写小品文对自己的思想是个磨练，流水不腐，可以避免思想僵化。人不可懒，尤其不可懒于思想，如果能保持对事物的新鲜感，思想敏锐，亦是延年却老之一法。人是得有点事做，孔子曰："不有博弈者乎，为之犹贤乎已。"另外，为了写小品文，有时就得翻翻资料，读一点书。朱光潜先生曾说过：为了写文章而读书，比平常读书，可以读得更深，是经验之谈。朱自清先生曾把他的书斋命名为"犹贤博弈斋"，魏建功先生曾名他的书斋为"学无不暇簃"，学无不暇，贤于博弈，是我写小品文的态度。

是为序。

　　　　　　　　　一九九二年四月二十二日

捡石子儿

——《中国当代作家选集丛书·汪曾祺》代序

承人民文学出版社的好意，要出我一本选集，我很高兴。我出过的几本书，印数都很少，书店里买不到。很多人到我这里来要。我的存书陆续送人，所剩无几，已经见了缸底了。有一本新书，可以送送人。当然，还可以有一点稿费。

一本二十多万字的书，好像总得有一篇序什么的，不然就太秃了。因此，写几句。都是与本书有关的，不准备扯得太远。

都是些平平常常的话。

我以前外出，喜欢捡一些石头子儿。在海边，在火山湖畔，在沙滩上、沙漠上，倒都是精心挑选的，当时觉得很新鲜。但是带回来之后看看，就失去了新鲜感，都没有多大意思。后来，我的孙女拿去过家家了。剩几颗，压水仙头。最后，都不知下落，没有了。也并不可惜。我的这篇代序里的话也就像那些石头子儿，没有什么保留价值。

关于空灵和平实

我的一些作品是写得颇为空灵的，比如《复仇》、《昙花、鹤和鬼火》、《天鹅之死》。空灵不等于脱离现实。《复仇》是现实生活的折射。这是一篇寓言性的小说。只要联系一九四四年前后的中国的现实生活背景，不难寻出这篇小说的寓意。台湾佛光出版社把这篇小说选入《佛教小说选》，我起初很纳闷。去年读了一点佛经，发现我写这篇小说是不很自觉地受了佛教的"冤亲平等"思想的影响的。但是，最后两个仇人共同开凿山路，则是我对中国乃至人类所寄予的希望。我写《天鹅之死》，是对现实生活有很深的沉痛感的。《汪曾祺自选集》的这篇小说后面有两行附注：

一九八〇年十二月二十九日清晨

一九八七年六月七日校，泪不能禁。

我的感情是真实的。一些写我的文章每每爱写我如何恬淡、潇洒、飘逸，我简直成了半仙！你们如果跟我接触得较多，便知道我不是一个不食人间烟火的人。

在一次北京作协组织的我的作品座谈会上，最后，我作了一个简短的发言，题目是《回到现实主义，回到民族传统》，这可以说是我的文学主张。我说我所说的"现实主义"是能容纳各种流派的现实主义。现实主义不应该排斥、拒绝非现实主义。现实主义的作品，或多或少，都要掺进一点非现实主义的成分。这样的现实主义才能接收一点新的血液，获得生机。否则现实主义就会干枯，老化，乃至死亡。但是，我的作品的本体，是现实主义的。我对生活的态度是执著的。我不认为生活本身是荒谬的。不认为世间无一可取，亦无一可言。我所用的方法，尤其是语言，是平易的，较易为读者接受的。我的小说基本上是直叙。偶有穿插，但还是脉络分明的。我不想把事件程序弄得很乱。有这个必要么？我不大运用时空交错。我认为小说是第三人称的艺术。我认为小说如果出现"你"，只能是接受对象，不能作为人物。"我"作为读者，和作品总是有个距离的。不管怎么投入，总不能变成小说中本来应该用"他"来称呼的人物，感觉到他的感觉。这样的做法不但使读者眼花缭乱，而且阻碍读者进入作品。至少是我，对这样的写法是反感的。有这个必要么？小说是写给读者看的，不能故意跟读者为难，使读者读起来过于费劲。修辞立其诚，对读者要诚恳一些，尽可能地写得老实一些。

但是，我最近写的一篇小说《小芳》引起了我对我的写作方法的一番思索。

《中国作家》有位编辑约我写一篇小说，写得了，我在电话里告诉他："这篇小说写得非常平实。"我的女儿看了，说她不喜欢。"一点才华没有！这不像是你写的！"我也不知道我怎么会写出这样一篇如此平铺直叙的小说。我负气地说："我就是要写得没有一点才华！"但是我禁不住要想一想：我七十一岁了，写了这样平实的小说，这说明了什么？是不是我在写作方法上发生了某些变化？以后，我的小说将会是什么样子的？

想了几天，似乎有所开悟（这些问题过去也不是没有想过）：作品的空灵、平实，是现实主义的，还是非现实主义的，决定于作品所表现的生活。生活的样子，就是作品的样子。一种生活，只能有一种写法。《天鹅之死》的跳芭蕾舞的演员白蒉和天鹅，本来是两条线，只能交织着写。《小芳》里的小芳，是一个真人，我只能直叙其事。虚构、想象、夸张，我觉得都是不应该的，好像都对不起这个小保姆。一种生活，用一种方法写，这样，一个作家的作品才能多样化。我想我以后再写小说，不会都像《小芳》那样。都是那样，就说明确实是老了。

关于民族传统和外来影响

我的写作受过一些什么影响？古今中外，乱七八糟。

我在大学念的是中文系，但是课余时间看的多是中国的当代文学作品和外国文学的译本。俄国的、东欧的、英国的、法国的、美国的、西班牙的。如果不看这些外国作品，我不会成为作家。

我对一种说法很反感，说年轻人盲目学习西方，赶时髦。说西方有什么新的学说，新的方法，他们就赶快摹仿。说有些东西西方已经过时了，他们还当着宝贝捡起来，比如意识流。有些青年作家摹仿西方，这有什么不好呢？我们年轻时还不都是这样过来的？有些方法，不是那样容易过时的，比如意识流。意识流是对古典现实主义一次重大的突破。普鲁斯特的作品现在也还有人看。指责年轻人的权威是在维护文学的正统，还是维护什么别的东西，大家心里明白。

有一种说法我不理解：越是民族的，就越是世界的。虽然这话最初大概是鲁迅说的。这在逻辑上讲不通。现在抬出这样的理论的中老年作家的意思我倒是懂得的。他们具有强烈的排他性，排斥外来的影响，排斥受外来影响较大的青年作家，以为自己的作品是最民族的，也是最世界的，是最好的，别的，都不行。

钱锺书先生提出一个说法："打通"。他说他这些年所做的工作，主要是打通。他所说的打通指的是中西文学之间的打通。我很欣赏打通说。中国当代文学和西方文学需要打通，不应该设障。

另一种打通是当代文学与古典文学（民族传统）之间的打通。毋庸讳言，中国当代文学和古典文学之间是相当隔阂的。这有两方面的原因。一方面，当代作家对古典文学重视得不够；另一方面，研究、教授古典文学的先生又极少考虑古典文学对当代创作的作用，——推动当代创作，应该是研究、教学古典文学的最终目的。

还有一种打通，是当代文学、古典文学和民间文学之间的打通。我曾在湖南桑植读到一首民歌：

> 姐的帕子白又白，
> 你给小郎分一截。
> 小郎拿到走夜路，
> 好比天上蛾眉月。

不知道为什么，我当时立刻想到王昌龄的《长信秋词》：

玉颜不及寒鸦色，

犹带昭阳日影来。

两者设想的超迈，有其相通处。这样的民歌，我想对于当代诗歌，乃至小说、散文的写作应该是有影响的。

《阿诗玛》说："吃饭，饭不到肉里；喝水，水不到血里。"我们读了西方文学、古典文学、民间文学，当然不能确指这进入哪一块肉，变成哪一滴血，但是多方吸收，总是好的。

我对古典、西方、民间都不很通。但是我以为，一个当代中国作家，应该是一个文学的通人。

关于笔记体小说

我的一些小说，在投寄刊物时自己就标明是笔记小说。笔记体小说是近年出现的文学现象。我好像成了这种文体的倡导者之一。但是我对笔记体小说的概念并不清楚。

中国古代小说有两个传统，唐人传奇和宋人笔记。唐人传奇本多是投之当道的"行卷"。因为要使当道者看得有趣，故情节曲折，引人入胜；又因为要使当道者赏识其才华，故文词美丽。是有意为文。宋人笔记无此功利的目的，多是写给朋友们看看的，聊资谈助。有的甚至是写给自己看的。《梦溪笔谈》云"所与谈者，唯笔砚耳"。是无意为文。因此写得清淡自然，但，自有情致。我曾在一篇序言里说过我喜欢宋人笔记胜于唐人传奇，以此。

两种传统，绵延不绝，《阅微草堂笔记》可以说是继承了笔记传统，《聊斋志异》则是传奇、笔记兼而有之。纪晓岚对蒲松龄很不满意，指责他：

"今燕昵之词、媟狎之态，细微曲折，摹绘如生。使出自言，似无此理；使出作者代言，则何从而闻见之？"

这问题其实很好回答：想象。

一般认为，所写之事是目击或亲闻的，是笔记，想象成分稍多者，即不是。这也有理。

按照这个标准，则我的《桥边小说三篇》的《茶干》是笔记小说；《詹大胖子》不完全是，张蕴之到王文蕙屋里去，并非我亲眼得见；《幽冥钟》更不是，地狱里的女鬼听到幽冥钟声，看到一个一个淡金色的光圈，我怎么能看到呢？这完全是想象，是诗。

我觉得这样的区分没有多大意思。

凡是不以情节胜，比较简短，文字淡雅而有意境的小说，不妨都称之为笔记体小说。

我并不主张有人专写笔记体小说，只写笔记体小说。

也不认为这是最好的小说文体。只是有那么一小块生活，适合或只够写成笔记体小说，便写成笔记体，而已。我并没有"倡导"过什么。

关于中国魔幻小说

我看了几篇拉丁美洲的魔幻小说，第一个感想是：人家是把这样的东西也叫做小说的；第二个感想是：这样的小说中国原来就有过。所不同的是拉丁美洲的魔幻小说是当代作品，中国的魔幻小说是古代作品。我于是想改写一些中国古代魔幻小说，注入当代意识，使它成为新的东西。

中国是一个魔幻小说的大国，从六朝志怪到《聊斋》，乃至《夜雨秋灯录》，真是浩如烟海，可资改造的材料是很多的。改写魔幻小说，至少可以开拓一个新的写作领域。

有人会问：改写魔幻小说有什么意义？我们也可以反问一句：你所说的"意义"是什么意义？

关于本书体例

我以前出的几本书，在编排上都是以作品写作或发表的时间先后为序的。这回不这样，我把作品大体上归了归类。小说部分以地方背景分。我生活过的地方是：江苏高邮、昆明、北京、张家口。小说也就把以这几个地方为背景的归在一起。有些篇不能确指其背景是什么地方，就只好单独放着，如《复仇》、《小芳》。散文部分是这样分的：记人的，写风景的，和人生杂论。

这样的编排说不上有什么道理，只是为了一般读者阅读的方便。这对研究者可能造成一些困难。我不大赞成用"系年"的方法研究一个作者。我活了一辈子，我是一条整鱼（还是活的），不要把我切成头、尾、中段。何况，我是不值得"研究"的。"研究"这个词儿很可怕。

一九九一年十二月二日

"当代散文大系"总序

　　中国是散文的大国。中国散文历史的悠久大概可以算世界第一。先秦诸子，都能文章，恣肆谨严，风格各异。《史记》乃无韵之《离骚》，立记叙之模范。魏晋辞赋，风神朗朗。韩愈起八代之衰，是文体上的一次大解放。欧阳修辞赡韵美。苏东坡行于当行，止于应止，使后世作家解悟：散文最大的特点，是自由。明季作家意识到语言的自然美，三袁张岱，是其代表。桐城义法，实本《史记》。龚定庵夭矫奇崛，遂为一代文宗。

　　中国的新文学，新诗、话剧、小说都是外来的形式，只有散文，却是土产。渊源有自，可资借鉴汲取的传统很丰厚。

　　鲁迅、周作人实是"五四"以后散文的两大支派。鲁迅悲愤，周作人简淡。后来作者大都是沿着这样两条路走下来的。江河不择细流，侧叶旁枝，各呈异彩，然其主脉，不离鲁迅、周作人。

中国散文主要继承的是本国的传统，但也不是没有接受外来的影响。三十年代初，翻译了法国的蒙田、挪威的别伦·别尔生的散文，波特莱尔、屠格涅夫的散文诗，泰戈尔、纪伯伦的散文诗，这些都扩展了中国散文作家的眼界。西班牙的阿索林的作品介绍进来的不多，但是影响是很深的。

三十年代写散文的人很多，四十年代写散文的少了，散文几乎降为小说的附庸。

五十年代写散文的又多了起来，一时名家辈出。对五十年代的散文有不同看法。有人以为这是一个高峰期；有人以为这时的散文一个很大的缺点，即出现了"模式"，使年轻的读者以为只有这样写才叫做散文。所谓"模式"，一是不管什么题目，最后都要结到歌颂祖国，歌颂社会主义，卒章显其志，有点像封建时代的试帖诗最后一句总要颂圣；二是过多的抒情，感情绵缠，读起来有"女郎诗"的味道。成绩和缺点都是存在的。

六十年代散文的势头不旺。"文化大革命"时期只有大批判的文章，但那不能叫做散文。那时不但没有散文，也没有文学。

七十年代后期，党的十一届三中全会以后，思想解放，文学复苏，散文如江南草长。物极必反，这时的散文不但摆脱了"文化大革命"文风，也摆脱了五十年代的"模式"。

近三四年散文的长势很好。出现了好几种散文杂志，一般文学杂志也用较显著的篇幅刊登散文，或出散文专号。散文的地位由附庸蔚为大国。有人预言一九九三年将是散文年。

为什么散文会兴旺起来？一个是社会的原因，一个是文学的原因。中国人经过长期的折腾，大家都很累，心情浮躁，需要平静，需要安慰，需要一种较高文化层次的休息。尽管粗俗的文化还在流行，但是相当一部分人对此已经感到厌倦，他们需要品位较高的艺术享受，需要对人生独到的观察，对自成一家的语言的精美的享受。散文可以提供有文化的休息和这种精美的享受。散文可以说是应运而生。

近年的散文自然也有相当多的平庸之作，但是总体上来说，质量是比较好的，出现了有自己的风格的散文家和足以传世的散文佳作。

近年散文写得好的，不少是女作家，这是个很值得研究的现象。什么原因？我想是女作家的感觉更细一些，女作家写"女郎诗"未可厚非，女作家对功利更超脱一些，对"为政治服务"抛弃得更远一些。

近年散文也有些什么缺点？我以为一是散文的天地还狭窄了一些。目前的散文，怀人、忆旧、记游的较多。其实书信、日记、读书笔记乃至交待检查，都可以是很好的散文。二是对散文的民族传统（包括"五四"以来的传统）继承得还不够，对外国散文作品借鉴得也不够。我们现在还很少散文家能写出鲁迅《二十四孝图》那样气势磅礴，纵横挥洒的"大"散文，能写出像弗吉尼亚·伍尔芙的《果园里》那样用意识流方法写出的精致的小品。

中国散文的前景是辉煌的。

一九九二年十月二十九日

《汪曾祺散文随笔选集》自序

　　本集所收不是我的散文的全部，也很难说是精选。在编这本集子的同时，我还给另一家出版社编了一本随笔选。为了怕雷同得太多，大体上划分了一下：篇幅短小的归入随笔集，篇幅稍长的归入散文集。本来散文、随笔是很难划界的。就这样，也还有两集互见的。我原来很踌躇。出版社的编辑同志说：无妨，两本书的读者不是一样的。如果有读者同时买了两个集子，那就只好请你们原谅了。我没有存心使你们上当。

　　这本书的编法是进行了分类，将文章性质相近的归为一辑，共六辑。

　　第一辑是怀师友的。第二辑是游记。第三辑是对人生的一点省悟。

第四辑是谈吃食的。没有想到我竟然写了这么多篇谈吃的文章！我在《中国烹饪》杂志上还发过一些食单之类的小文章，因为找不到了，没有收入。如果收进来，数量会更多。近年来文艺界有一种谣传，说汪曾祺是美食家。我不是像张大千那样的真正精于吃道的大家，我只是爱做做菜，爱琢磨如何能粗菜细做，爱谈吃。你们看：我所谈的都是家常小菜。谈吃，也是一种对生活的态度，对文化的态度。那么，谈谈何妨？

第五辑《城南客话》是应《中国文化》之约所开栏目的总题目。《中国文化》是一学术性很强的，严肃的大型文化刊物，找一个作家来开一个专栏，无非是调剂调剂，使刊物活泼一些。由于刊物的性质所决定，不得不谈一点有关文化，有关知识的问题。但只不过是一些读书笔记，卑之无甚高论，不足以登大雅之堂的。有人说这样的文章是学者散文，则吾岂敢。不过我倒是希望作家多写一点这一类的文章。王蒙同志前几年提出作家学者化的问题。唐弢同志曾慨叹中国近年很少学者小品，以为是一缺陷。我写这样的读书笔记也可以说是对王蒙同志、唐弢同志的意见的一点响应。我还有两篇稿子存在《中国文化》。《中国文化》半年出一期，发表将在明年，等不及了，就将已发表的几篇先收进来再说。

第六辑《逝水》是应长春《作家》杂志之约所写的带自传、回忆性质的系统散文。我本来是不太同意连续发表这样的散文的，因为我的生活历程很平淡，没有什么值得回忆的往事。《作家》固请，言辞恳挚，姑且应之。有言在先，写到初中生活，暂时打住。高中以后，写不写，什么时候写，再说。我真不知道读者要不要看这样的文章。也许这对了解一个作家童年所受的情绪的培育会有一点帮助，那就请随便翻翻吧。

　　　　　　　　　　　　一九九二年十月三十一日

《榆树村杂记》自序

我住的地方名叫蒲黄榆，是把东蒲桥、黄土坑、榆树村三个地名各取其一个字拼合而成的。东蒲桥原来有一座桥，后来在原处建了很大的立交桥，改名为玉蜓桥，据说从飞机上看，像一只大蜻蜓。我没有从飞机上看过，不知道像不像，只觉得是绕来绕去的一座大桥。黄土坑在我搬来的时候就只剩下一个地名，那一带全是店铺，既无黄土也无坑。榆树村六七年前还在，就在我们住的高层楼的对面。是个村子。从南边进去，老远就闻到一股很重的酸味，那是在煮猪食。附近有一个养猪场。有一条南北向的不宽的柏油路。路西住的多半是工厂的工人，每天可以看到一些男女青年骑自行车上下班。有一家喂养了二三十只火鸡，有个孩子每天赶它们出来吃菜叶子。跟这个孩子闲聊，知道养火鸡是很来钱的。往北，有一个出卖花木的小林场。有一座小庙，外形还像一座庙，檐牙翻翘，墙是涂红了的。庙好像是跟马有关系的，当初这地方大概养过马。现在庙里已经住了人家了，不好进去看，柏油路的东边是一片菜地，菜地东边一溜，住的都是菜农。我隔一两天就到菜畦旁边走走。人家逛公园，我逛菜园。逛菜园也挺不错，看看那些绿菜，一天一个样，全都鲜活水灵，挺好看。菜地的气味可不好，因为菜要浇粪。有时我也蹲下来和在菜地旁边抽烟休息的老菜农聊聊，看他们怎样搭塑料大棚，看看先时而出的黄瓜、西红柿、嫩豆角、青辣椒，感受到一种欣欣然的生活气息。

现在菜地和菜农和房子都没有了，榆树村没有了，成了方庄小区，高楼林立，都是新建的。我再没有菜园可逛了。

我的这些文章都是在榆树村对面的高楼里写的，故将此集名为《榆树村杂记》。

是为序。

一九九三年三月二十四日

《草花集》自序

我曾给《中国作家》画了一幅画，另题了一首诗。诗如下：

　　我有一好处，

　　平生不整人。

　　写作颇勤快，

　　人间送小温。

　　或时有佳兴，

　　伸纸画暮春。

　　草花随目见，

　　鱼鸟略似真。

　　只可自怡悦，

　　不堪持赠君。

　　君若亦欢喜，

携归尽一樽。

"草花"需要作一点解释。"草花"就是"草花",不是"花草"的误写。北京人把不值钱的,容易种的花叫"草花",如"死不了"、野茉莉、瓜叶菊、二月蓝、西番莲、金丝荷叶……"草花"是和牡丹、芍药、月季这些名贵的花相对而言的。草花也大都是草本。种这种花的都是寻常百姓家,不是高门大户。种花的盆也不讲究。有的种在盆里,有的竟是一个裂了缝的旧砂锅,甚至是旧木箱、破抽屉,能盛一点土就得。辛苦了一天,找个阴凉地方,端一个马札或是折脚的藤椅,沏一壶茶,坐一坐,看着这些草花,闻闻带有青草气的草花的淡淡的香味,也是一种乐趣。我的散文多轻贱平常。因为出版社要求文章短小,一些篇幅较长,有点力量的散文都未选。于是这个集子就更加琐碎了。这真像北京人所说的"草花",因名之为《草花集》。

散文是"家常的"文体,可以写得随便一些。但是散文毕竟是散文。我并不赞成什么内容都可以写进散文里去,什么文章都可以叫做散文,正如草花还是花,不是狗尾巴草。我这一集里的文章可能有一些连草花也够不上,只是一把狗尾巴草。那,就请择掉。

一九九三年六月二十一日

《汪曾祺文集》自序

　　朋友劝我出一个文集，提了几年了，我一直不感兴趣。第一，我这样的作家值得出文集么？第二，我今年七十三岁，一时半会还不会报废，我还能写一点东西，还不到画句号的时候。我的这位朋友是个急脾气，他想做的事就一定要做到，而且抓得很紧。在他的不断催促下，我也不禁意动。我出的书很分散，这里一本，那里一本，有几本已经绝版。有的读者或研究我的学生想搜罗我的作品的全部，很困难。有一个文集，他们翻检起来就可以省一点事。编一个文集，就算到了一站吧。我也可以歇一歇脚，稍事休整，考虑一下下面的路怎么走，我还能写什么，怎么写。于是接受了朋友的建议。

　　把作品大体归拢了一下，第一个感觉是：才这么一点！

半个世纪过去了，我都干了些什么？时间的浪费真是一件可怕的事。不是我一个人，大部分作家都如此。大半时间都是在运动中耗掉的。邓小平同志说运动耽误事，这是一句很真实也很沉痛的话。"左"的文艺思想又扼杀了很多人的才华。老是怕犯错误，怕挨整，那还能写出多少好作品？半个世纪以来中国文学所走过的道路，是值得大家都来反省一下的。

文集共四卷。第一卷是短篇小说（分上、下册），第二卷是散文，第三卷是文论，第四卷是戏曲剧本。

我是四十年代开始写小说的。以后是一段空白。六十年代初发表过三篇小说。到八十年代又重操旧业，而且一发而不可收，发表小说的数量不少。这个现象有点奇怪。为什么会出现这样的现象呢？

我在八十年代初发表的一些小说，只能说是"王杨卢骆当时体"，"至今已觉不新鲜"。现在的青年作家看了那些小说，会说"这有什么？"但在初发表时是颇为"新鲜"的。那时有青年作家看了《受戒》，睁大了眼睛问："小说也是可以这样写的？"他们原来以为小说是只能"那样"写的，于此可见作家的文艺思想被束缚到了何种程度。

"那样"写的小说是哪样的小说？

得有思想性。

小说当然要有思想。我以为思想是小说首要的东西。但必须是作者自己的思想，不是别人的思想。一个小说家对于生活要有自己的感受，自己的思索，自己的独特的感悟。对于生活的思索是非常重要的，要不断地思索，一次比一次更深入的思索。一个作家与常人的不同，就是对生活思索得更多一些，看得更深一些。不是这样，要作家有什么用？但是一些理论书中所说的"思想性"实际上是政治性。"为政治服务"是一个片面性的、不好的口号。这限制了作家的思想。新时期以来文学创作有一种倾向，即从"为政治"回归到"为人生"。我以为这种倾向是好的，这拓宽了文学创作的天地。政治不能涵盖人生的全部内容。

其次很多人心目中对小说叙事模式有个一定之规。他们不知道小说创作方法第一必须打破常规。大家都是一个写法，都是"那样"的小说，那还有什么多样化的风格？

我的一些"这样"的小说可能使青年作家受到某种启发，差堪自慰。但是他们都已经走到我的前面了，我应该向他们学习。

我希望青年作家还能从我这里接受的一点影响是：语言的朴素。

这几年散文忽然走起俏来了。报刊发散文的多起来。

专登散文的刊物就有好几家。出版社争出散文。散文的势头很"火"。而且方兴未艾，不是"樱桃桑椹，货卖当时"。这是好事。为什么现在愿意读散文的人那样多，什么原因，我到现在还没有捉摸透。

我本来是写小说的，写散文是"搂草打兔子——捎带脚"。这几年情况变了，小说写得少了，散文写得多了，有一点本末倒置。每天睡醒，赖在床上不起来，脑子想的就是今天写一篇什么散文。写散文渐成我的正业。去年到今年，我应出版社之请，接连编了五个散文集，编得我自己都有点不耐烦了。

为什么有人愿意读我的散文，原因我也一直捉摸不出来。

《蒲桥集》的封面有一条广告，是我自己写的（应出版社的要求）：

> 齐白石自称诗第一，字第二，画第三。有人说汪曾祺的散文比小说好，虽非定论，却有道理。
>
> 此集诸篇，记人事、写风景、谈文化、述掌故，兼及草木虫鱼、瓜果食物，皆有情致。间作小考证，亦可喜。娓娓而谈，态度亲切，不矜持作态。文求雅洁，少雕饰，如行云流水。春初新韭，秋末晚菘，滋味近似。

这实在是老王卖瓜。"春初新韭，秋末晚菘"，吹得太过头了。广告假装是别人写的，所以不脸红。如果要我自己署名，我是不干的。现在老实招供出来（老是有人向我打听，这广告是谁写的，不承认不行），是让读者了解我的"散文观"。这不是我的成就，只是我的追求。

我以为散文的大忌是作态。

散文是可以写得随便一些的。但是我并不认为什么样的内容都可以写进散文，什么样的文章都可以叫做散文。散文总得有点见识，有点感慨，有点情致，有点幽默感。我的散文会源源不断地写出来，我要跟自己说：不要写得太滥。要写得不滥，没有别的法子，只有多想想事，多接触接触人，多读一点书。

文论卷一部分是创作谈。我不是搞理论的，只能说一点形而下的问题，卑之勿甚高论。谈语言的较多，也还可以看看。《中国文学的语言问题》中说语言的暗示性和流动性，是我捉摸出来的，哪本书里也没有见过，无所本。很难说有什么科学性。往好里说，是一点心得；往坏里说是"瞎咧咧"。

一部分是评论。如果不是报刊指名约稿，我是不会写评论的。都是写东西的人，干嘛要对别人的作品说三道四，品头论足？科罗连柯就批评过高尔基写的文学评论，说他说得太多。科罗连柯以为，一个作家评论另一个作家的作品，只要说："这一篇写得不错，就够了。"我非常赞成科罗连柯的意见。但是只是这样一句话，报刊主编是不会"放过身"的，他们要求总得像一篇文章。于是，只好没话找话说。

我写的评论是一个作家写的评论，不是评论家写的评论，没有多少道理，可以说是印象派评论。现在写印象派评论的人少了。我觉得评论家首先要是一个鉴赏家，评论首先需要的是感情，其次才是道理，这样才能写得活泼生动，不至于写得干巴巴的。评论文章应该也是一篇很好的散文。现在的评论家多数不大注意把文章写好，读起来不大有味道。

另一部分是序跋，主要是序。有几篇是我自己的几个集子的序，只是交待一下集中作品写作的背景和经过。更多的是为一些青年作家写的序。顾炎武说"人之患在好为人序"，我并不是那样好为人序，因为写起来很费劲。要看作品，还要想问题。但是花一点功夫，为年轻人写序，为他们鸣锣开道，我以为是应该的，值得的。我知道年轻作家要想脱颖而出，引起注意，坚定写作的信心，是多么不容易。而且有那么一些人总是斜着眼睛看青年作家的作品，专门找"问题"，挑鼻子挑眼。"世人皆欲杀，吾意独怜才"，这样的胸襟他们是没有的。才华，是脆弱的。因此，我要为他们说说话。我写的序跋难免有一些溢美之词，但不是不负责任地胡乱吹捧，那样就是欺骗读者，对作者本人也没有好处。

我写的文论大都是心平气和的，没有"论战"的味道。但有些也是有感而发，有所指的。我是个凡人，有时也会生气的。

京剧原来没有剧本，更没有剧作家。大部分剧种（昆曲、川剧除外）都不重视剧本的文学性。导演、演员可以随意修改剧本。《范进中举》、《小翠》、《擂鼓战金山》都演出过，也都被修改过。《裘盛戏》彩排过，被改得一塌胡涂。我是不愿意去看自己的戏演出的。文集所收的剧本都是初稿本，是文学本，不是演出本。

有人问我以后还写不写戏，不写了！

一九九三年五月二十三日

《去年属马》题记

京味和京派是两回事，两个不同的概念。京派是一个松散的群体，并没有共同的纲领性的宣言。但一提京派，大家有一种比较模糊的共识，就是这样一群作家有其近似的追求，都比较注重作品的思想，都有一点人道主义。而被称或自称"京味"的作家则比较缺乏思想，缺少人道主义。

我算是"京味"作家么？

《天鹅之死》把天鹅和跳"天鹅之死"的芭蕾演员两条线交错进行，这是现代派的写法。这不像"京味"。《窥浴》是一首现代抒情诗。就是大体上是现实主义的小说《八月骄阳》，里面也有这样的词句：

　　粉蝶儿、黄蝴蝶乱飞。忽上，忽下。忽起，忽落。黄蝴蝶，白蝴蝶。白蝴蝶，黄蝴蝶，……

用蝴蝶的纷飞上下写老舍的起伏不定的思绪，这大概可以说是"意象现实主义"。

我这样做是有意的。

我对现代主义比对"京味"要重视得多。因为现代主义是现代的，而一味追求京味，就会导致陈旧，导致油腔滑调，导致对生活的不严肃，导致玩世不恭。一味只追求京味，就会使作家失去对生活的沉重感和潜藏的悲愤。

本集有不少篇是写京剧界的人和事的。京剧界是北京特有的一个社会。京剧界自称为"梨园行"，"内行"，而将京剧界以外的都称为"外行"。有说了儿媳妇的，有老亲问起姑娘家是干什么的，老太太往往说："是外行"。这里的"外行"不是说不懂艺术，只是说是梨园行以外的人家，并无褒贬之意。梨园行内的人，大都沾亲带故，三叔二大爷，都论得上。他们有特殊的风俗，特殊的语言。如称票友为"丸子"，说玩笑开过分了叫"前了"……"梨园行"自然也和别的行一样，鱼龙混杂，贤愚不等。有姜妙香那样的姜圣人，肖老（长华）那样乐于助人而自奉甚薄的好人，有"好角儿"，也有"苦哈哈"、"底帏子"。从俯视的角度看来，梨园行的文化素质大都不高。这样低俗的文化素质是怎样形成的？如《讲用》里的郝有才，《去年属马》里的夏构丕，他们是那样可笑，又那样的可悲悯，这应该由谁负责？由谁来医治？

梨园行是北京的一个重要的组成部分。可以说没有梨园行就没有北京，也没有"京味"。我希望写京味文学的作家能写写梨园行。但是要探索他们的精神世界，不要只是写一点悲欢离合的故事。希望能出一两个写梨园行的狄更斯。

本书还收了一个京剧剧本《裘盛戎》，因为这写的是北京的事，而且多数人物身上有北京的味儿。 这似乎有点不合体例。

一九九七年二月十三日

只可自怡悦，不堪持赠君

——《中国当代才子书·汪曾祺卷》自序

我本来不赞成用"当代才子书"作为这一套书的总名，觉得这有点大言不惭、自我吹嘘的味道。野莽的主意已定，不想更改，只好由他摆布，即便引起某些人的侧目，也只好不说什么。

"才子"之名甚古，《左传·文公十八年》云"昔高阳氏有才子八人"。这里的"才子"指德才兼备之士。称有才的文士为"才子"盖始于唐朝。《新唐书·元稹传》："稹尤长于诗，与白居易名相埒……宫中呼为'元才子'。"宋人称为"才子"者不多。元、明始盛行。最有代表性的是唐伯虎。"才子"往往与"风流"相连，多放浪形骸，不拘礼法，喜欢女人，亦为女人所喜欢，"才子"与"佳人"是"天生的好一对儿"，"才子佳人信有之"。唐伯虎可称才子魁首，他不是点过秋香么？"才子书"大概是金圣叹兴出来的。他把他评点的书称为"才子书"，从第一才子书直至第九才子书。他的选择是有具眼的。野莽编的这一套书称得起是"才子书"么？别人不知道，我是愧不敢当的。

这套书的编法有点特别，是除了文学作品外，还收入作者的字画，而作者又大都无官职。"三绝诗书画，一官归去来。"从这一点说，叫做"当代才子书"，亦无不可。

我的字应该说还是有点功力的。我写过裴休的《圭峰定慧禅师碑》、颜真卿的《多宝塔》，写过相当长时期《张猛龙》、褚河南的《圣教序》。后来读了一些晋唐人法帖及宋四家的影印真迹。我有一个时期爱看米芾的字，觉得他的用笔虽是"臣书刷字"，而结体善于"侵让"，欹侧取势，姿媚横生。后来发现米字不宜多看，多看则易受影响，以至不能自拔。然而没有办法。到现在我的字还有米字的霸气。我不喜欢黄山谷的字，而近年作字每多长撇大捺，近乎做作。我没有临过瘦金体，偶尔写对联，舒张处忽有瘦金书味道。一个人写过多种碑帖，下笔乃成大杂烩。中年书体较丰腴，晚年渐归枯硬，这说明我确实是老了。

我学画无师承。我父亲是画家，但因为在高邮这么个小地方，见过的名家真迹较少，仅为"一方之士"，很难说是大家。他中年以前画吴昌硕，也画过工笔菊花。他作画时我总是站在一边看，受其熏陶，略知用笔间架。小时我倒是"以画名"的，高中以后，因为数理化功课紧，除了壁报上的刊头，就很少拈画笔了。大学，和以后教中学，极少画画，因无纸笔。再以后当编辑，没有人知道我会画几笔画。当右派以后我倒在一个农业科学研究所画了两套册页，《中国马铃薯图谱》和《口蘑图谱》！一直到"文化大革命"结束后，给我立了专案，让我交待和江青的关系，整天写检查，写了好些"车轱辘话"。长日无聊，我就买了一刀元书纸，作画消遣。不想被一位搞舞美的同志要去裱了，于是画名复振，一发不可收。我很同意齐白石所说：作画太似则为媚俗，不似则为欺世，因此所画花卉多半工半写。我画不了大写意，也不耐烦画工笔。我最喜欢的画家是徐青藤、陈白阳。我的画往好里说是有逸气，无常法。近年画用笔渐趋酣畅，布色时或鲜浓，说明我还没有老透，精力还饱满，是可欣喜也。我的画也正如我的小说散文一样，不今不古，不中不西。

关于我的散文、小说，已有不少人写过评论，故不及。

一九九七年三月十四日

美学感情的需要和社会效果

按说我写作的时间不是很短了，今年我六十二岁，开始写作才二十岁。我的写作断断续续，大学时写了点东西，解放前几年写了一些小说，出过一本集子。解放后做编辑工作，没写什么。反右前写了点散文，一九六二、一九六三年写了点小说，又搁下十几年。一九七九至一九八一年写了二十来篇短篇小说，大部分反映的是解放以前的生活，是我十六七岁以前在生活中捕捉的印象。我十六岁离开老家，十九岁在昆明西南联大上大学。我为什么要写反映我十六岁前的生活的小说呢？我想，第一个原因，就是现在的气候很好。三中全会以后，思想解放深入人心，文艺呈现了蓬勃旺盛的景象，形势很好。形势好的标志，是创作题材和表现方法多样化，思想艺术都比较新鲜。一些青年同志在思想和艺术上追求探索的精神使我很感动，在这样的气候感召下，在一些同志的鼓励和督促下，我又开始写作。一个人的创作不能不受社会条件的影响和制约，不可能是孤立的现象。这是一。第二个原因，是我的世界观比较成熟了。一个人到了我这样的年龄，一般说世界观已经成熟了。我年轻时写的那些作品，思想是迷惘的。在西南联大时，我接受了各式各样的思想影响，读的书很乱，读了不少西方现代派作品。我在大学一、二年级写的那些东西，很不好懂，它们都没有保留下来。比如那时我写的一首诗中有这样一句："所有的西边都是东边的西边。"这是什么东西呢？这是观念的游戏。我和许多青年人一样，搞创作，是从写诗起步的。一开始总喜欢追求新奇的、抽象的、晦涩的意境，有点"朦胧"。我们的同学中有人称我为"写那种别人不懂，他自己也不懂的诗的人"。大学二年级以后，受了西班牙作家阿左林的影响，写了一些很轻淡的小品文。有一个时期很喜爱 A.纪德的作品，成天挟着一本纪德的书坐茶馆。那时萨特的书已经介绍进来了，我也读了一两本关于存在主义的书。虽然似懂不懂，但是思想上是受了影响的。离开学校后，不得不正视现实，对现实进行一些自己的思考。但是因为没有正确的思想作指导，我的世界观是混乱的。解放前一二年，我的作品是寂寞和苦闷的产物，对生活的态度是：无可奈何。作品中流露出揶揄，嘲讽，甚至是玩世不恭。解放后三十多年来，接受了党的教育，接受了马列主义思想，解放前思想中的那些乱七八糟的东西基本没有了。解放后我的生活道路也给了我很深的教育，不平坦的生活道路对我个人来说也不是没有好处的。经过长久的学习和磨炼，我的人生观比较稳定，比较清楚了，因此对过去的生活看得比较真切了。人到晚年，往往喜欢回忆童年和青年时期的生活。但是，你用什么观点去观察和表现它呢？用比较明净的世界观，才能看出过去生活中的美和诗意。一个人的世界观不能永远混乱下去，短期可以，长期是不行的。听说萨特的存在主义在我们青年中相当有影响，当然可能跟我们年轻时所受的影响有所不同，有些地方使我感到陌生，有些地方似曾相识。我感到还是马克思主义好些，因为它能解决我们生活中所碰到的问题。

我写《受戒》的冲动是很偶然的，有天早晨，我忽然想起这篇作品中所表现的那段生活。这段生活当然不是我的生活。不少同志问我，你是不是当过和尚？我没有当过和尚。不过我曾在和尚庙里住过半年多。作品中那几个和尚的生活不是我造出来的。作品中姓赵的那一家，在实际生活中确实有那么一家。这家人给我的印象很深。当时我的年龄正是作品中小和尚的那个年龄。我感到作品中小英子那个农村女孩子情绪的发育是正常的、健康的，感情没有被扭曲。这种生活，这种生活样式，在当时是美好的，因此我想把它写出来。想起来了，我就写了。写之前，我跟个别同志谈过，他们感到很奇怪：你为什么要写这个作品？写它有什么意义？再说到哪里去发表呢？我说，我要写，写了自己玩；我要把它写得很健康，很美，很有诗意。这就叫美学感情的需要吧。创作应该有这种感情需要。我写《大淖记事》也是这样的。大淖这个地方离那时我的家不远，我几乎天天去玩。我写的那些挑夫，不住在大淖，住在另一个地方，叫月塘。那些挑夫不是穿长衫念子曰的人，他们的是非标准、伦理道德观念跟我周围的人不一样，他们是更高尚的人，虽然他们比较粗野。月塘边住着一个姓戴的轿夫，得了象腿病（血丝虫病）。一个抬轿的得了这种病，就完了。他的老婆本是个头发蓬乱的普通女人，从来没有出头露面。丈夫得了这种病，她毅然出来当了"挑夫"，把头发梳得光光的，人变得很干净利落，也漂亮了。我觉得她很高贵。《大淖记事》最后巧云的形象，是从这个轿夫的老婆身上汲取的。小时候我听到过一个小锡匠的恋爱史。这个小锡匠曾被人打死过去，用尿碱救活了，这些都是真的。锡匠们挑着担子去游行，这也是我亲眼见到的。写了

《受戒》以后，我忽然想起这件事，并且非要把它表现出来不可，一定要把这样一些具有特殊风貌的劳动者写出来，把他们的情绪、情操、生活态度写出来，写得更美、更富于诗意。没有地方发表，写出来自己玩，这就是美学感情的需要。接着就发生了第二个问题，这样的东西有什么作用？周总理在广州会议上说过，文学有四个功能：教育作用，认识作用，美感作用，娱乐作用。有人说，你的这些作品写得很美，美感作用是有的；认识作用也有，可以了解当时劳动人民的道德情操；娱乐作用也是有的，有点幽默感，用北京话说很"逗"，看完了，使人会心一笑；教育作用谈不上。对这种说法，我一半同意，一半不同意。说我的这些东西一点教育作用没有，我不大服气。完全没有教育作用只有美感作用的作品是很少的，除非是纯粹的唯美主义的作品。写作品应该想到对读者起什么样的心理上的作用。我要运用普通朴实的语言把生活写得很美，很健康，富于诗意，这同时也就是我要想达到的效果。虽然我的作品所反映的生活跟现实没有直接关系，跟四化没有直接关系。我想把生活中真实的东西、美好的东西、人的美、人的诗意告诉人们，使人们的心灵得到滋润，增强对生活的信心、信念。我的世界观的变化，其中也包含这个因素：欢乐。我觉得我作品的情绪是向上的、欢乐的，不是低沉的，跟解放前的作品不一样。生活是美好的，有前途的，生活应该是快乐的，这就是我所要达到的效果。

我写旧社会少男少女健康、优美的爱情生活，这也是有感而发的。有什么感呢？我感到现在有些青年在爱情婚姻上有物质化、庸俗化的倾向，有的青年什么都要，就是不要纯洁的爱情。我并不是很有意识地要针对时弊写作品来振聋发聩，但确是有感而发的。以前，我写作品从不考虑社会效果，发表作品寄托个人小小的哀乐，得到二三师友的欣赏，也就满足了。这几年我感到效果问题是个很严肃的问题。原来以为我的作品的读者面很窄，现在听说并不完全这样，有些年轻人，包括一些青年工人和农村干部也在看我的作品，这对我是很新奇的事，我感到很惶恐。我的作品到底给了别人一点什么呢？对人家的心灵起什么作用呢？一个作品发表后，不是起积极作用，就是消极作用，不是提高人的精神境界，就是使人迷惘、颓丧，总会有这样那样的作用。我感到写作不是闹着玩的事，就像列宁所指出的那样，作者就是这样写，读者就是那样读，用四川的话说，没有这么"撒脱"。我的作品反映的是解放前的生活，对当前的现实有多大的影响，很难说，但我有个朴素的古典的中国式的想法，就是作品要有益于世道人心。过去有人说，文章千古事，得失寸心知。得失首先是社会的得失。作者写作时对自己的作品的效果不可能估计得十分准确，但你总应有个良好的写作愿望。有些作者不愿谈社会效果，我是要考虑这个问题的。一个作品写出来放着，是个人的事情；发表了，就是社会现象。作者要有"良心"，要对读者负责。当然也有这样的可能，作者对自己作品的思想内涵考虑得多了，会带来概念化、思想大于形象的问题。但我认为，只要你忠于自己的美感需要，不去图解当前的某种口号，不是无动于衷，这个问题是可以避免的。

回到现实主义，回到民族传统

我愿意悄悄写东西，悄悄发表，不大愿意为人所注意。二十几岁起，我就没怎么读文学理论方面的书了，已经不习惯用理论用语表达思想。我对自己很不了解，现在也还在考虑我算不算作家，从开始写作到现在，写的小说大概不超过四十篇，怎么能算作家呢？

下面，谈几点感想。

关于评论家与作家的关系。昨天，我去玉渊潭散步，一点风都没有，湖水很平静，树的倒影显得比树本身还清楚，我想，这就是作家与评论家的关系。对于作家的作品，评论家比作家看得还清楚，评论是镜子，而且多少是凸镜，作家的面貌是被放大了的，评论家应当帮助作家认识自己，把作家还不很明确的东西说得更明确。明确就意味着局限。一个作家明确了一些东西，就必须在此基础上，去寻找他还不明确的东西，模糊的东西。这就是开拓。评论家的作用就是不断推动作家去探索，去追求。评论家对作家来说是不可缺少的。

关于主流与非主流的问题。这是我自己提出来的，用的是一般的习惯的概念。比如蒋子龙的作品对时代发生直接的作用，一般的看法，这当然是主流。我反映四十年代生活，不可否认它有美感作用，认识作用，也有间接的教育作用。我不希望我这一类作品太多，我也希望多写一点反映现实的作品。为什么我反映旧社会的作品比较多，反映当代的比较少？我现在六十多岁了，旧社会三十年，新社会三十年。过去是定型的生活，看得比较准；现在变动很大，一些看法不一定抓得很准。一个人写作时要有创作自由，"创作自由"不是指政策的宽严，政治气候的冷暖；指的是作家自己想象的自由，虚构的自由，概括集中的自由。对我来说，对旧社会怎样想象概括都可以，对新生活还未达到这种自由的地步。比如，社会主义新人，如果你看到了，可以随心所欲挥洒自如，怎样写都行；可惜在我的生活里接触到这样的人不多。我写的人大都有原型，这就有个问题，褒了贬了都不好办。我现在写的旧社会的人物的原型，大都是死掉了的，怎么写都行。当然，我也要发现新的人，做新的努力。当然，有些新生活，我也只好暂时搁搁再写。对新生活我还达不到挥洒自如的程度。

今天评论有许多新的论点引起我深思。比如季红真同志说，我写的旧知识分子有传统的道家思想，过去我没听到过这个意见，值得我深思。又说，我对他们同情较多，批评较少，这些知识分子都有出世思想，她的说法是否正确，我不敢说。但这是一个新的研究角度。从传统的文化思想来分析小说人物，这是一个新的方法，很值得探索。在中国，不仅是知识分子，就是劳动人民身上也有中国传统的文化思想，有些人尽管没有读过老子、庄子的书，但可能有老庄的影响。一个真正有中国色彩的人物，与中国的传统文化是不能分开的。比如我写的《皮凤三楦房子》，高大头、皮凤三用滑稽玩世的办法对付不合理的事情，这些形象，可以一直上溯到东方朔。我对这样的研究角度很感兴趣。

有人说，用习惯的西方文学概念套我是套不上的。我这几年是比较注意传统文学的继承问题。我自小接触的两个老师对我的小说是很有影响的。中国传统的文论、画论是很有影响的。我初中有个老师，教我归有光的文章。归有光用清淡的文笔写平常的人情，对我是有影响的。另一个老师每天让我读一篇"桐城派"的文章，"桐城派"是中国古文集大成者，不能完全打倒。他们讲文气贯通，注意文章怎样起怎样落，是有一套的。中国散文在世界上是独特的。"气韵生动"是文章内在的规律性的东西。庄子是大诗人、大散文家，说我的结构受他一些影响，我是同意的。又比如，李卓吾的"为文无法"，怎么写都行，我也是同意的。应当研究中国作品中的规律性的东西，用来解释中国作品，甚至可以用来解释外国作品。就拿画论来说，外国的印象派的画是很符合中国的画论的。传统的文艺理论是很高明的，年轻人只从翻译小说、现代小说学习写小说，忽视中国的传统的文艺理论，是太可惜了。我最喜欢读画论、读游记。讲文学史的同志能不能把文学史与当代创作联系起来讲？不要谈当代就是当代，谈古代就是古代。

现实主义问题。有人说我是新现实主义，这问题我说不清，我给自己提出的要求是回到现实主义、回到民族传统。我也曾经接受过外国文学的影响，包括"意识流"的作品的影响，就是现在的某些作品也有外国文学影响的蛛丝马迹。但是，总的来说，我还是要回到现实主义，回到民族传统。这种现实主义是容纳各种流派的现实主义；这种民族传统是对外来文化的精华兼收并蓄的民族传统。路子应当更宽一些。

（本文是在一次作家作品讨论会上的发言）

漫话作家的责任感

　　作家当然应该有责任感，但是如何评判作家的责任感则值得好好研究。

　　我觉得分析一个作家的文学创作主张，不应该以他在某一个会上说过某一句话作为标准，而应该看他全部作品。甚至即使他说自己不考虑社会责任感，照样可能是有社会责任感的。不能从简单的一句话中看待一个作家的整个创作主张和整个人生态度。

　　比如阿城说过他写小说就是为了满足自我，对这样一句话可以作各种引申，可以引申出他没有责任感，也可以引申出他有很强烈的社会责任感。这就要看他的作品到底反映了些什么。

　　一个作家的作品，一旦发表出来就成为一种社会事实，就会产生社会影响。你的作品写成后，锁在抽屉里是属于自己的，发表出来就成了社会现象，当然也就会对读者产生这样那样的影响。这种影响，发表前你也许不能完全准确估计到，但是大体上还是一个估计的。

现在对于责任感的理解可能有两种，一种所谓的责任感就是古代的"代圣贤立言"，也就是说别人的话，说别人想说而没有说出来的话，替别人说话。这就是揣摩上意，发意称旨，就是皇上嘴里还没有出来呢，我就琢磨着他要说什么。还有一种责任感，是作家表达自己对社会的感受，是出自自己真诚的思索。我赞成后一种责任感。

一个作品产生的社会效果，往往不是出自作家的主观意识，而是受社会环境的影响。像抗日战争中，没有"白毛女"也会出现别的戏，鼓励大家参军打鬼子去，因为当时有这样的社会环境。所以我觉得，应当研究一部重要作品到底是怎样产生作用的，产生了什么作用。作家的责任感应该是独特的，与其他人有所不同。我最近读了巴西总统写的一首诗，写的是渔民出海时亲人等他的心情。诗写得很好。我觉得他虽然是总统，但是写诗的时候不是总统，是诗人，是用诗人的眼睛看待世界，表达自己的感受。他当总统时是总统，不当总统时是诗人，不能用当总统的责任感写诗，也不能用写诗的办法治理国家。两者不是一回事。

作家的责任感是在作品中体现出来的，而不应该游离于作品之外。你在写作时，所要考虑的就是把作品写好，不可能先想你该有怎样的社会责任感，这样的作品很难成功。我曾经问过一个空军飞行员，上天的时候是不是想到对国家对民族的责任。他说我不能想，我一想就要被敌人打下来了。我只能想怎样瞄准对手，把他打下来。写小说也是一样，如写不好，就像飞机驾驶员就要被揍下来一样。

现在一些人主张文学应该更多反映社会问题，更多干预生活，这种看法值得探讨。最早提出"问题小说"的是赵树理，他也写过一些这类作品，像《地权》就是解决土地问题的。但是恰恰就是他自己的不少小说，也无法放到"问题小说"里面，比如《手》，比如《富贵》，而往往就是这样一些小说比所谓的"问题小说"的艺术生命力要强。过去不少作家包括老舍这样的作家都受到这种影响，总想在作品中直接反映社会变化，配合运动需要，以为这就是责任感。老舍《茶馆》的结尾原来不是这样，他打算把王利发写成当上了人民代表。后来焦菊隐对他说，你就是第一幕好，你就照着第一幕写吧。老舍说，那咱们就"配合"不上了。如果真"配合"上了，《茶馆》也就不是《茶馆》了。现在，一些人所说的社会责任感，和那时的"配合"其实是一样的。

作家想要更多地干预生活，从自己的能力来说也很难做到。道理很明显，一个作家所能表现的只能是他所感知的那部分世界，总是有局限的。如果整个世界都要表现，不就成了全知全能的上帝了吗？好比一个大夫，不可能内科、外科、儿科、妇科都干，而且都干得很好。只能专攻一行。如果你只割瘤子，你就把那个瘤子割好了，不就行了？简单地说，这就是卖什么吆喝什么。搞文学的就把文学搞好。

还有一种情况，就是一些人总愿意给文学作品赋予更多的功能，结果使你写的东西产生的社会效果和你所想的完全不是一回事。比如，我写过一篇小说《皮凤三楦房子》，是讽刺性的。写的是故乡高邮一个叫高大头的人有办法，居然在九平方米的地皮上盖起了三十六平方米的房子。写的是这个过程。高大头确有一个原型，但我写的是小说，是因为对这个事情感兴趣，并没有想到会产生什么效果。没想到小说一发表，当地政府马上决定给这个"高大头"解决房子，说汪老在小说里都写了这件事了，而且"高大头"现在还成了我们县里的政协委员。他的女儿是模范个体户，介绍时就说她是汪老小说中那个高大头的女儿。这种效果是我完全没有想到的，也是完全不希望的。实际上，我们老家的人把文学看成一种政治工具了。我不想让文学作品承担这样的功能。后来，这个"高大头"给我写来很长的一封信，还寄来了材料，希望我写小说的续篇，我说我写不了。因为我想不出还能写些什么。我希望，让文学回到文学本身。

一个作家如果真诚地反映出所了解的世界，他就实现了自己的责任。

一九八八年七月七日

道是无情却有情

同志们希望我们谈谈文艺形势，这个问题我说不出什么来。我对文艺界的情况很隔膜。我是写京剧剧本的，写小说不是本职工作。我觉得文艺形势是好的。党的三中全会以来，我觉得文艺形势空前的好。我这不是听了什么领导同志的意见，也没有作过调查研究，只是我个人的切身感受。形势好，是说大家思想解放了，题材广阔了，各种流派都允许出现了。拿我来说，我的一些作品，比如你们比较熟悉的《受戒》、《大淖记事》……写旧社会的小和尚和村姑的恋爱，写一个小锡匠和一个挑夫的女儿的恋爱，不用说十年动乱，就是"十七年"，这样的作品都是不会出现的。没有地方会发表，我自己也不会写。写了，有地方发表，有人读，这跟以前很不一样了嘛。有人问起关于《受戒》的争议的情况。我没有听到什么争议。只有《作品与争鸣》上发表过国东的一篇《莫名其妙的捧场》。这篇文章主要是批评那些"捧场"的人的。其中也批评了我的小说，说这里的一首民歌"不堪入目"。我觉得对一篇作品有不同的看法，是正常的。不同的意见，这算不得是有"争议"。"争议"一般都指作品有带有倾向性的问题。这篇小说好像还没有人拿来当作有倾向性的问题的作品批评过。大家关心"争议"，说明对文艺情况很敏感。有人问《文艺报》和《时代的报告》争论的背景，这个问题我实在一无所知。"十六年"这个提法，很多同志不同意，我也不同意。

我的小说有一点和别人不大一样，写旧社会的多。去年我出了一本小说选，十六篇，九篇是写旧社会的，七篇是写解放后的。以后又发表了十来篇，只有两篇是写新社会的。有人问是不是回避现实生活中的矛盾。我没有回避矛盾的意思。第一，我也还写了一些反映新社会的生活的小说。第二，这是不得已。我对旧社会比较熟悉，对新社会不那么熟悉。我今年六十二岁，前三十年生活在旧社会，后三十年生活在新社会，按说熟悉的程度应该差不多，可是我就是对旧社会还是比较熟悉些，吃得透一些。对新社会的生活，我还没有熟悉到可以从心所欲，挥洒自如。一个作家对生活没有熟悉到可以从心所欲、挥洒自如的程度，就不能取得真正的创作的自由。所谓创作的自由，就是可以自由地想象，自由地虚构。你的想象、虚构都是符合于生活的。一个作家所写的人和事常常有一点影子，但不可能就照那点影子原封不动地写出来，总要补充一点东西，要虚构，要想象。虚构和想象的根据，是生活。不但要熟悉你所写的那个题材，熟悉与那个题材有关的生活，还要熟悉与那个题材无关的生活。你要对某个时代、某个地区、某种范围的生活熟悉到可以随手抓来就放在小说里，很贴切，很真实。海明威说：冰山所以显得雄伟，因为它浮出水面的只有七分之一，七分之六在海里。一个作家在小说里写出来的生活只有七分之一，没有写出来的是七分之六。没有七分之六，就没有七分之一。

生活是第一位的。有生活，就可以头头是道，横写竖写都行；没有生活，就会捉襟见肘，或者，瞎编。

有的青年同志说他也想写写旧社会，我看可以不必。你才二三十岁，你对旧社会不熟悉。而且，我们当然应该多写新社会，写社会主义新人。

要不要有思想，有主题？当然要有。我不同意无主题论。有人说我的小说说不出主题是什么，我自己是心中有数的。比如《岁寒三友》的主题是什么？"涸辙之鲋，相濡以沫"。一个作者必须有思想，有自己的思想。我们要学习马克思主义、毛泽东思想，但是不能用马克思或毛泽东的话，或某一项政策条文，代替自己的思想。一个作者对于生活，对于生活中的某种人或事，总得有自己的看法。作者在观察生活，塑造形象的过程中，总是要伴随自己的思想的。作者的思想不可能脱离形象。同样，也不可能有一种不是浸透了作者思想单独存在的形象。

所谓思想，我以为即是作者自己所发现的生活中的美和诗意，作者自己体察到的生活的意义。我写新社会的题材比较少，是因为我还没有较多地发现新的生活中的美和诗意。所谓不熟悉，就是自己没有找到生活的美和诗意。社会主义新人，就是一种社会主义的新的"人"，人的身上的新的美，新的诗意。必须是自己确实发现了，看到，感受到的。也就是说，确实使自己感动过的。要找到人身上的珠玉，人身上的金子。不是概念的，也不是夸饰的。不是自己并没有感动过，而在作品里作出受了感动的样子。比如，我在剧团生活了二十年，应该是比较熟悉的。有的同志建议我写写剧团演员，写写他们的心灵美。我是想写的，但一直还没有写，因为我还没有找到美的心灵。有人说：你可以写写老演员怎样为了社会主义的艺术事业，培养新的一代；可以写写年轻人怎样刻苦练功，为了演好英雄人物……我谢谢这些同志的好心，但是我不能写，因为我没有真正地看到。我要再找找，找到人的心的珠玉，心的黄金。

作品的主题，作者的思想，在一个作品里必须具体化为对于所写的人物的态度、感情。

对于人或事的态度、感情，大概有这么三种表达方式。一种是"特别地说出"。作者唯恐别人不理解，在叙述、描写中拼命加进一些感情色彩很重的字样，甚至跳出事件外面，自己加以评述、抒情、发议论。一种是尽可能地不动声色。许多西方现代小说的作者就尽量不表示对于所写的人、事的态度，非常冷静。比如海明威。我是主张作者的态度是要让读者感觉到的，但是只能"流露"，不能"特别地说出"。作者的感情、态度最好溶化在叙述、描写之中，隐隐约约，存在于字里行间。"东边日出西边雨，道是无晴却有晴"。

信口说了这些，请大家指正。

我是一个中国人

——散步随想

　　我实在不想说话，因为没有什么话可说。我对文艺界的情况很不了解。这几年精力渐减，很少读作品，中国的和外国的。我对自己也不大了解。我究竟算是哪一"档"的作家？什么样的人在读我的作品？这些全都心中无数。我一直还在摸索着，有一点孤独，有时又颇为自得其乐地摸索着。

　　在山东菏泽讲话，下面递上来一个条子："汪曾祺同志：你近年写了一些无主题小说，请你就这方面谈谈看法。"因为时间关系，我当时没有来得及回答。到了平原，又讲话，顺便谈了谈这个问题。写条子的这位青年同志（我相信是青年）大概对"无主题小说"很感兴趣，可是我对这方面实在无所知。我不知道有没有这个提法，这提法是从哪里来的。我只听说过"无主调音乐"，没有听说过"无主题小说"。我说：我没有写过"无主题小说"。我的小说都是有主题的。一定要我说，我也能说得出来。这位递条子的同志所称"无主题小说"，我想大概指的我近年发表的一些短小作品，如在《海燕》上发表的《钓人的孩子》，《十月》上发表的一组小说《晚饭花》里的《珠子灯》。这两篇小说都是有主题的。《钓人的孩子》的主题是：货币使人变成魔鬼。《珠子灯》的主题是：封建贞操观念的零落。

不过主题最好不要让人一眼就看出来。

李笠翁论传奇，讲"立主脑"。郭绍虞解释主脑即主题，我是同意郭先生的解释的。我以为李笠翁所说"主脑"，即风筝的脑线。风筝没有脑线，是放不上去的。作品没有主题，是飞不起来的。但是你只要看风筝就行了，何必一定非瞅清楚风筝的脑线不可呢？

脑线使风筝飞起，同时也是对于风筝的限制。脑线断了，风筝就会不知道飞到哪里去了。主题对作品也是一种限制。一个作者应该自觉地使自己受到限制。人的思想不能汗漫无际。我们不能往一片玻璃上为人斟酒。

"鸟飞在天上，影子落在地下。"①

任何高超缥缈的思想都是有迹可求的。

捉摸捉摸一个作品的主题，捉摸捉摸作者想说的究竟是什么，对读者来说，不也是一种乐趣么？"好读书，不求甚解；每有会意，便欣然忘食"，这是一种很惬意的读书方法。读小说，正当如此。

不要把主题讲得太死，太实，太窄。

也许我前面所说的主题，在许多人看来不是主题（因此他们称我的小说为"无主题小说"）。在有些同志看来，主题得是几句具有鼓动性的、有教诲意义的箴言。这样的主题，我诚然是没有。

我是一个中国人。

中国人必然会接受中国传统思想和文化的影响。我接受了什么影响？道家？中国化了的佛家——禅宗？都很少。比较起来，我还是接受儒家的思想多一些。

我不是从道理上，而是从感情上接受儒家思想的。我认为儒家是讲人情的，是一种富于人情味的思想。《论语》里的孔夫子是一个活人。他可以骂人，可以生气着急，赌

—————————

① 蒙古族民歌。

咒发誓。

我很喜欢《论语·子路曾皙冉有公西华侍坐章》。"暮春者，春服既成，冠者五六人，童子六七人，浴乎沂，风乎舞雩，咏而归。"我以为这是一种很美的生活态度。

我欣赏孟子的"大人者，不失其赤子之心"。

我认为陶渊明是一个纯正的儒家。"暧暧远人村，依依墟里烟。狗吠深巷中，鸡鸣桑树颠。"我很熟悉这样的充满人的气息的"人境"，我觉得很亲切。

我喜欢这样的诗："万物静观皆自得，四时佳兴与人同"，"顿觉眼前生意满，须知世上苦人多"。这是蔼然仁者之言。这样的诗人总是想到别人。

有人让我用一句话概括出我的思想，我想了想，说：我大概是一个中国式的抒情的人道主义者。

我不了解前些时报上关于人道主义的争论的实质和背景。我愿意看看这样的文章，但是我没有力量去作哲学上的论辩。我的人道主义不带任何理论色彩，很朴素，就是对人的关心，对人的尊重和欣赏。

讲一点人道主义有什么不好呢？说老实话，不是十年"文化大革命"的惨痛教训，不是经过三中全会的拨乱反正，我是不会产生对于人道主义的追求，不会用充满温情的眼睛看人，去发掘普通人身上的美和诗意的。不会感觉到周围生活生意盎然，不会有碧绿透明的幽默感，不会有我近几年的作品。

我当然反对利用"人道主义"来诋毁社会主义，诋毁我们伟大的祖国。

关于现代派。

我的意见很简单：在民族传统的基础上接受外来影响，在现实主义的基础上吸收现代派的某些表现手法。

最新的现代派我不了解。我知道一点的是老一代的现代派。我曾经很爱读弗·吴尔芙和阿左林的作品（通过翻译）。我觉得在社会主义现实主义的旗帜下的某些苏联作家是吸收了现代派的表现手法的。比如安东诺夫的《在电车上》，显然是用意识流的手法写出来的。意识流是可以表现社会主义内容的，意识流和社会主义内容不是不相容，而是可以给社会主义文学带来一股清新的气息的。

我的一些颇带土气的作品偶尔也吸取了一点现代派手法。比如《大淖记事》里写巧云被奸污后第二天早上的乱糟糟的，断断续续，飘飘忽忽的思想，就是意识流。我在《钓人的孩子》一开头写抗日战争时期昆明大西门外的忙乱纷杂的气氛，用了一系列静态的，只有名词，而无主语、无动词的短句，后面才说出"每个人带着他一生的历史和半个月的哀乐在街上走"，这颇有点现代派的味道。我写过一篇《求雨》，写栽秧时节不下雨，望儿的爸爸和妈妈一天抬头看天好多次，天蓝得要命，望儿的爸爸和妈妈的眼睛是蓝的。望儿看着爸爸和妈妈，望儿的眼睛也是蓝的。望儿和一群孩子上街求雨，路上的行人看着这支幼弱、褴褛、有些污脏而又神圣的小小的队伍，行人的眼睛也是蓝的。这也颇有点现代派的味道（把人的眼睛画蓝了，这是后期印象派的办法）。我觉得这没有什么不可以。而且我觉得只有这样写才能达到预期的效果。也可以说，这样写是为了主题的需要。

我觉得现实主义是可以、应该，甚至是必须吸收一点现代派的手法的，为了使现实主义返老还童。

但是我不赞成把现代派作为一个思想体系原封不动地搬到中国来。

爱护祖国的语言。一个作家应该精通语言。一个作家，如果是用很讲究的中国话写作，即使他吸收了外来的影响，他的作品仍然会具有鲜明的民族风格。外来影响和民族风格不是对立的矛盾。民族风格的决定因素是语言。"五四"以后不少着力学习西方文学的格律和方法的作家，同时也在着力运用中国味儿的语言。徐志摩（他是浙江硖石人)、闻一多（湖北浠水人），都努力地用北京话写作。中国第一个有意识地运用意识流方法，作品很像弗·吴尔芙的女作家林徽音（福州人），她写的《窗子以外》、《九十九度中》，所用的语言是很漂亮的地道的京片子。这样的作品带洋味儿，可是一看就是中国人写的。

外国的现代派作家，我想也是精通他自己国家的语言的。

用一种不合语法，不符合中国的语言习惯的，不中不西、不伦不类的语言写作，以为这可以造成一种特殊的风格，恐怕是不行的。

我的作品和我的某些意见，大概不怎么招人喜欢。姥姥不疼，舅舅不爱。也许我有一天会像齐白石似的"衰年变法"，但目前还没有这意思。我仍将沿着这条路走下去。有点孤独，也不赖。

小说笔谈

语言

在西单听见交通安全宣传车播出："横穿马路不要低头猛跑"，我觉得这是很好的语言。在校尉营一派出所外宣传夏令卫生的墙报上看到一句话："残菜剩饭必须回锅见开再吃"，我觉得这也是很好的语言。这样的语言真是可以悬之国门，不能增减一字。

语言的目的是使人一看就明白，一听就记住。语言的唯一标准，是准确。

北京的店铺，过去都用八个字标明其特点。有的刻在匾上，有的用黑漆漆在店面两旁的粉墙上，都非常贴切。"尘飞白雪，品重红绫"，这是点心铺。"味珍鸡蹠，香渍豚蹄"是桂香村。煤铺的门额上写着"乌金墨玉，石火光恒"，很美。八面槽有一家"老娘"（接生婆）的门口写的是："轻车快马，吉祥姥姥"，这是诗。

店铺的告白，往往写得非常醒目。如"照配钥匙，立等可取"。在西四看见一家，门口写着："出售新藤椅，修理旧棕床"，很好。过去的澡堂，一进门就看见四个大字："各照衣帽"，真是简到不能再简。

《世说新语》全书的语言都很讲究。

同样的话，这样说，那样说，多几个字，少几个字，味道便不同。张岱记他的一个亲戚的话："你张氏兄弟真是奇。肉只是吃，不知好吃不好吃；酒只是不吃，不知会吃不会吃。"有一个人把这几句话略改了几个字，张岱便斥之为"伧父"。

一个写小说的人得训练自己的"语感"。

要辨别得出，什么语言是无味的。

结构

戏剧的结构像建筑，小说的结构像树。

戏剧的结构是比较外在的、理智的。写戏总要有介绍人物，矛盾冲突、高潮（写戏一般都要先有提纲，并且要经过讨论），多少是强迫读者（观众）接受这些东西的。戏剧是愚弄。

小说不是这样。一棵树是不会事先想到怎样长一个枝子，一片叶子，再长的。它就是这样长出来了。然而这一个枝子，这一片叶子，这样长，又都是有道理的。从来没有两个树枝、两片树叶是长在一个空间的。

小说的结构是更内在的，更自然的。

我想用另外一个概念代替"结构"——节奏。

中国过去讲"文气"，很有道理。什么是"文气"？我以为是内在的节奏。"血脉流通"、"气韵生动"，说得都很好。

小说的结构是更精细，更复杂，更无迹可求的。

苏东坡说："但常行于所当行，止于所不可不止"，说的是结构。

章太炎《菿汉微言》论汪容甫的骈体文，"起止自在，无首尾呼应之式"。写小说者，正当如此。

小说的结构的特点，是：随便。

叙事与抒情

现在的年轻人写小说是有点爱发议论。夹叙夹议，或者离开故事单独抒情。这种议论和抒情有时是可有可无的。

法朗士专爱在小说里发议论。他的一些小说是以议论为主的，故事无关重要。他不过借一个故事来发表一通牵涉到某一方面的社会问题的大议论。但是法朗士的议论很精彩，很精辟，很深刻。法朗士是哲学家。我们不是。我们发不出很高深的议论。因此，不宜多发。

倾向性不要特别地说出。

一件事可以这样叙述，也可以那样叙述。怎样叙述，都有倾向性。可以是超然的、客观的、尖刻的、嘲讽的（比如鲁迅的《肥皂》、《高老夫子》），也可以是寄予深切的同情的（比如《祝福》、《伤逝》）。

董解元《西厢记》写张生和莺莺分别："马儿登程，坐车儿归舍；马儿往西行，坐车儿往东拽：两口儿一步儿离得远如一步也！"这是叙事。但这里流露出董解元对张生和莺莺的恋爱的态度，充满了感情。"一步儿离得远如一步也"，何等痛切。作者如无深情，便不能写得如此痛切。

在叙事中抒情，用抒情的笔触叙事。

怎样表现倾向性？中国的古话说得好：字里行间。

悠闲和精细

写小说就是要把一件平平淡淡的事说得很有情致（世界上哪有许多惊心动魄的事呢）。同样一件事，一个人可以说得娓娓动听，使人如同身临其境；另一个人也许说得索然无味。

《董西厢》是用韵文写的，但是你简直感觉不出是押了韵的。董解元把韵文运用得如此熟练，比用散文还要流畅自如，细致入微，神情毕肖。

写张生问店二哥蒲州有什么可以散心处，店二哥介绍了普救寺：

"店都知，说一和，道：'国家修造了数载余过，其间盖造的非小可，想天宫上光景，赛他不过。说谎后，小人图甚

108

么？普天之下，更没两座。'张生当时听说破，道：'譬如闲走，与你看去则个。'"

张生与店二哥的对话，语气神情，都非常贴切。"说谎后，小人图甚么"，活脱是一个二哥的口吻。

写张生游览了普救寺，前面铺叙了许多景物，最后写：

"张生觑了，失声的道：'果然好！'频频地稽首。欲待问是何年建，见梁文上明写着：'垂拱二年修。'"

这真是神来之笔。"垂拱二年修"，"修"字押得非常稳。这一句把张生的思想活动，神情，动态，全写出来了。——换一个写法就可能很呆板。

要把一件事说得有滋有味，得要慢慢地说，不能着急，这样才能体察人情物理，审词定气，从而提神醒脑，引人入胜。急于要告诉人一件什么事，还想告诉人这件事当中包含的道理，面红耳赤，是不会使人留下印象的。

张岱记柳敬亭说武松打虎，武松到酒店里，蓦地一声，店中的空酒坛都嗡嗡作响，说他"闲中著色，精细至此"。

唯悠闲才能精细。

不要着急。

董解元《西厢记》与其说是戏曲，不如说是小说。人民文学出版社出版的《董西厢》的《前言》里说："它的组织形式和它采取的艺术手法，为后来的戏曲、小说开阔了蹊径",是很有见识的话。从小说的角度来看,《董西厢》的许多细致处远胜于许多话本。它的许多方法,到现在对我们还有用,看起来还很"新"。

风格和时尚

齐白石在他的一本画集的前面题了四句诗:"冷艳如雪箇,来京不值钱。此翁无肝胆,空负一千年。"他后来创出了红花黑叶一派,他的画被买主,——首先是那些壁悬名人字画的大饭庄所接受了。

于非闇开始的画也是吴昌硕式的大写意的。后来张大千告诉他:"现在画吴昌硕式的人这样多,你几时才能出头?"他建议于非闇改画院体的工笔画。于非闇于是改画勾勒重彩。于非闇的画也被北京的市民接受了。

扬州八怪的知音是当时的盐商。

我不以为盐商是不懂艺术的。

艺术是要卖钱的,是要被人们欣赏、接受的。

红花黑叶、勾勒重彩、扬州八怪,一时成为风尚。实际上决定一时风尚的是买主。画家的风格不能脱离欣赏者的趣味太远。

小说也是这样。就是像卡夫卡那样的作家，如果他的小说没有一个人欣赏，他的作品是不会存在的。

但是一个作家的风格总得走在时尚前面一点，他的风格才有可能转而成为时尚。

追随时尚的作家，就会为时尚所抛弃。

小说陈言

抓住特点

杨慎《升庵诗话》卷四《劣唐诗》："学诗者动辄言唐诗，便以为好，不思唐人有极恶劣者。"他举了一些劣诗，如"莫将闲话当闲话，往往事从闲话生"，这真是"下净优人口中语"。但他又举"水牛浮鼻渡，沙鸟点头行"，以为这也是劣诗，我却未敢同意。水牛浮鼻而渡，这是江南水乡随时可见到的景象，许多画家都画过。但是写在诗里却是唯一的一次。"沙鸟点头行"尤为观察入微。这一定不是野鸭子那样的水鸟，水鸟走起来是一摇一摆的。这是长腿的沙鸟。只有长腿鸟"行"起来才是一步一点头。这不是劣诗。这也许不算好诗，但是是很好的小说语言，因为一下子抓住了特点。

写景、状物，都应该抓住特点。写人尤当如此。宋朝有一个皇帝，要接见一个从外省调进京的官，他怕自己认不出这个官（同时被接见的还有别的人），问一个大臣，这个官长得什么模样。大臣回答："这个人很好认，他长得是个西字脸。"第二天接见，皇帝一直忍不住笑。一个人长得一个西字脸是很好笑的。我们不但可以想见此人的脸型，还仿佛看见他的眉眼。这位大臣很能抓住人的特点。鲁迅写高老夫子的步态，"像木匠牵着的钻子似的，肩膀一扇一扇地直走"，此公形象，如在目前。因为有特点。

虚构

小说就是虚构。

纪晓岚对蒲松龄《聊斋》多虚构很不以为然：

"小说既述见闻，即属叙事，不比戏场关目，随意装点。……今燕昵之词，媟狎之态，细微曲折，摹绘如生，使出自言，似无此理，使出作者代言，则何从而闻见之，又所未解也。"

这位纪文达公（纪晓岚谥号）真是一个迂夫子。他以为小说都得是记实，不能"装点"。照他的看法，"燕昵之词"、"媟狎之态"都不能有。如果把这些全去掉，《聊斋》还有什么呢？

不但小说，就是历史，也不能事事有据。《史记》写陈涉称王后，乡人入宫去见他，惊叹道："夥颐！涉之为王沉沉者！"写得很生动。但是，司马迁从何处听来？项羽要烹了刘邦的老爹，刘邦答话："我翁即若翁，必欲烹而翁，则幸分我一杯羹。"刘邦的无赖嘴脸如画。但是我颇怀疑，这是历史还是小说？历来的史家都反对历史里有小说家言，正足以说明这是很难避免的。因为修史的史臣都是文学家，他们是本能地要求把文章写得生动一些的。历史材料总不会那样齐全，凡有缺漏处，史臣总要加以补充。补充，即是有虚构，有想象。这样本纪、列传才较完整，否则，干巴嗤咧，"断烂朝报"。

但是，虚构要有生活根据，要合乎情理，嘉庆二十三年，涪陵冯镇峦远村氏《读〈聊斋〉杂说》云：

"昔人谓：莫易于说鬼，莫难于说虎。鬼无伦次，虎有性情也。说鬼到说不来处，可以意为补接；若说虎到说不来处，大段著力不得。予谓不然。说鬼亦要有伦次，说鬼亦要

114

得性情。谚语有之：'说谎亦须说得圆'，此即性情伦次之谓也。试观《聊斋》说鬼狐，即以人事之伦次，百物之性情说之。说得极圆，不出情理之外；说来极巧，恰在人人意愿之中。虽其间亦有意为补接，凭空捏造处，亦有大段吃力处，然却喜其不甚露痕迹牵强之形，故所以能令人人首肯也。"

这说得不错。

"虚构"即是说谎，但要说得圆。我们曾照江青的指示，写一个戏：八路军派一个干部，进入蒙古草原，发动王府的奴隶，反抗日本侵略者和附逆的王爷（这是没有发生过，不可能发生的事）。这位干部怎样能取得牧民的信任呢？蒙古草原缺盐。盐湖都叫日本人控制起来了。一个蒙奸装一袋盐到了一个"浩特"，要卖给牧民。这盐是下了毒的。正在紧急关头，八路军的干部飞马赶到，说："这盐不能吃！"他把蒙奸带来的盐抓了一把，放在一个碗里，加了水，给一条狗喝了。狗伸伸四条腿，死了。下面的情节可以想象：八路军干部揭露蒙奸的阴谋，并将自己带来的盐分给牧民，牧民感动，高呼"共产党万岁！"这个剧本提纲念给演员听后，一个演员提出"大牲口喂盐，有给狗喝盐水的吗？狗肯喝吗？就是喝，台上怎么表演？哪里去找这样一个狗演员？"这不是虚构，而是胡说八道。因为，无此情理。

《阿Q正传》整个儿是虚构的。但是阿Q有原型。阿Q

在被判刑的供状上画了一个圆圈，竭力想画得圆，这情节于可笑中令人深深悲痛。竭力想把圈画得圆，这当然是虚构，是鲁迅的想象。但是不识字的愚民不会在一切需要画押的文书上画押，只能画一个圆圈（或画一个"十"字）却是千真万确的。这一点，不是任意虚构。因此，真实。

干净

扬州说书艺人授徒，在家中设高桌（过去扬州说书都是坐在高桌后面），据案教学生，每天只教二十句。学生每天就说这二十句，反复说，要说得"如同刀切水洗的一般"。"刀切水洗"，指的是口齿清楚，同时也包含叙事干净，不拖泥带水。

过去说文章，常说简练。"简练"一词，近年不大有人提，为一些青年作者和评论家所厌闻。他们以为"简练"意味简单、粗略、浅。那么，咱们换一个说法：干净。"干净"不等于不细致。

张岱《陶庵梦忆·柳敬亭说书》："余听其说'景阳冈武松打虎'白文，与本传大异。其描写刻画，微入毫发，然又找截干净，并不唠叨。"说书总要有许多枝枚，北方评书艺人称长篇评书为"蔓子活",如瓜牵蔓。但不论牵出去多远,最后还能"找"回来,来龙去脉,清清楚楚。扬州王少堂说《水浒》,"武十回"、"宋十回"、"卢十回",一回是一回,有起有落,有放有收。

因为参加"飞马奖"的评选,我读了一些长篇小说,一些作品给我一个印象,是:芜杂。

芜杂的原因之一,是材料太多,什么都往里搁,以为这样才"丰富",结果是拥挤不堪,人物、事件、情景,不能从容展开。

第二是作者竭力要表现哲学意蕴。这大概是受了西方现代主义的影响和青年评论家的怂恿(以为这样才"深刻")。作者对自己要表现的哲学似懂非懂,弄得读者也云苫雾罩。我不相信,中国一下子出了这么多的哲学家。我深感目前的文艺理论家不是在谈文艺,而是在谈他们自己也不太懂的哲学,大家心里都明白,这种"哲学"是抄来的。我不反对文学作品中的哲学,但是文学作品主要是写生活。只能由生活到哲学,不能由哲学到生活。

第三,语言不讲究,啰嗦,拖沓。

重读《丧钟为谁而鸣》,觉得海明威的叙述是非常干净的。他没有想表现什么"思想",他只是写生活。

我希望更多地看到这样的小说:明明白白,清清楚楚,干干净净。

一九八八年十一月十三日

小说创作随谈

　　我的讲话，自己可以事先作个评价，八个大字，叫作"空空洞洞，乱七八糟"。从北京来的时候，没有作思想准备，走得很匆忙，到长沙后，编辑部的同志才说要我作个发言，谈谈自己的创作。如果我早知道有这么个节目，准备一下，可能会好一些，现在已没有时间准备了。在创作上，我是个"两栖类动物"，搞搞戏曲，也搞搞小说创作。我写小说的资历应该说是比较长的，一九四〇年就发表小说了。解放以前出了个集子，但是后来中断了很久。解放后，我搞了相当长时间的编辑工作。编过《北京文艺》，编过《说说唱唱》，编过《民间文学》。到六十年代初，才偶尔写几篇小说。之后一直没写，写剧本去了，前后中断了二十多年。一直到一九七九年，在一些同志，就是北京的几个老朋友，特别是林斤澜、邓友梅他们的鼓励、支持和责怪下，我才又开始写了一些。第三次起步的时间是比较晚的。因为我长期脱离文学工作，而且我现在的职务还是在剧团里，所以对文学方面的情况很不了解，作品也看得很少，不了解情况，我说的话跟当前文学界的情况很可能是脱节的。

首先谈生活问题。文学是反映生活的，所以作者必须有深厚的生活基础。前几年我听到一种我不大理解的理论，说文学不是反映生活，而是表现我对生活的看法。我不大懂其中区别何在。对生活的看法也不能离开生活本身嘛，你不能单独写你对生活的看法呀！我还是认为文学必须反映生活，必须从生活出发。一个作家当然会对生活有看法，但客体不能没有。作为主体，观察生活的人，没有生活本身，那总不行吧？什么叫"创作自由"？我认为这个"创作自由"不只是说政策尺度的宽窄，容许写什么，不容许写什么。我认为要获得创作自由，有一个前提，那就是一个作家对生活要非常熟悉，熟悉得可以随心所欲，可以挥洒自如，那才有了真正的创作自由了。你有那么多生活可以让你想象、虚构、概括集中，这样你也就有了创作自由了。而且你也有了创作自信。我深信我写的东西都是真实的，不是捏造的，生活就是那样。一个作家不但要熟悉你所写的那个题材本身的生活，也要熟悉跟你这个题材有关的生活，还要熟悉与你这次所写的题材无关的生活。一句话，各种生活你都要去熟悉。海明威这句话我很欣赏："冰山之所以雄伟，就因为它露在水面上的只有七分之一。"在构思时，材料比写出来的多得多。你要有可以舍弃的本钱，不能手里只有五百块钱，却要买六百块钱的东西。你起码得有一千块钱，只买五百块钱的东西，你才会感到从容。鲁迅说："宁可把一个短篇小说压缩成一个 Sketch（速写），千万不要把一个 Sketch 拉成一个短篇小说。"有人说我的一些小说，比如《大淖记事》，浪费了材料，你稍微抻一抻就变成中篇了。我说我不抻，我就是这样。拉长了干什么呀？我要表达的东西那一万二千字就够了。作品写短有个好处，就是作品的实际容量比抻长了要大，你没写出的生活并不是浪费，读者是可以感觉得到的。读者感觉到这个作品很饱满，那个作品很单薄，就是因为作者的生活底子不同，反映在作品里的份量也就不同。生活只有那么一点，又要拉得很长，其结果只有一途，就是瞎编。瞎编和虚构不是一回事。瞎编是你根本不知道那个生活。我在《光明日报》上发表过一篇很短的文章，叫做《说短》。我主张宁可把长文章写短了，不可把短文章抻长了。这是上算的事情。因为你作品总的份量还是在那儿，压短了的文章的感人力量会更强一些。写小说很重要的一点就是要懂得舍弃。

第二谈谈思想问题。一个作家当然要有自己的思想。作家所创作的形象没有一个不是浸透了作家自己的思想的，完全客观的形象是不可能有的。但这个思想必须是你自己的思想，你自己从生活里头直接得到的想法。也就是说你对你所写的那个生活、那个人、那个事件的态度，要具体化为你的感情，不能是个概念的东西。当然我们的思想应该是在马克思主义、毛泽东思想的指导之下，但是你不能把马克思的某一句话，或是某一个政策条文，拿来当作你的思想。那个是引导、指导你思想的东西，而不是你本人的思想。作家写作品，常有最初触发他的东西，有原始的冲动，用文学理论教科书上的话来说，就是创作的契因。这是从哪里来的？是你看了生活以后有所感，有所动，有了些想法的结果。可能你的想法还是朦胧的，但是真切的、真实的。这一点是很重要的。我为什么写《受戒》？我看到那些和尚、那些村姑，感觉到他们的感情是纯洁的、高贵的、健康的，比我生活圈中的人，要更优美些。按现在的话说就是对劳动人民的情操有了理解，因此我想写出它来。最初写时我没打算发表，当时发表这种小说的可能性也不太大。要不是《北京文学》的李清泉同志，根本不可能发表。在一个谈创作思想问题的会上，有人知道我写了这样一篇小说，还把它作为一种文艺动态来汇报。但我就是有这个创作的欲望、冲动，想表现表现这样一些人。我给它取个说法，叫"满足我自己美学感情的需要"。人家说："你没打算发表，写它干什么？"我说："我自己想写，我写出来留着自己玩儿。"我把自己对生活的看法表现出来了，我觉得要有这个追求。《大淖记事》是怎样写出来的？我小时候就知道，有一个小锡匠和一个水上保安队的情妇发生恋爱关系，叫水上保安队的兵把他打死过去，后来拿尿碱把他救活了。我那时才十六岁，还没有什么"优美的感情、高尚的情操"这么一些概念，但他们这些人对爱情执着的态度给了我很深的感触，朦朦胧胧地觉得，他为了爱情打死了都干。写巧云的模特儿是另外一个人，不是她，我把她挪到这儿来了，这是常有的事。我们家巷子口是挑夫集中的地方，还有一些轿夫。有一个姓戴的轿夫，他的姓我现在还记得，他突然得了血丝虫病，就是象腿病。腿那么粗，抬轿是靠腿脚吃饭的，腿搞成那个样子，就完了！怎么生活下去呢？他有个老婆，不很起眼，头发黄黄的，衣服也不整齐，也不是很精神的，我每天上学都看见她。过两天，我再看见她时，咦，变了个样儿！头发梳得光光的，衣服也穿得很整齐，她去当挑夫去了。用现在的话说，是勇敢地担负起全家生活的担子。当时我很惊奇，或者说我很佩服。这种最初激动你，刺激你的那个东西很重要。没有那个东西，你写出的东西很可能是从概念出发的。对生活的看法，对人和事的看法，最后要具体化为你对这些人的感情，不能单是概念的，理念的东西。单有那个东西恐怕不行。你的这种感情，这种倾向性，这种思想，是不是要在作品中表现出来？据我了解大概有三种态度。一种是极力把自己的思想、感情说出来。有时候正面地发些议论，作者跳出来说话，表明我对这个事情是什么什么看法。这个也不是不可以。还有一种是不动声色，只是把这个事儿，表面上很平静地说出来，海明威就是这样。海明威写《老人与海》，他并不在里面表态。还有一种，是取前面二者而折衷，是折衷主义。我就是这种态度。我觉得作者的态度、感情是要表现出来的，但是不能自己站出来说，只能在你的叙述之中，在你的描写里面，把你的感情、你的思想溶化进去，在字里行间让读者感觉到你的感情，你的思想。

第三我谈谈结构技巧问题。我在大学里跟沈从文先生学了几门课。沈先生不会讲话，加上一口湘西凤凰腔，很不好懂。他没有说出什么大道理，只是讲了些很普通的经验。他讲了一句话，对我的整个写作是很有指导作用的，但当时我们有些同学不理解他的话。他翻来覆去地说要"贴到人物来写"，要"紧紧地贴到人物来写"。有同学说

"这是什么意思？"以我的理解，一个是他对人物很重视。我觉得在小说里，人物是主要的，或者是主导的，其他各个部分是次要的，是派生的。当然也有些小说不写人物，有些写动物，但那实际上还是写人物；有些着重写事件；还有的小说甚至也没人物也没事件，就是写一种气氛，那当然也可以，我过去也试验过。但是，我觉得，大量的小说还是以人物为主，其他部分如景物描写等等，都还是从人物中派生出来的。现在谈我的第二点理解。当然，我对沈先生这话的理解，可能是"歪批《三国》"，完全讲错了的。我认为沈先生这句话的第二层意思是指作者和人物的关系问题。作者对人物是站在居高临下的态度，还是和人物站在平等地位的态度？我觉得应该和人物平等。当然，讽刺小说要除外，那一般是居高临下的。因为那种作品的人物是讽刺的对象，不能和他站在平等的地位。但对正面人物是要有感情的。沈先生说他对农民、士兵、手工业者怀着"不可言说的温爱"。我很欣赏"温爱"这两个字。他没有用"热爱"而用"温爱"，表明与人物稍微有点距离。即使写坏人，写批判的人物，也要和他站在比较平等的地位，写坏人也要写得是可以理解的，甚至还可以有一点儿"同情"。这样这个坏人才是一个活人，才是深刻的人物。作家在构思和写作的过程中，大部分时间要和人物溶为一体。我说大部分时间，不是全过程，有时要离开一些，但大部分时间要和人物"贴"得很紧，人物的哀乐就是你的哀乐。不管叙述也好，描写也好，每句话都应从你的肺腑中流出，也就是从人物的肺腑中流出。这样紧紧地"贴"着人物，你才会写得真切，而且才可能在写作中出现"神来之笔"。我的习惯是先打腹稿，腹稿打得很成熟后，再坐下来写。但就是这样，写的时候也还是有些东西是原来没想到的。比如《大淖记事》写十一子被打死了，巧云拿来一碗尿碱汤，在他耳边说："十一子，十一子，你喝了！"十一子睁开眼，她把尿碱汤灌了进去。我写到这儿，不由自主地加了一句："不知道为什么，她自己也尝了一口。"我写这一句时是流了眼泪的，就是我"贴"到了人物，我感到了人物的感情，知道她一定会这样做。这个细节是事先没有想到的。当然人物是你创造的，但当人物在你心里活起来之后，你就得随时跟着他。王蒙说小说有两种，一种是贴着人物写，一种是不贴着人物写（他的这篇谈话我没有看到，是听别人说的）。当然不贴着人物写也是可以的。有的小说主要不是在写人物，它是借题发挥，借人物发议论。比如法朗士的小说，他写卖菜的小贩骂警察，就是这么点事。他也没有详细地写小贩怎么着，他拉开发了一大通议论，实际是通过卖菜的小事件发挥对资产阶级虚伪的法制的批判。但大部分小说是写人物的，还是贴着人物写比较好。第三，沈先生所谓"贴到人物写"，我的理解，就是写其他部分都要附丽于人物。比如说写风景也不能与人物无关。风景就是人物活动的环境，同时也是人物对周围环境的感觉。风景是人物眼中的风景，大部分时候要用人物的眼睛去看风景，用人物的耳朵去听声音，用人物的感觉去感觉周围的事件。你写秋天，写一个农民，只能是农民感觉的秋天，不能用写大学生感觉的秋天来写农民眼里的秋天。这种情况是有的，就是游离出去了，环境描写与人物相脱节，相游离。如果贴着人物写景物，那么不直接写人物也是写人物。我曾经有一句没有解释清楚的话，我认为"气氛即人物"，讲明白一点，即是全篇每一个地方都应浸透人物的色彩。叙述语言应该尽量与人物靠近，不能完全是你自己的语言。对话当然必须切合人物的身份，不能让农民讲大学生的话。对话最好平淡一些，简单一些，就是普通人说的日常话，不要企图在对话里赋予很多的诗意，很多哲理。托尔斯泰有句名言："人是不能用警句交谈的。"有些青年人给我寄来的稿子里，大家都在说警句，生活要真那样，受得了吗？年轻时我也那么干过，我写两个知识分子，自己觉得好像写得很漂亮。可是我的老师沈从文看后却说："你这不是两个人在对话，是两个聪明脑壳在打架。"我事后想，觉得也有道理，即使是知识分子也不能老是用警句交谈啊。写小说尤其要注意这一点，它与写戏剧不一样。戏剧可以允许人物说一点警句，比如莎士比亚写"活着还是不活，这是个问题……"放在小说里就不行。另外戏剧人物可以长篇大论，生活中的人物却不可能长篇大论。李笠翁有句名言很有道理，他说："写诗文不可写尽，有十分只能说出二三分。"这个见解很精辟。写戏不行，有十分就得写出十分，因为它不是思索的艺术，不能说我看着看着可以掩卷深思，掩卷深思这场就过去了！我曾经写过一篇很短的小说，写一个孩子，在口外坝上，坐在牛车上，好几里地都是马兰花。这花湖南好像没有，像蝴蝶花似的，淡紫蓝色，花开得很大。我写这个孩子的感觉，也就是我自己的亲身感觉。我曾经坐过这样的牛车，我当时的感觉好像真是到了一个童话的世界。但我写这个孩子就不能用这句话，因为孩子是河北省农村没上过学的孩子，他根本不知道何为童话。如果我写他想"真是在一个童话里"，那就蛮不真实了。我只好写他觉得好像在一个梦里，这还差不多。我在一个作品里写一个放羊的孩子，到农业科学研究所去参观温室。他没见过温室，是个山里的孩子。他很惊奇，很有兴趣，把它叫"暖房"。暖房里冬天也结黄瓜，也结西红柿。我要写他对黄瓜、西红柿是什么感觉。如果我写他觉得黄瓜、西红柿都长得很鲜艳，那完了！山里孩子的嘴里是不会说"鲜艳"两字的。我琢磨他的感觉，黄瓜那样绿，西红柿那样红，"好像上了颜色一样"。我觉得这样的叙述语言跟人物比较"贴"。我发现有些作品写对话时还像个农民，但描写的时候就跟人物脱节了，这就不能说"贴"住了人物。

另外谈谈语言的问题。我的老师沈从文告诉我，语言只有一个标准，就是准确。一句话要找一个最好的说法，用朴素的语言加以表达。当然也有华丽的语言，但我觉得一般地说，特别是现代小说，语言是越来越朴素，越来越简单。比如海明威的小说，都是写的很简单的事情，句子很短。

下面再讲讲结构问题。结构是多种多样的，没有个成法。大体上有两种结构，一种是较严谨的结构，一种是较松散的结构。莫泊桑的结构比较严谨，契诃夫的结构就比较松散。我是倾向于松散的。我主张按照生活本身的形式来结构作品。有的人说中国结构的特点是有头有尾，从头说到尾。我觉得不一定，用比较跳动的手法也完全可以。我很欣赏苏辙（大概是苏辙）对白居易的评价。他说白居易"拙于记事，寸步不离，犹恐失之"。乍听这种说法会很奇怪，白居易是有名的善于写叙事诗的，苏辙却说他"拙于记事"。其实苏辙的话是有道理的，因为白居易"寸步不离"，对事儿一步不敢离开，"犹恐失之"，生怕把事儿写丢了，这样的写法必定是费力不讨好的。苏辙还说杜甫的《丽人行》是高明的杰作。他说《丽人行》同样是写杨贵妃的，然而却"……似百金战马，注坡蓦涧，如履平地"。也就是用打乱了的、跳动的结构。我是主张搞民族形式的，但是说民族形式就是有头有尾，那不一定对。我欣赏中国的一个说法，叫做"文气"，我觉得这是比结构更精微，更内在的一个概念。什么叫文气？我的解释就是内在的节奏。"桐城派"提出，所谓文气就是文章应该怎么起，怎么落，怎么断，怎么连，怎么顿等等这样一些东西，讲究这些东西，文章内在的节奏感就很强。清代的叶燮讲诗讲得很好，说如泰山出云，泰山不会先想好了，我先出哪儿，后出哪儿，没有这套，它是自然冒出来的。这就是说文章有内在的规律，要写得自然。我觉得如果掌握了"文气"，比讲结构更容易形成风格。文章内在的各部分之间的有机联系是非常重要的。有的文章看起来很死板，有些看起来很活。这个"活"，就是内在的有机联系，不要单纯地讲表面的整齐、对称、呼应。

最后谈谈作者的修养问题。在北京有个年轻同志问我："你的修养是怎么形成的？"我告诉他："古今中外，乱七八糟。"我说你应该广泛地吸收。写小说的除了看小说，还要多看点别的东西。要读点民歌，读点戏剧，这里头有很多好东西，值得我们搞小说创作的人学习。我的话说得太多了，瞎说一气，很多地方是我的一家之言！

（本文是在一次青年文学讲习班上的讲话）

小说技巧常谈

成语·乡谈·四字句

春节前与林斤澜同去看沈从文先生。座间谈起一位青年作家的小说，沈先生说："他爱用成语写景，这不行。写景不能用成语。"这真是一针见血的经验之谈。写景是为了写人，不能一般化。必须状难状之景，如在目前，这样才能为人物设置一个特殊的环境，使读者能感触到人物所生存的世界。用成语写景，必然是似是而非，模模糊糊，因而也就是可有可无，衬托不出人物。《西游记》爱写景，常于"但见"之后，写一段骈四俪六的通俗小赋，对仗工整，声调铿锵，但多是"四时不谢之花，八节常春之草"一类的陈词套语，读者看到这里大都跳了过去，因为没有特点。

由沈先生的话使我联带想到，不但写景，就是描写人物，也不宜多用成语。旧小说多用成语描写人物的外貌，如"面如重枣"、"面如锅底"、"豹头环眼"、"虎背熊腰"，给人的印象是"差不多"。评书里有许多"赞"，如"美人赞"，无非是"柳叶眉、杏核眼，樱桃小口一点点"。刘金定是这样，樊梨花也是这样。《红楼梦》写凤姐极生动，但多于其口角言谈，声音笑貌中得之，至于写她出场时的"亮相"，说她"两弯柳叶吊梢眉，一双丹凤三角眼"，形象实在不大美，也不准确，就是因为受了评书的"赞"的影响，用了成语。

看来凡属描写，无论写景写人，都不宜用成语。

至于叙述语言，则不妨适当地使用一点成语。盖叙述是交代过程，来龙去脉，读者可能想见，稍用成语，能够节省笔墨。但也不宜多用。满篇都是成语，容易有市井气，有伤文体的庄重。

听说欧阳山同志劝广东的青年作家都到北京住几年，广东作家都要过语言关。孙犁同志说老舍在语言上得天独厚。这都是实情话。北京的作家在语言上占了很大的便宜。

大概从明朝起，北京话就成了"官话"。中国自有白话小说，用的就是官话。"三言"、"二拍"的编著者，冯梦龙是苏州人，凌濛初是浙江乌程（即吴兴）人，但文中用吴语甚少。冯梦龙偶尔在对话中用一点吴语，如"直待两脚壁立直，那时不关我事得"（《滕大尹鬼断家私》）。凌濛初的叙述语言中偶有吴语词汇，如"不匡"（即苏州话里的"弗壳张"，想不到的意思）。《儒林外史》里有安徽话，《西游记》里淮安土语颇多（如"不当人子"）。但是这些小说大体都是用全国通行的官话写的。《红楼梦》是用地道的北京话写的。《红楼梦》对中国现代文学语言的形成，有着不可估量的影响。

有了官话文学，"白话文"的出现就是水到渠成的事，白话文运动的策源地在北京。"五四"时期许多外省籍的作家都是用普通话即官话写作的。有的是有意识地用北京话写作的。闻一多先生的《飞毛腿》就是用纯粹的北京口语写成的。朱自清先生晚年写的随笔，北京味儿也颇浓。

咱们现在都用普通话写作。普通话是以北方话作为基础方言，吸收别处方言的有用成分，以北京音为标准音的。"北方话"包括的范围很广，但是事实上北京话却是北方话的核心，也就是说是普通话的核心。北京话也是一种方言。普通话也仍然带有方言色彩。张奚若先生在当教育部长时作了一次报告，指出"普通话"是普遍通行的话，不是寻常的普普通通的话。就是说，不是没有个性，没有特点，没有地方色彩的话。普通话不是全国语言的最大公约数，不是把词汇压缩到最低程度，因而是缺乏艺术表现力的蒸馏水式的语言。普通话也有其生长的土壤，它的根扎在北京。要精通一种语言，最好是到那个地方住一阵子。欧阳山同志的忠告，是有道理的。

不能到北京，那就只好从书面语言去学，从作品学，那怎么说也是隔了一层。

吸收别处方言的有用成分。别处方言，首先是作家的家乡话。一个人最熟悉，理解最深，最能懂得其传神妙处的，还是自己的家乡话，即"母舌"。有些地区的作家比较占便宜，比如云、贵、川的作家。云、贵、川的话属西南官话，也算在"北方话"之内。这样他们就可以用家乡话写作，既有乡土气息，又易为外方人所懂，也可以说是"得天独厚"。沙汀、艾芜、何士光、周克芹都是这样。有的名物，各地歧异甚大，我以为不必强求统一。比如何士光的《种包谷的老人》，如果改成《种玉米的老人》，读者就会以为这是写的华北的故事。有些地方语词，只能以声音传情，很难望文生义，就有点麻烦。我的家乡（我的家乡属苏北官话区）把一个人穿衣服干净、整齐、挺括、有样子，叫做"格挣挣的"。我在写《受戒》时想用这个词，踌躇了很久。后来发现山西话里也有这个说法，并在元曲里也发现"格挣"这个词，才放心地用了。有些地方话不属"北方话"，比如吴语、粤语、闽南语、闽北语，就更加麻烦了。有些不得不用，无法代替的语词，最好加一点注解。高晓声小说中用了"投煞青鱼"，我到现在还不知道这究竟是什么意思。

作家最好多懂几种方言。有时为了加强地方色彩，作者不得不刻苦地学习这个地方的话。周立波是湖南益阳人，平常说话，乡音未改，《暴风骤雨》里却用了很多东北土话。旧小说里写一个人聪明伶俐，见多识广，每说他"能打各省乡谈"，比如浪子燕青。能多掌握几种方言，也是作家生活知识比较丰富的标志。

听说有些中青年作家非常反对用四字句，说是一看到四字句就讨厌。这使我有点觉得奇怪。

中国语言里本来就有许多四字句，不妨说四字句多是中国语言的特点之一。

我是主张适当地用一点四字句的。理由是：一、可以使文章有点中国味儿。二、经过锤炼的四字句往往比自然状态的口语更为简洁，更能传神。若干年前，偶读张恨水的一本小说，写几个政客在妓院里磋商政局，其中一人，"闭目抽烟，烟灰自落"。老谋深算，不动声色，只此八字，完全画出。三、连用四字句，可以把句与句之间的连词、介词，甚至主语都省掉，把有转折、多层次的几件事贯在一起，造成一种明快流畅的节奏。如："乃瞻衡宇，载欣载奔。僮仆欢迎，稚子候门。三径就荒，松菊犹存。携幼入室，有酒盈樽。"（陶渊明《归去来兮辞》）。

　　反对用四字句，我想有两方面的原因。一方面是作者习惯于用外来的，即"洋"一点的方式叙述，四字句与这种叙述方式格格不入。一方面是觉得滥用四字句，容易使文体滑俗，带评书气。如果是第二种，我觉得可以同情。我并不主张用说评书的语言写小说。如果用一种"别体"，有意地用评书体甚至相声体来写小说，那另当别论。但是评书和相声与现代小说毕竟不是一回事。

呼应

我曾在一篇谈小说创作的短文中提到章太炎论汪容甫的骈文，"起止自在，无首尾呼应之式"，表示很欣赏。汪容甫能把骈体文写得那样"自在"，行云流水，不讲起承转合那一套，读起来很有生气，不像一般四六文那样呆板，确实很不容易。但这是指行文布局，不是说小说的情节和细节的安排。小说的情节和细节，是要有呼应的。

李笠翁论戏曲讲究"密针线"，讲究照应和埋伏。《闲情偶寄》有一段说得好：

> 编戏有如缝衣，其初则以完全者剪碎，其后又以剪碎者凑成。剪碎易，凑成难。凑成之工，全在针线紧密。一节偶疏，全篇之破绽出矣。每编一折，必须前顾数折，后顾数折。顾前者欲其照映，顾后者便于埋伏。照映、埋伏，不止照映一人，埋伏一事，凡是此剧中有名之人，关涉之事，与前此后此所说之话，节节俱要想到。

我是习惯于打好腹稿的。但一篇较长的小说，如超过一万字，总不能从头至尾每一个字都想好，有一个总体构思之后，总得一边写一想。写的时候要往前想几段，往后想几段，不能写这段只想这段。有埋伏，有呼应，这样才能使各段之间互相沟通，成为一体，否则就成了拼盘或北京人过年吃的杂拌儿。譬如一弯流水，曲折流去，不断向前，又时时回顾，才能生动多姿。一边写一边想，顾前顾后，会写出一些原来没有想到的细节，或使原来想到但还不够鲜明的细节鲜明起来。我写《八千岁》，写了他允许儿子养几只鸽子，他自己有时也去看看鸽子，原来只是想写他也是个人，对生活的兴趣并未泯灭，但他在被八舅太爷敲了一笔竹杠，到赵厨房去参观满汉全席，赵厨房说鸽蛋燕窝里鸽蛋不够，他说了一句："你要鸽子蛋，我那里有"，都是事前没有想到的。只是觉得他的处境又可怜又可笑，才信手拈来，写了这样一笔。他平日自奉甚薄，饮食粗粝，老吃"草炉烧饼"，遭了变故，后来吃得好一点，我是想到的。但让他吃什么，却还没有想好。直到写到快结束时，我才想起在他的儿子把照例的"晚茶"——两个烧饼拿来时，他把烧饼往桌上一拍，大声说："给我去叫一碗三鲜面！"边写边想，前后照顾，可以情文相生，时出新意。

埋伏和照映是要惨淡经营的，但也不能过分地刻意求之。埋伏处要能轻轻一笔，若不经意。照映处要顺理成章，水到渠成。要使读者看不出斧凿痕迹，只觉得自自然然，完完整整，如一丛花，如一棵菜。虽由人力，却似天成。如果使人看出来这里是埋伏，这里是照映，便成死症。

含藏

"逢人只说三分话，未可全抛一片心"，这是一种庸俗的处世哲学。写小说却必须这样。李笠翁云，作诗文不可说尽，十分只说得二三分。都说出来，就没有意思了。

侯宝林有一个相声小段《买佛龛》。一个老太太买了一个祭灶用的佛龛，一个小伙子问她："老太太，您这佛龛是哪儿买的？"——"嗨，小伙子，这不能说买，得说'请'！"——"那您是多少钱'请'的？"——"嘻！这么个玩意——八毛！"听众都笑了。这就够了。如果侯宝林"评讲"一番，说老太太一提到钱，心疼，就把对佛龛的敬意给忘了，那还有什么意思呢？话全说白了，没个捉摸头了。契诃夫写《万卡》，万卡给爷爷写了一封很长的信，诉说他的悲惨的生活，写完了，写信封，信封上写道："寄给乡下的爷爷收"。如果契诃夫写出：万卡不知道，这封信爷爷是不会收到的，那这篇小说的感人力量就大大削弱了，契诃夫也就不是契诃夫了。

我写《异秉》，写到大家听到王二的"大小解分清"的异秉后，陈相公不见了，"原来陈相公在厕所里。这是陶先生发现的。他一头走进厕所，发现陈相公已经蹲在那里。本来，这时候都不是他们俩解大手的时候"。一位评论家在一次讨论会上，说他看到这里，过了半天，才大笑出来。如果我说破了他们是想试试自己也能不能做到"大小解分清"，就不会有这样的效果。如果再发一通议论，说："他们竟然把生活的希望寄托在这样的微不足道的，可笑的生理特征上，庸俗而又可悲悯的小市民呀！"那就更完了。

"话到嘴边留半句"，在一点就破的地方，偏偏不要去点。在"裉节儿"上，"七寸三分"的地方，一定要"留"得住。尤三姐有言："提着影戏人儿上场，好歹别戳破这层纸儿。"把作者的立意点出来，主题倒是清楚了，但也就使主题受到局限，而且意味也就索然了。

小说不宜点题。

一九八三年三月十五日

小说的散文化

散文化似乎是世界小说的一种（不是唯一的）趋势。屠格涅夫的《猎人笔记》有些篇近似散文。《白静草原》尤其是这样。都德的《磨坊文札》也如此。他们有意用"日记"、"文札"来作为文集的标题，表示这里面所收的各篇，不是传统的严格意义上的小说。契诃夫有些小说写得很轻松随便。《恐惧》实在不大像小说，像一篇杂记。阿左林的许多小说称之为散文也未尝不可，但他自己是认为那是小说的。——有些完全不能称为小说的东西，则命之为"小品"，比如《阿左林先生是古怪的》。萨洛扬的带有自传色彩的小说，是具有文学性的回忆录。鲁迅的《故乡》写得很不集中。《社戏》是小说么？但是鲁迅并没有把它收在专收散文的《朝花夕拾》里，而是收在小说集里的。废名的《竹林的故事》可以说是具有连续性的散文诗。萧红的《呼兰河传》全无故事。沈从文的《长河》是一部很奇怪的长篇小说。它没有大起大落，大开大阖，没有强烈的戏剧性，没有高峰，没有悬念，只是平平静静，慢慢地向前流着，就像这部小说所写的流水一样。这是一部散文化的长篇小说。大概传统的，严格意义上的小说有一点像山，而散文化的小说则像水。

散文化的小说一般不写重大题材。在散文化小说作者的眼里，题材无所谓大小。他们所关注的往往是小事，生活的一角落，一片段。即使有重大题材，他们也会把它大事化小。散文化的小说不大能容纳过于严肃的，严峻的思想。这一类小说的作者大都是性情温和的人。他们不想对这个世界作陀思妥耶夫斯基式的拷问和卡夫卡式的阴冷的怀疑。许多严酷的现实，经过散文化的处理，就会失去原有的硬度。鲁迅是个性格复杂的人。一方面，他是一个孤独、悲愤的斗士，同时又极富柔情。《故乡》、《社戏》里有一种说不出来的惆怅和凄凉，如同秋水黄昏。沈从文企图在《长河》里"把最近二十年来当地农民性格灵魂被时代大力压扁扭曲失去原有的素朴所表现的式样，加以解剖及描绘"，这是一个十分严肃的，使人痛苦的思想。他"唯恐作品和读者对面，给读者也只是一个痛苦印象"，所以"特意加上一点牧歌的谐趣"。事实上《长河》的抒情成分大大冲淡了那种痛苦思想。散文化小说的作者大都是抒情诗人。散文化小说是抒情诗，不是史诗。散文化小说的美是阴柔之美，不是阳刚之美。是喜剧的美，不是悲剧的美。散文化小说是清澈的矿泉，不是苦药。它的作用是滋润，不是治疗。这样说，当然是相对的。

散文化的小说不过分地刻划人物。他们不大理解，也不大理会典型论。海明威说：不存在典型，典型是说谎。这话听起来也许有点刺耳，但是在解释得不准确的典型论的影响之下，确实有些作家造出了一批鲜明、突出，然而虚假的人物形象。要求一个人物像一团海绵一样吸进那样多的社会内容，是很困难的。透过一个人物看出一个时代，这只是评论家分析出来的，小说作者事前是没有想到的。事前想到，大概这篇小说也就写不出来了，小说作者只是看到一个人，觉得怪有意思，想写写他，就写了。如此而已。散文化小说作者通常不对人物进行概括。看过一千个医生，才能写出一个医生，这种创作方法恐怕谁也没有当真实行过。散文化小说作者只是画一朵两朵玫瑰花，不想把一堆玫瑰花，放进蒸锅，提出玫瑰香精。当然，他画的玫瑰是经过选择的，要能入画。散文化小说的人物不具有雕塑性，特别不具有米开朗基罗那样的把精神扩及到肌肉的力度。它也不是伦布朗的油画。它只是一些 sketch，最多是列宾的钢笔淡彩。散文化小说的人像要求神似。轻轻几笔，神全气足。《世说新语》，堪称范本。散文化的小说大都不是心理小说。这样的小说不去挖掘人的心理深层结构，散文化小说的作者不喜欢"挖掘"这个词。人有什么权利去挖掘人的心呢？人心是封闭的。那就让它封闭着吧。

散文化小说的最明显的外部特征是结构松散。只要比较一下莫泊桑和契诃夫的小说，就可以看出两者在结构上的异趣。莫泊桑，还有欧·亨利，耍了一辈子结构，但是他们显得很笨，他们实际上是被结构耍了。他们的小说人为的痕迹很重。倒是契诃夫，他好像完全不考虑结构，写得轻轻松松，随随便便，潇潇洒洒。他超出了结构，于是结构更多样。章太炎论汪中的骈文"起止自在，无首尾呼应之式"。打破定式，是散文化小说结构的特点。魏叔子论文云："人知所谓伏应而不知无所谓伏应者，伏应之至也；人知所谓断续而不知无所谓断续者，断续之至也"（《陆悬圃文序》）。古今中外作品的结构，不外是伏应和断续。超出伏应、断续，便在结构上得到大解放。苏东坡所说的"常行于所当行，常止于不可不止"，是散文化小说作者自觉遵循的结构原则。

喔，还有情节。情节，那没有什么。

有一些散文化的小说所写的常常只是一种意境。《白静草原》写了多少事呢？《竹林的故事》写的只是几个孩子对于他们的小天地的感受，是一篇他们的富有诗意的生活的"流水"（中国的往日的店铺把逐日随手所记账目叫做"流水"，这是一个很好的词汇）。《长河》的《秋（动中有静）》写的只是一群过渡人无目的、无条理的闲话，但是那么亲切，那么富有生活气息。沈从文创造了一种寂寞和凄凉的意境，一片秋光。某些散文化小说也许可称之为"安静的艺术"。《白静草原》、《秋（动中有静）》，这从题目上就可以看得出来。阿左林所写的修道院是静静的。声音、颜色、气味，都是静静的。日光和影子是静静的。人的动作、神情是静静的。墙上的常春藤也是静静的。散文化小说往往都有点怀旧的调子。甚至有点隐逸的意味。这有什么不好呢？我不认为这样一些小说所产生的影响是消极的。这样的小说的作者是爱生活的，他们对生活的态度是执著的。他们没有忘记窗外的喧嚣而躁动的尘世。

散文化小说的作者十分潜心于语言。他们深知，除了语言，小说就不存在。他们希望自己的语言雅致、精确、平易。他们让他们对于生活的态度于字里行间自自然然地流出，照现在西方所流行的一种说法是：注意语言对于主题的暗示性。他们不把倾向性"特别地说出"。散文化小说的作者不是先知，不是圣哲，不是无所不知的上帝，不是富于煽动性的演说家。他们是读者的朋友。因此，他们自己不拘束，也希望读者不受拘束。

散文化的小说曾给小说的观念带来一点新的变化。

一九八六年十一月十七日

说短

——与友人书

短，是现代小说的特征之一。

短，是出于对读者的尊重。

现代小说是忙书，不是闲书。现代小说不是在花园里读的，不是在书斋里读的。现代小说的读者不是有钱的老妇人，躺在樱桃花的阴影里，由陪伴女郎读给她听。不是文人雅士，明窗净几，竹韵茶烟。现代小说的读者是工人、学生、干部。他们读小说都是抓空儿。他们在码头上、候车室里、集体宿舍、小饭馆里读小说，一面读小说，一面抓起一个芝麻烧饼或者汉堡包（看也不看）送进嘴里，同时思索着生活。现代小说要符合现代生活方式，现代生活的节奏。现代小说是快餐，是芝麻烧饼或汉堡包。当然，要做得好吃一些。

小说写得长，主要原因是情节过于曲折。现代小说不要太多的情节。

以前人读小说是想知道一些他不知道的生活，或者世界上根本不存在的生活。他要读的不是生活，而是故事，或者还加上作者华丽的文笔。现代的读者是严肃的。他们有时也要读读大仲马的小说，但是只是看看玩玩，谁也不相信他编造的那一套。现代读者要求的是真实，想读的是生活，生活本身。现代读者不能容忍编造。一个作者的责任只是把你看到的、想过的一点生活诚实地告诉读者。你相信，这一点生活读者也是知道的，并且他也是完全可以写出来的。作者的责任只是用你自己的方式，尽量把这一点生活说得有意思一些。现代小说的作者和读者之间的界线逐渐在泯除。作者和读者的地位是平等的。最好不要想到我写小说，你看。而是，咱们来谈谈生活。生活，是没有多少情节的。

小说长，另一个原因是描写过多。

屠格涅夫的风景描写很优美。但那是屠格涅夫式的风景，屠格涅夫眼中的风景，不是人物所感受到的风景。屠格涅夫所写的是没落的俄罗斯贵族，他们的感觉和屠格涅夫有相通之处，所以把这些人物放在屠格涅夫式的风景之中还不"格生"。写现代人，现代的中国人，就不能用这种写景方式，不能脱离人物来写景。小说中的景最好是人物眼中之景，心中之景。至少景与人要协调。现代小说写景，只要是："天黑下来了……"，"雾很大……"，"树叶都落光了……"，就够了。

巴尔扎克长于刻划人物，画了很多人物肖像，作了许多很长很生动的人物性格描写。这种方式不适用于现代小说。这种方式对读者带有很大的强迫性，逼得人只能按照巴尔扎克的方式观察生活。现代读者是自由的，他不愿听人驱使，他要用自己的眼睛看生活，你只要扼要地跟他谈一个人，一件事，不要过多地描写。作者最好客观一点，尽量闪在一边，让人物自己去行动，让读者自己接近人物。

我不大喜欢"性格"这个词。一说"性格"就总意味着一个奇异独特的人。现代小说写的只是平常的"人"。

小说长，还有一个原因是对话多。

有些小说让人物作长篇对话，有思想，有学问，成了坐而论道或相对谈诗，而且所用的语言都很规整，这在生活里是没有的。生活里有谁这样地谈话，别人将会回过头来看着他们，心想：这几位是怎么了？

对话要少，要自然。对话只是平常的说话，只是于平常中却有韵味。对话，要像一串结得很好的果子。

对话要和叙述语言衔接，就像果子在树叶里。

长，还因为议论和抒情太多。

我并不一般地反对在小说里发议论，但议论必须很富于机智。带有讽刺性的小说常有议论，所谓嬉笑怒骂，皆成文章。

抒情，不要流于感伤。一篇短篇小说，有一句抒情诗就足够了。抒情就像菜里的味精一样，不能多放。

长还有一个原因是句子长，句子太规整。写小说要像说话，要有语态。说话，不可能每一个句子都很规整，主语、谓语、附加语全都齐备，像教科书上的语言。教科书的语言是呆板的语言。要使语言生动，要把句子尽量写得短，能切开就切开，这样的语言才明确。平常说话没有说挺长的句子的。能省略的部分都省掉。我在《异秉》中写陈相公一天的生活，碾药就写"碾药"，裁纸就写"裁纸"，两个字就算一句。因为生活里叙述一件事就是这样叙述的。如果把句子写齐全了，就会成为："他生活里的另一个项目是碾药"，"他生活里的又一个项目是裁纸"，那多噜嗦！——而且，让人感到你这个人说话像做文章（你和读者的距离立刻就拉远了）。写小说决不能做文章，所用的语言必须是活的，就像聊天说话一样。

现代小说的语言大都是很简短的。从这个意义来说，我觉得海明威比曹雪芹离我更近一些。

鲁迅的教导是非常有益的：竭力将可有可无的字句删去。

我写《徙》，原来是这样开头的：

世界上曾经有过很多歌，都已经消失了。

我出去散了一会步，改成了：

很多歌消失了。

我牺牲了一些字，赢得的是文体的峻洁。

短，才有风格。现代小说的风格，几乎就等于：短。

短，也是为了自己。

"揉面"

——谈语言

语言是艺术

语言本身是艺术，不只是工具。

写小说用的语言，文学的语言，不是口头语言，而是书面语言。是视觉的语言，不是听觉的语言。有的作家的语言离开口语较远，比如鲁迅；有的作家的语言比较接近口语，比如老舍。即使是老舍，我们可以说他的语言接近口语，甚至是口语化，但不能说他用口语写作，他用的是经过加工的口语。老舍是北京人，他的小说里用了很多北京话。陈建功、林斤澜、中杰英的小说里也用了不少北京话。

但是他们并不是用北京话写作。他们只是吸取了北京话的词汇，尤其是北京人说话的神气、劲头、"味儿"。他们在北京人说话的基础上创造了各自的艺术语言。

小说是写给人看的，不是写给人听的。

外国人有给自己的亲友读自己的作品的习惯。普希金给老保姆读过诗。屠格涅夫给托尔斯泰读过自己的小说。效果不知如何。中国字不是拼音文字。中国的有文化的人，与其说是用汉语思维，不如说是用汉字思维。汉字的同音字又非常多。因此，很多中国作品不太宜于朗诵。

比如鲁迅的《高老夫子》：

　　他大吃一惊，至于连《中国历史教科书》也失手落在地上了，因为脑壳上突然遭了什么东西的一击。他倒退两步，定睛看时，一枝夭斜的树枝横在他面前，已被他的头撞得树叶都微微发抖。他赶紧弯腰去拾书本，书旁边竖着一块木牌，上面写道：

看小说看到这里，谁都忍不住失声一笑。如果单是听，是觉不出那么可笑的。

有的诗是专门写来朗诵的。但是有的朗诵诗阅读的效果比耳听还更好一些。比如柯仲平的诗：

> 人在冰上走，
>
> 水在冰下流……

这写得很美。但是听朗诵的都是识字的，并且大都是有一定的诗的素养的，他们还是把听觉转化成视觉的（人的感觉是相通的），实际还是在想象中看到了那几个字。如果叫一个不识字的，没有文学素养的普通农民来听，大概不会感受到那样的意境，那样浓厚的诗意。"老妪都解"不难，叫老妪都能欣赏就不那么容易。"离离原上草"，老妪未必都能击节。

我是不太赞成电台朗诵诗和小说的，尤其是配了乐。我觉得这常常限制了甚至损伤了原作的意境。听这种朗诵总觉得是隔着袜子挠痒痒，很不过瘾，不若直接看书痛快。

文学作品的语言和口语最大的不同是精炼。高尔基说契诃夫可以用一个字说了很多意思。这在说话时很难办到，而且也不必要。过于简炼，甚至使人听不明白。张寿臣的单口相声，看印出来的本子，会觉得很啰嗦，但是说相声就得那么说，才明白。反之，老舍的小说也不能当相声来说。

其次还有字的颜色、形象、声音。

中国字原来是象形文字，它包含形、音、义三个部分。

形、音，是会对义产生影响的。中国人习惯于望"文"生义。"浩瀚"必非小水，"涓涓"定是细流。木玄虚的《海赋》里用了许多三点水的字，许多摹拟水的声音的词，这有点近于魔道。但是中国字有这些特点，是不能不注意的。

说小说的语言是视觉语言，不是说它没有声音。前已说过，人的感觉是相通的。声音美是语言美的很重要的因素。一个有文学修养的人，对文字训练有素的人，是会直接从字上"看"出它的声音的。中国语言因为有"调"，即"四声"，所以特别富于音乐性。一个搞文字的人，不能不讲一点声音之道。"前有浮声，则后有切响"，沈约把语言声音的规律概括得很扼要。简单地说，就是平仄声要交错使用。一句话都是平声或都是仄声，一顺边，是很难听的。京剧《智取威虎山》里有一句唱词，原来是"迎来春天换人间"，毛主席给改了一个字，把"天"字改成"色"字。有一点旧诗词训练的人都会知道，除了"色"字更具体之外，全句声音上要好听得多。原来全句六个平声字，声音太飘，改一个声音沉重的"色"字，一下子就扳过来了。写小说不比写诗词，不能有那样严的格律，但不能不追求语言的声音美，要训练自己的耳朵。一个写小说的人，如果学写一点旧诗、曲艺、戏曲的唱词，是有好处的。

外国话没有四声，但有类似中国的双声叠韵。高尔基曾批评一个作家的作品，说他用"噎"音的字太多，很难听。

中国语言里还有对仗这个东西。

中国旧诗用五七言，而文章中多用四六字句。骈体文固然是这样，骈四俪六；就是散文也是这样。尤其是四字句。四字句多，几乎成了汉语的一个特色。没有一篇文章找不出大量的四字句。如果有意避免四字句，便会形成一种非常奇特的拗体，适当地运用一些四字句，可以造成文章的稳定感。

我们现在写作时所用的语言，绝大部分是前人已经用过，在文章里写过的。有的语言，如果知道它的来历，便会产生联想，使这一句话有更丰富的意义。比如毛主席的诗："落花时节读华章"，如果不知出处，"落花时节"，就只是落花的时节。如果读过杜甫的诗："岐王宅里寻常见，崔九堂前几度闻。正是江南好风景，落花时节又逢君"，就会知道"落花时节"就包含着久别重逢的意思，就可产生联想。《沙家浜》里有两句唱词："垒起七星灶，铜壶煮三江"，是从苏东坡的诗"大瓢贮月归春瓮，小杓分江入夜瓶"脱胎出来的。我们许多的语言，自觉或不自觉地，都是从前人的语言中脱胎而出的。如果平日留心，积学有素，就会如有源之水，触处成文。否则就会下笔枯窘，想要用一个词句，一时却找它不出。

语言是要磨练，要学的。

怎样学习语言？——随时随地。

首先是向群众学习。

我在张家口听见一个饲养员批评一个有点个人英雄主义的组长：

"一个人再能，当不了四堵墙。旗杆再高，还得有两块石头夹着。"

我觉得这是很好的语言。

我刚到北京京剧团不久，听见一个同志说：

"有枣没枣打三杆，你知道哪块云彩里有雨啊？"

我觉得这也是很好的语言。

一次，我回乡，听家乡人谈过去运河的水位很高，说是站在河堤上可以"踢水洗脚"，我觉得这非常生动。

我在电车上听见一个幼儿园的孩子念一首大概是孩子们自己编的儿歌：

> 山上有个洞，
>
> 洞里有个碗，
>
> 碗里有块肉，
>
> 你吃了，我尝了，
>
> 我的故事讲完了！

他翻来覆去地念，分明从这种语言的游戏里得到很大的快乐。我反复地听着，也能感受到他的快乐。我觉得这首几乎是没有意义的儿歌的音节很美。我也捉摸出中国语言除了押韵之外还可以押调。"尝"、"完"并不押韵，但是同是阳平，放在一起，产生一种很好玩的音乐感。

《礼记》的《月令》写得很美。

各地的"九九歌"是非常好的诗。

只要你留心，在大街上，在电车上，从人们的谈话中，从广告招贴上，你每天都能学到几句很好的语言。

其次是读书。

我要劝告青年作者，趁现在还年轻，多背几篇古文，背几首诗词，熟读一些现代作家的作品。

即使是看外国的翻译作品，也注意它的语言。我是从契诃夫、海明威、萨洛扬的语言中学到一些东西的。

读一点戏曲、曲艺、民歌。

我在《说说唱唱》当编辑的时候，看到一篇来稿，一个小戏，人物是一个小炉匠，上场念了两句对子：

风吹一炉火，

锤打万点金。

我觉得很美。

一九四七年，我在上海翻看一本老戏考，有一段滩簧，一个旦角上场唱了一句：

春风弹动半天霞。

我大为惊异：这是李贺的诗！

二十多年前，看到一首傣族的民歌，只有两句，至今忘记不了：

斧头砍过的再生树，

战争留下的孤儿。

巴甫连柯有一句名言："作家是用手思索的。"得不断地写，才能扪触到语言。老舍先生告诉过我，说他有得写，没得写，每天至少要写五百字。有一次我和他一同开会，有一位同志作了一个冗长而空洞的发言，老舍先生似听不听，他在一张纸上把几个人的姓名连缀在一起，编了一副对联：

伏园焦菊隐

老舍黄药眠

一个作家应该从语言中得到快乐，正像电车上那个念儿歌的孩子一样。

董其昌见一个书家写一个便条也很用心，问他为什么这样，这位书家说："即此便是练字。"作家应该随时锻炼自己的语言，写一封信，一个便条，甚至是一个检查，也要力求语言准确合度。

鲁迅的书信，日记，都是好文章。

语言学中有一个术语，叫做"语感"。作家要锻炼自己对于语言的感觉。

王安石曾见一个青年诗人写的诗，绝句，写的是在宫廷中值班，很欣赏。其中的第三句是："日长奏罢长杨赋"，王安石给改了一下，变成"日长奏赋长杨罢"，且说："诗家语必此等乃健。"为什么这样一改就"健"了呢？写小说的，不必写"日长奏赋长杨罢"这样的句子，但要能体会如何便"健"。要能体会峭拔、委婉、流利、安详、沉痛……

建议青年作家研究研究老作家的手稿，捉摸他为什么改两个字，为什么要把那两个字颠倒一下。

"如鱼饮水，冷暖自知"，语言艺术有时是可以意会，难于言传的。

揉面

使用语言，譬如揉面。面要揉到了，才软熟，筋道，有劲儿。水和面粉本来是两不相干的，多揉揉，水和面的分子就发生了变化。写作也是这样，下笔之前，要把语言在手里反复抟弄。我的习惯是，打好腹稿。我写京剧剧本，一段唱词，二十来句，我是想得每一句都能背下来，才落笔的。写小说，要把全篇大体想好。怎样开头，怎样结尾，都想好。在写每一段之间，我是想得几乎能背下来，才写的（写的时候自然会又有些变化）。写出后，如果不满意，我就把原稿扔在一边，重新写过。我不习惯在原稿上涂改。在原稿上涂改，我觉得很别扭，思路纷杂，文气不贯。

曾见一些青年同志写作，写一句，想一句。我觉得这样写出来的语言往往是松的，散的，不成"个儿"，没有咬劲。

有一位评论家说我的语言有点特别，拆开来看，每一句都很平淡，放在一起，就有点味道。我想谁的语言不是这样？拆开来，不都是平平常常的话？

中国人写字，除了笔法，还讲究"行气"。包世臣说王羲之的字，看起来大大小小，单看一个字，也不见怎么好，放在一起，字的笔划之间，字与字之间，就如"老翁携举幼孙，顾盼有情，痛痒相关"。安排语言，也是这样。一个词，一个词；一句，一句；痛痒相关，互相映带，才能姿势横生，气韵生动。

中国人写文章讲究"文气"，这是很有道理的。

自铸新词

托尔斯泰称赞过这样的语言，"菌子已经没有了，但是菌子的气味留在空气里"，以为这写得很美。好像是屠格涅夫曾经这样描写一棵大树被伐倒："大树叹息着，庄重地倒下了。"这写得非常真实。"庄重"，真好！我们来写，也许会写出"慢慢地倒下"，"沉重地倒下"，写不出"庄重"。鲁迅的《药》这样描写枯草："枯草支支直立，有如铜丝。"大概还没有一个人用"铜丝"来形容过稀疏瘦硬的秋草。《高老夫子》里有这样几句话："我没有再教下去的意思。女学堂真不知道要闹成什么样子。我辈正经人，确乎犯不上酱在一起……""酱在一起"，真是妙绝（高老夫子是绍兴人。如果写的是北京人，就只能说"犯不上一块掺和"，那味道可就差远了）。

我的老师沈从文在《边城》里两次写翠翠拉船，所用字眼不一样。一次是：

"有时过渡的是从川东过茶峒的小牛，是羊群，是新娘子的花轿，翠翠必争着作渡船夫，站在船头，懒懒的攀引缆索，让船缓缓的过去。"

又一次：

"翠翠斜睨了客人一眼，见客人正盯着她，便把脸背过去，抿着嘴儿，不声不响，很自负的拉着那条横缆。"

"懒懒的"、"很自负的"，都是很平常的字眼，但是没有人这样用过。要知道盯着翠翠的客人是翠翠所喜欢的傩送二老，于是"很自负的"四个字在这里就有了很多很深的意思了。

我曾在一篇小说里描写过火车的灯光："车窗蜜黄色的灯光连续地映在果园东边的树墙子上，一方块，一方块，川流不息地追赶着。"在另一篇小说里描写过夜里的马："正在安静地、严肃地咀嚼着草料。"自以为写得很贴切。"追赶"、"严肃"都不是新鲜字眼，但是它表达了我自己在生活中捕捉到的印象。

一个作家要养成一种习惯，时时观察生活，并把自己的印象用清晰的、明确的语言表达出来。写下来也可以。不写下来，就记住（真正用自己的眼睛观察到的印象是不易忘记的）。记忆里保存了这种经用语言固定住的印象多了，写作时就会从笔端流出，不觉吃力。

语言的独创，不是去杜撰一些"谁也不懂的形容词之类"。好的语言都是平平常常的，人人能懂，并且也可能说得出来的语言——只是他没有说出来。人人心中所有，笔下所无。"红杏枝头春意闹","满宫明月梨花白"都是这样。"闹"字、"白"字，有什么稀奇呢？然而，未经人道。

写小说不比写散文诗，语言不必那样精致。但是好的小说里总要有一点散文诗。

语言要和人物贴近

我初学写小说时喜欢把人物的对话写得很漂亮，有诗意，有哲理，有时甚至很"玄"。沈从文先生对我说："你这是两个聪明脑壳打架！"他的意思是说这不像真人说的话。托尔斯泰说过："人是不能用警句交谈的。"

尼采的《苏鲁支语录》是一个哲人的独白。吉伯维的《先知》讲的是一些箴言。这都不是人物的对话。《朱子语类》是讲道经，谈学问的，倒是谈得很自然，很亲切，没有那么多道学气，像一个活人说的话。我劝青年同志不妨看看这本书，从里面可以学习语言。

《史记》里用口语记述了很多人的对话，很生动。"夥颐，涉之为王沉沉者！"写出了陈涉的乡人乍见皇宫时的惊叹（"夥颐"历来的注家解释不一，我以为这就是一个状声的感叹词，用现在的字写出来就是："嗬咦！"）。《世说新语》里记录了很多人的对话，寥寥数语，风度宛然。张岱记两个老者去逛一处林园，婆娑其间，一老者说："真是蓬莱仙境了也！"另一个老者说："个边哪有这样！"生动之至，而且一听就是绍兴话。《聊斋志异·翩翩》写两个少妇对话："一日，有少妇笑入！曰：'翩翩小鬼头快活死！薛姑子好梦几时做得？'女迎笑曰：'花城娘子，贵趾久弗涉，今日西南风紧，吹送来也！——小哥子抱得未？'曰：'又一小婢子。'女笑曰：'花娘子瓦窑哉！——那弗将来？'曰：'方鸣之，睡却矣。'"这对话是用文言文写的，但是神态跃然纸上。

写对话就应该这样，普普通通，家长里短，有一点人物性格、神态，不能有多少深文大义。——写戏稍稍不同，戏剧的对话有时可以"提高"一点，可以讲一点"字儿话"，大篇大论，讲一点哲理，甚至可以说格言。

可是现在不少青年同志写小说时，也像我初学写作时一样，喜欢让人物讲一些他不可能讲的话，而且用了很多辞藻。有的小说写农民，讲的却是城里的大学生讲的话，——大学生也未必那样讲话。

不单是对话，就是叙述、描写的语言，也要和所写的人物"靠"。

我最近看了一个青年作家写的小说，小说用的是第一人称，小说中的"我"是一个才入小学的孩子，写的是"我"的一个同桌的女同学，这未尝不可。但是这个"我"对他的小同学的印象却是："她长得很纤秀。"这是不可能的。小学生的语言里不可能有这个词。

　　有的小说，是写农村的。对话是农民的语言，叙述却是知识分子的语言，叙述和对话脱节。

　　小说里所描写的景物，不但要是作者眼中所见，而且要是所写的人物的眼中所见。对景物的感受，得是人物的感受。不能离开人物，单写作者自己的感受。作者得设身处地，和人物感同身受。小说的颜色、声音、形象、气氛，得和所写的人物水乳交融，浑然一体。就是说，小说的每一个字，都渗透了人物。写景，就是写人。

　　契诃夫曾听一个农民描写海，说："海是大的。"这很美。一个农民眼中的海也就是这样。如果在写农民的小说中，有海，说海是如何苍茫、浩瀚、蔚蓝……统统都不对。我曾经坐火车经过张家口坝上草原，有几里地，开满了手掌大的蓝色的马兰花，我觉得真是到了一个童话的世界。我后来写一个孩子坐牛车通过这片地，本是顺理成章，可以写成：他觉得到了一个童话的世界。但是我不能这样写，因为这个孩子是个农村的孩子，他没有念过书，在他的语言里没有"童话"这样的概念。我只能写：他好像在一个梦里。我写一个从山里来的放羊的孩子看一个农业科学研究所的温室，温室里冬天也结黄瓜，结西红柿：西红柿那样红，黄瓜那样绿，好像上了颜色一样。我只能这样写。"好像上了颜色一样"，这就是这个放羊娃的感受。如果稍为写得华丽一点，就不真实。

有的作者有鲜明的个人风格，可以不用署名，一看就知是某人的作品。但是他的各篇作品的风格又不一样。作者的语言风格每因所写的人物、题材而异。契诃夫写《万卡》和写《草原》、《黑修士》所用的语言是很不相同的。作者所写的题材愈广泛，他的风格也是愈易多样。

我写的《徙》里用了一些文言的句子，如"呜呼，先生之泽远矣"，"墓草萋萋，落照昏黄，歌声犹在，斯人邈矣"。因为写的是一个旧社会的国文教员。写《受戒》、《大淖记事》，就不能用这样的语言。

作者对所写的人物的感情、态度，决定一篇小说的调子，也就是风格。鲁迅写《故乡》、《伤逝》和《高老夫子》、《肥皂》的感情很不一样。对闰土、涓生有深浅不同的同情，而对高尔础、四铭则是不同的厌恶。因此，调子也不同。高晓声写《拣珍珠》和《陈奂生上城》的调子不同，王蒙的《说客盈门》和《风筝飘带》几乎不像是一个人写的。我写的《受戒》、《大淖记事》，抒情的成分多一些，因为我很喜爱所写的人；《异秉》里的人物很可笑，也很可悲悯，所以文体上也就亦庄亦谐。

我觉得一篇小说的开头很难，难的是定全篇的调子。如果对人物的感情、态度把握住了，调子定准了，下面就会写得很顺畅。如果对人物的感情、态度把握不稳，心里没底，或是有什么顾虑，往往就会觉得手生荆棘，有时会半途而废。

作者对所写的人、事，总是有个态度，有感情的。在外国叫做"倾向性"，在中国叫做"褒贬"。但是作者的态度、感情不能跳出故事去单独表现，只能融化在叙述和描写之中，流露于字里行间，这叫做"春秋笔法"。

正如恩格斯所说：倾向性不要特别地说出。

一九八二年一月八日

关于小说语言(札记)

语言是本质的东西

"他的文字不仅是表现思想的工具，似乎也是一种目的。"(闻一多:《庄子》)

语言不只是技巧，不只是形式。小说的语言不是纯粹外部的东西。语言和内容是同时存在的，不可剥离的。

语言决定于作家的气质。"气以实志，志以定言，吐纳英华，莫非情性"(《文心雕龙·体性》)。鲁迅有鲁迅的语言，废名有废名的语言，沈从文有沈从文的语言，孙犁有孙犁的语言……何立伟有何立伟的语言，阿城有阿城的语言。

我们的理论批评，谈作品的多，谈作家的少，谈作家气质的少。"诵其诗，读其书，不知其人可乎？"（《孟子·万章》）理论批评家的任务，首先在知人。要从总体上把握住一个作家的性格，才能分析他的全部作品。什么是接近一个作家的可靠的途径？——语言。

小说作者的语言是他的人格的一部分。语言体现小说作者对生活的基本的态度。

从小说家的角度看：文如其人；从评论家的角度看：人如其文。

成熟的作者大都有比较稳定的语言风格，但又往往能"文备众体"，写不同的题材用不同的语言。作者对不同的生活，不同的人、事的不同的感情，可以从他的语言的色调上感觉出来。鲁迅对祥林嫂寄予深刻的同情，对于高尔础、四铭是深恶痛绝的。《祝福》和《肥皂》的语调是很不相同的。探索一个作家作品的思想内涵，观察他的倾向性，首先必须掌握他的叙述的语调。《文心雕龙·知音》篇说："夫缀文者情动而辞发，观文者披文以入情。沿波讨源，虽幽必显。世远莫见其面，觇文辄见其心。"一个作品吸引读者（评论者），使读者产生同感的，首先是作者的语言。

研究创作的内部规律，探索作者的思维方式、心理结构，不能不玩味作者的语言。是的，"玩味"。

从众和脱俗

外国的研究者爱统计作家所用的辞汇。莎士比亚用了多少辞汇，托尔斯泰用了多少辞汇，屠格涅夫用了多少辞汇。似乎辞汇用得越多，这个作家的语言越丰富，还有人编过某一作家的字典。我没有见过这种统计和字典，不能评论它的科学意义，但是我觉得在中国这样做是相当困难的。中国字的歧义很多，语词的组合又很复杂。如果编一本中国文学字典（且不说某一作家的字典），粗略了，意思不大；要精当可读，那是要费很大功夫的。

现代中国小说家的语言趋向于简洁平常。他们力求使自己的语言接近生活语言，少事雕琢，不尚辞藻。现在没有人用唐人小说的语言写作。很少人用梅里美式的语言、屠格涅夫式的语言写作。用徐志摩式的"浓得化不开"的语言写小说的人也极少。小说作者要求自己的语言能产生具体的实感，以区别于其他的书面语言，比如报纸语言、广播语言。我们经常在广播里听到一句话："绚丽多彩"，"绚丽"到底是什么样子呢？这样的语言为小说作者所不取。

中国的书面语言有多用双音词的趋势。但是生活语言还保留很多单音的词。避开一般书面语言的双音词，采择口语里的单音词，此是从众，亦是脱俗之一法。如鲁迅的《采薇》：

他愈嚼，就愈皱眉，直着脖子咽了几咽，倒哇的一声吐出来了，诉苦似的看着叔齐道：

"苦……粗……"

这时候，叔齐真好像落在深潭里，什么希望也没有了。抖抖的也拗了一角，咀嚼起来，可真也毫没有可吃的样子：苦……粗……

"苦……粗……"到了广播电台的编辑的手里，大概会提笔改成"苦涩……粗糙……"那么，全完了！鲁迅的特有的温和的讽刺，鲁迅的幽默感，全都完了！

从众和脱俗是一回事。

小说家的语言的独特处不在他能用别人不用的词，而是在别人也用的词里赋以别人想不到的意蕴（他们不去想，只是抄）。

张戒《诗话》："古诗：'白杨多悲风，萧萧愁杀人'，萧萧两字处处可用，然惟坟墓之间，白杨悲风尤为至切，所以为奇。"

鲁迅用字至切，然所用多为常人语也。《高老夫子》：

我没有再教下去的意思。女学堂真不知道要闹成什么样子。我辈正经人，确乎犯不上酱在一起……

"酱在一起"大概是绍兴土话。但是非常准确。

《祝福》：

> 他是我的本家，比我长一辈，应该称之曰"四叔"，是一个讲理学的老监生。他比先前并没有什么大改变，单是老了些，但也还未留胡子，一见面是寒暄，寒暄之后说我"胖了"，说我"胖了"之后即大骂其新党。但我知道，这并非借题在骂我：因为他所骂的还是康有为。但是，谈话是总不投机的了，于是不多久，我便一个人剩在书房里。

假如要编一本鲁迅字典，这个"剩"字将怎样注释呢？除了注明出处（把我前引的一段抄上去），标出绍兴话的读音之外，大概只有这样写：

> 剩　是余下的意思。有一种说不出来的孤寂无聊之感，仿佛被这世界所遗弃，孑然地存在着了。而且连四叔何时离去的，也都未觉察，可见四叔既不以鲁迅为意，鲁迅也对四叔并不挽留，确实是不投机的了。四叔似乎已经走了一会了，鲁迅方发现只有自己一个人剩在那里。这不是鲁迅的世界，鲁迅只有走。

这样的注释，行么？推敲推敲，也许行。

小说家在下一个字的时候，总得有许多"言外之意"。"看似寻常最奇崛，成如容易却艰辛"，凡是真正意识到小说是语言的艺术的，都深知其中的甘苦。姜白石说："人所常言，我寡言之；人所难言，我易言之，自不俗。"说得不错。一个小说作家在写每一句话时，都要像第一次学会说这句话。中国的画家说"画到生时是熟时"，作画须由生入熟，再由熟入生。语言写到"生"时，才会有味。语言要流畅，但不能"熟"。援笔即来，就会是"大路活"。

现代小说作家所留心的，不止于"用字"，他们更注意的是语言的神气。

神气·音节·字句

"文气论"是中国文论的一个源远流长的重要的范畴。

韩愈提出"气盛言宜"："气，水也；言，浮物也。水大而物之浮者大小毕浮。气之与言，犹是也。气盛则言之短长与声之高下者皆宜。"他所谓"气盛"，我们似可理解为作者的思想充实，情绪饱满。他第一次提出作者的心理状态与表达的语言的关系。

桐城派把"文气论"阐说得很具体。他们所说的"文气"，实际上是语言的内在的节奏，语言的流动感。"文气"是一个精微的概念，但不是不可捉摸。桐城派解释得很实在。刘大櫆认为为文之能事分为三个步骤：一神气，"文之最精处也"；二音节，"文之稍粗处也"；三字句，"文之最粗处也"。桐城派很注重字句。论文章，重字句，似乎有点卑之勿甚高论，但桐城派老老实实地承认这是文章的根本。刘大櫆说："近人论文不知有所谓音节者，至语以字句，则必笑以为末事。此论似高实谬。作文若字句安顿不妙，岂复有文字乎？"他们所说的"字句"，说的是字句的声音，不是它的意义。刘大櫆认为："音节者，神气之迹也。字句者，音节之矩也。神气不可见，于音节见之；音节无可准，以字句准之。""凡行文多寡短长，抑扬高下，无一定之律，而有一定之妙，可以意会而不可以言传。学者求神气而得之于音节，求音节而得之于字句，则思过半矣。"如何以字句准音节？他说得非常具体。"一句之中，或多一字，或少一字；一字之中，或用平声，或用仄声；同一平字仄字，或用阴平阳平上声去声入声，则音节迥异。"

这样重视字句的声音，以为这是文学语言的精髓，是中国文论的一个很独特的见解。别的国家的文艺学里也有涉及语言的声音的，但都没有提到这样的高度，也说不到这样的精辟。这种见解，桐城派以前就有。韩愈所说的"气盛言宜"，"言宜"就包括"言之长短"和"声之高下"。不过到了桐城派就更清楚地意识到这一点，发挥得也更完备了。

二十年代、三十年代的作家是很注意字句的。看看他们的原稿，特别是改动的地方，是会对我们很有启发的。有些改动，看来不改也过得去，但改了之后，确实好得多。《鲁迅全集》第二卷卷首影印了一页《眉间尺》的手稿，末行有一句：

> 他跨下床，借着月光走向门背后，摸到钻火家伙，点上松明，向水瓮里一照。

细看手稿，"走向"原来是"走到"；"摸到"原来是"摸着"。捉摸一下，改了之后，比原来的好。特别是"摸到"比"摸着"好得多。

传统的语言论对我们今天仍然是有用的。我们使用语言时，所注意的无非是两点：一是长短，一是高下。语言之道，说起来复杂，其实也很简单。不过运用之妙，可就存乎一心了。不是懂得简单的道理，就能写得出好语言的。

"积字成句，积句成章，积章成篇。合而读之，音节见矣；歌而咏之，神气出矣。"一篇小说，要有一个贯串全篇的节奏，但是首先要写好每一句话。

有一些青年作家意识到了语言的声音的重要性。所谓"可读性"，首先要悦耳。

小说语言的诗化

意境说也是中国文艺理论的重要范畴，它的影响，它的生命力不下于文气说。意境说最初只应用于诗歌，后来涉及到了小说。废名说过："我写小说同唐人写绝句一样。"何立伟的一些小说也近似唐人绝句。所谓"唐人绝句"，就是不着重写人物，写故事，而着重写意境，写印象，写感觉，物我同一，作者的主体意识很强。这就使传统的小说观念发生了很大的变化，使小说和诗变得难解难分。这种小说被称为诗化小说。这种小说的语言也就不能不发生变化。这种语言，可以称之为诗化的小说语言——因为它毕竟和诗还不一样。所谓诗化小说的语言，即不同于传统小说的纯散文的语言。这种语言，句与句之间的跨度较大，往往超越了逻辑，超越了合乎一般语法的句式（比如动宾结构）。比如：

老白粗茶淡饭，怡然自得。化纸之后，关门独坐。门外长流水，日长如小年。

（《故人往事·收字纸的老人》）

如果用逻辑谨严，合乎语法的散文写，也是可以的，但不易产生如此恬淡的意境。

强调作者的主体意识，同时又充分信赖读者的感受能力，愿意和读者共同完成对某种生活的准确印象，有时作者只是罗列一些事物的表象，单摆浮搁，稍加组织，不置可否，由读者自己去完成画面，注入情感。"鸡声茅店月，人迹板桥霜。""枯藤老树昏鸦，小桥流水人家，古道西风瘦马。"这种超越理智，诉诸直觉的语言，已经被现代小说广泛应用。如：

> 抗日战争时期。昆明大西门外。
>
> 米市，菜市，肉市。柴驮子，炭驮子。马粪。粗细瓷碗，砂锅铁锅。焖鸡米线，烧饵块。金钱片腿，牛干巴。炒菜的油烟，炸辣子的呛人的气味。红黄蓝白黑，酸甜苦辣咸。

(《钓人的孩子》)

这不是作者在语言上耍花招，因为生活就是这样的。如果写得文从理顺，全都"成句"，就不忠实了。语言的一个标准是：诉诸直觉，忠于生活。

文言和白话的界限是不好划的。"一路秋山红叶，老圃黄花，不觉到了济南地界"，是文言，还是白话？只要我们说的是中国话，恐怕就摆脱不了一定的文言的句子。

中国语言还有一个世界各国语言没有的格式，是对仗。

对仗，就是思想上、形象上、色彩上的联属和对比。我们总得承认联属和对比是一项美学法则。这在中国语言里发挥到了极致。我们今天写小说，两句之间不必，也不可能在平仄、虚实上都搞得铢两悉称，但是对比关系不该排斥。

……罗汉堂外面，有两棵很大的白果树，有几百年了。夏天，一地浓荫。冬天，满阶黄叶。

（《幽冥钟》）

如果不用对仗，怎样能表达时序的变易，产生需要的意境呢？

中国现代小说的语言和中国画，特别是唐宋以后的文人画的关系是非常密切的。中国文人画是写意的。现代中国小说也是写意的多。文人画讲究"笔墨情趣"，就是说"笔墨"本身是目的，物象是次要的。这就回到我们最初谈到的一个命题："他的文字不仅是表现思想的工具，似乎也是一种目的。"

现代小说的语言往往超出现象，进入哲理，对生活作较高度的概括。

小说语言的哲理性，往往接受了外来的影响。

每个人带着一生的历史，半个月的哀乐，在街上走。

（《钓人的孩子》）

这样的语言是从哪里来的？大概是《巴黎之烦恼》。

一九八六年五月七日

小说的思想和语言

　　有的作家、评论家问我，小说里边最重要的是什么？我说最重要的是思想。思想就是作家对生活的看法、感受和对生活的思索。我觉得，小说的形成当然首先得有生活。我比较同意老的提法："从生活出发"。但是，有了生活不等于可以写作品，更重要的是对这段生活经过比较长时间的思索，它到底有什么意义？写作要经过一个时期的酝酿或积淀，所谓酝酿和积淀，实际上就是思索的过程。有的人生活很丰富，但他并没有成为一个作家。我在内蒙认识一个同志，这个同志的生活真是丰富。他在抗日战争时期打过游击，年轻时候从内蒙到新疆拉过骆驼。他见多识广，而且会唱很多民歌。草原上的草有很多种，他都能认识。他对草的知识不亚于一个牧民。他是好饭量、好酒量、好口才，很能说话，说得很生动。他说过很多有关动物的故事，不像拉封丹写的寓言式的故事，是生活里的故事，关于羊的啰，狼的啰，母猪的啰，他可以说很多，但是他不会写作。为什么呢？因为他不善于思索。我觉得要形成一个作品，更重要的是对于你所接触的那段生活经过长时期的思索。有时候，我写作品很快，几乎不打草稿，一遍就成，但是我想的时间很长。我写过一篇很短的小说《虐猫》，大约九百字，从一个侧面反映"文化大革命"对人性的破坏，不但是大人你斗我、我斗你，连小孩子都非常残忍。我最后写了这几个孩子把猫放了，表示人性还有回归的希望。这个结尾是经过几年思索才落笔的。

我还写过一篇小说，是写我在昆明见到的一个小孩。那小孩未成年，应该是学龄儿童，可他已挣钱养家，因为他家生活很苦，他老挎一个椭圆形的木桶，卖椒盐饼子西洋糕。所谓椒盐饼子就是普通的发面饼子，里面和点椒盐，西洋糕就是发糕。他一边走一边吆喝卖，我几乎每天都听到他吆喝。他是有腔有调的："椒盐饼子西洋糕。"谱了出来就是"556—6532"。这篇小说我前后写了四次。结尾是，有一天，这孩子放假，他姥姥过生日，他上姥姥家去吃饭，衣服穿得干干净净的，新剃了头。他卖椒盐饼子西洋糕时，街上和他差不多年龄的上学的孩子都学着他唱，不过歌词给他改了："捏着鼻子吹洋号。"他跟孩子们也没法生气。放假那天，他走到一个胡同里头，回头看没有人，自己也捏着鼻子，大喝了一声："捏着鼻子吹洋号。"写了以后觉得不够丰满，我就把在昆明所接触的各种叫卖声、吆喝声，如卖壁虱药的、卖蚊香的、卖玉麦粑粑的、收破烂的，写了一长串，作为小孩的叫卖声的背景。这样写就比较丰满，主题就扩展了一些，变成：人世多苦辛。很多人活着都是很辛苦的，包括这个小孩，那么小他就被剥夺了读书、游戏的机会。

我的小说《受戒》，写的是四十三年前的一个梦，那篇小说的生活，是四十三年前接触到的。为什么隔了四十三年？隔了四十三年我反复思索，才比较清楚地认识我所接触的生活的意义。闻一多先生曾劝诫人，当你们写作欲望冲动很强的时候，最好不要写，让它冷却一下。所谓冷却一下，就是放一放，思索一下，再思索一下。现在我看了一些年轻作家的作品，觉得写得太匆忙，他还可以想得更多一些。

关于小说的主题问题

我在山东菏泽有一次讲话，讲完话之后有一个年轻的作家给我写过一个条子，说："汪曾祺同志，请您谈谈无主题小说。"他的意思很清楚，他以为我的小说是无主题的。我的小说不是无主题，我没有写过无主题小说。

我写过一组小说，其中一篇叫《珠子灯》，写的是姑娘出嫁第一年的元宵节，娘家得给她送一盏灯的习俗。这家少奶奶，娘家给她送的灯里有一盏是绿玻璃珠子穿起来的灯。这灯应该每年点一回，可她这盏灯就只点过一次，因为她丈夫很快就死了。我写她的玻璃珠子穿的灯有的地方脱线了，珠子就掉下来了，掉在地板上，她的女佣人去扫地，有时就可以扫出一些珠子，她也习惯了珠子散线时掉下来的声音。后来她死了，她的房子关起来，屋子里什么东西都没动，可在房门外有时候能听到珠子脱线嘀嘀嗒嗒地掉到地板上的声音。这写的就是封建贞操观念的零落。我的作品还是有主题的。

我觉得，没有主题，作品无法贯串，我曾打过一个比喻，主脑就好像是风筝的脑线，作品就是风筝。没有脑线，风筝放不上去，脑线剪断，风筝就不知飞到哪去了。脑线既是帮助作品飞起来的重要因素，同时又给作品一定的制约。好像我们倒杯酒，你只能倒在酒杯里，不能往玻璃板上倒，倒在玻璃板上怎么喝？无主题就有点像把酒倒在玻璃板上。当然，有些主题确实不大容易说得清楚。人家问高晓声他小说的主题是什么？他说："我要能把主题告诉你，何必写小说，我就把主题写给你就行了。"

综观一些作家的作品，大致总有一个贯串性的主题。比如契诃夫，写了那么多短篇小说，他也有一个贯串性的主题，这个贯串性的主题就是"反庸俗"。高尔基说，契诃夫好像站在路边微笑着对走过的人说："你们可不能再这样生活下去了。"这就是他总结的契诃夫整个小说的贯串性主题。鲁迅作品贯串性的主题很清楚，即"揭示社会的病痛，引起疗救的注意。"我的老师沈从文先生，他作品的贯串性主题是"民族品德的发现和重造"。

另外，跟思想主题有关系的就是作家的使命感、社会责任感，或者作品的社会功能。没有社会功能，他的小说能激发人什么？我是意识到作家的社会责任感的。有人说：我就是写我自己的，不管自己的作品在社会上起什么作用。我认为这是不负责任的。作品产生的作用往往是不一样的，有的比较直接，有的比较间接，有的比较明显，有的比较隐晦。有的作品确实能让人当场看了比较激动，有所行动。比如解放区农村上演《白毛女》，人们看了非常气愤，当时报名参军，上前线打敌人，给白毛女报仇。这个作用当然就很直接。但有很多小说从接受心理学来说，起的作用不是那么太直接，就好像中国的古话"潜移默化"。一个作品给人的思想情绪总会有影响，要不就是积极的，要不就是消极的。一个作品如果使人觉得活着还是比较有意义的，人还是很美、很富于诗意的，能够使人产生一种健康向上的力量，它的影响就是积极的。尽管这是不大容易看得清楚的，这也是一种社会效果。我觉得，文学作品对人的影响就好像杜甫写的《春夜喜雨》一样，"随风潜入夜，润物细无声。"好像一场小小的春雨似的，我说我的作品对人的灵魂起一点滋润的作用。

我很同意法国存在主义者加缪的说法，他说任何小说都是"形象化了的哲学"。比较好的作品里面总有一定哲学意味，不过层次深浅不一样。但总会关连作者自己独到的思想。如果说，一个作者有什么独特的风格，我说首先是他有独特的思想。但是，有的作品主题不那么明显，而有的主题可以比较明显，比较单纯。现代小说的主题一般都不那么单纯。应允许主题的复杂性、丰富性、多层次性，或者说主题可以有它的模糊性、相对的不确定性，甚至还有相对的未完成性。一个作品写完后，主题并没有完全完成。我们所解释的主题，往往是解释者自己的认识，未必是作家自己的反映。有人说"有一千个读者就有一千个哈姆莱特"，而这一千读者所解释的哈姆莱特都有它的道理，你要莎士比亚本人解释，他大概也不太说得清楚。所以说主题有它一定的模糊性。林斤澜有一次讲话，说人家说他的小说看不明白，他说，我自己还不明白，怎么能叫你明白？确实有这种情况，一个作者写完了以后，自己也不大明白。为什么说不确定性呢？你这样写也可以，那样写也行。主题的解释不能有个标准答案，愿怎么理解就怎么理解。但是有一点，必须有你自己独到的理解，有一点你自己感到比较新鲜的理解。《红楼梦》的主题是什么？现在也是众说纷纭。有的说是四大家族的兴衰史，有的说是钗黛恋爱的悲剧，你叫曹雪芹自己来回答《红楼梦》的主题是什么，他也可能不及格。

下面讲语言问题。

我觉得小说以及其他文学作品，语言是非常重要的。我这几年讲语言比较多，人家说你对语言的重要性强调过多，走到极致了，也许是这样。我认为小说本来就是语言的艺术，就像绘画，是线条和色彩的艺术。音乐，是旋律和节奏的艺术。有人说这篇小说不错，就是语言差点，我认为这话是不能成立的。就好像说这幅画画得不错，就是色彩和线条差一点；这个曲子还可以，就是旋律和节奏差一点，这种话不能成立一样。我认为，语言不好，这个小说肯定不好。

关于语言，我认为应该注意它的四种特性：内容性、文化性、暗示性、流动性。

语言的内容性

过去，我们一般说语言是表现的工具或者手段。不止于此，我认为语言就是内容。大概中国比较早提出这问题的是闻一多先生。他在年轻时写过一篇关于《庄子》的文章，有一句话大致意思是："他的文字不只是表现思想的工具，似乎本身就是目的。"我认为，语言和内容是同时依存的，不可剥离的，不能把作品的语言和它所要表现的内容撕开，就好像吃橘子，语言是个橘子皮，把皮剥了吃里边的瓢。我认为语言和内容的关系不是橘子皮和橘子瓢的关系，它是密不可分的，是同时存在的。斯大林在论语言问题时说："语言是思想的直接的现实。"我觉得斯大林这话说得很好。从思想到语言，当中没有一个间隔，没有说思想当中经过一个什么东西然后形成语言，它不是这样，因此你要理解一个作家的思想，唯一的途径是语言。你要能感受到他的语言，才能感受到他的思想。我曾经有一句说到极致的话，"写小说就是写语言"。

语言的文化性

语言本身是一个文化现象，任何语言的后面都有深浅不同的文化的积淀。你看一篇小说，要测定一个作家文化素养的高低，首先是看他的语言怎么样，他在语言上是不是让人感觉到有比较丰富的文化积淀。有些青年作家不大愿读中国的古典作品，我说句不大恭敬的话，他的作品为什么语言不好，就是他作品后面文化积淀太少，几乎就是普通的大白话。作家不读书是不行的。

语言文化的来源，一个是中国的古典作品，还有一个是民间文化，民歌、民间故事，特别是民歌。因为我编了几年民间文学，我大概读了上万首民歌，我很佩服，我觉得中国民间文学真是一个宝库。我在兰州时遇到一位诗人，这个诗人觉得"花儿"（甘肃、宁夏一带的民歌）的比喻那么多，那么好，特别是花儿的押韵，押得非常巧，非常妙，他对此产生怀疑：这是不是农民的创作？他觉得可能是诗人的创作流传到民间了，后来他改变了看法。有一次，他同婆媳二人乘一条船去参加"花儿会"，这婆媳二人一路上谈话，没有讲一句散文，全是押韵的。到了花儿会娘娘庙，媳妇还没有孩子，去求子，跪下来祷告。祷告一般无非是"送子娘娘给我一个孩子，生了之后我给你重修庙宇再塑金身。"这个媳妇不然，她只说三句话，她说："今年来了，我是给您要着哪；明年来了，我是手里抱着哪，咯咯咯咯的笑着哪。"这个祷告词，我觉得太漂亮了，不但押韵而且押调，我非常佩服。所以，我劝你们引导你们的学生，一个是多读一些中国古典作品，另外读一点民间文学。这样使自己的语言，有较多的文化素养。

语言的暗示性、流动性这方面的问题，我在《写作》一九九○年第七期上已经讲过，重复的内容就不再说了，只是对语言的流动性作一点补充。

我觉得研究语言首先应从字句入手，遣词造句，更重要的是研究字与字之间的关系，句与句之间的关系，段与段之间的关系。好的语言是不能拆开的，拆开了它就没有生命了。好的书法家写字，不是一个一个的写出来的，不是像小学生临帖，也不像一般不高明的书法家写字，一个一个地写出来。他是一行一行地写出来，一篇一篇地写出来的。

中国人写字讲究行气，"字怕挂"，因为它没有行气。王献之写字是一笔书，不是说真的是一笔，而是指一篇字一气贯穿，所以他的字可以形成一种"气"。气就是内在的运动。写文章就要讲究"文气"。"文气说"大概从《文心雕龙》起，一直讲到桐城派，我觉得是很有道理的。讲"文气说"讲得比较具体，比较容易懂，也比较深刻的是韩愈。他打个比喻说："气犹水也，言浮物也，水大则物之轻重者皆浮；气盛，则言之长短与声之高下者皆宜。"我认为韩愈讲得很有科学道理，他在这段话中提出了三个观点。首先，韩愈提出语言跟作者精神状态的关系，他说"气盛"，照我的理解是作家的思想充实，精力饱满。很疲倦的时候写不出好东西。你心里觉得很不带劲，准写不出来好东西。很好的精神状态，气才能盛。另外，他提出语言的标准问题。"宜"就是合适、准确。世界上很多的大作家认为语言的唯一的标准就是准确。伏尔泰说过，契诃夫也说过，他们说一句话只有一个最好的说法。韩愈认为，中国语言在准确之外还有一个具体的标准："言之短长与声之高下。"这"言之短长"，我认为韩愈说了个最老实的话。语言要来要去的奥妙，还不是长句子跟短句子怎么搭配？有人说我的小说都是用的短句子，其实我有时也用长句子。就看这个长句子和短句子怎么安排？"声之高下"是中国语言的特点，即声调，平上去入，北方话就是阴阳上去。我认为中国语言有两大特点是外国语言所没有的：一个是对仗，一个就是四声。郭沫若一次参加世界和平理事会，约翰逊主教说郭沫若讲话很奇怪，好像唱歌一样。外国人讲话没有平上去入四声，大体上相当于中国的两个调，上声和去声。外国语不像中国语，阴平调那么高，去声调那么低。很多国家都没有这种语言。你听日本话，特别是中国电影里拍的日本人讲话，声调都是平的，我觉得现在的年轻人不大注意语言的音乐美，语言的音乐美跟"声之高下"是很有关系的。"声之高下"其实道理很简单，就是"前有浮声，后有切响"，最基本的东西就是平声和仄声交替使用。你要是不注意，那就很难听了。

我在京剧团工作时，有一个老演员对我说，有一出老戏，老旦的一句词没法唱："你不该在外面散淡浪荡。""在外面散淡浪荡"，连着七个去声字，他说这个怎么安腔呢？还有一个例子，过去的样板戏《智取威虎山》里有一句词，杨子荣"打虎上山"唱的，原来是"迎来春天换人间"，后来毛主席给改了，把"春天"改成"春色"。为什么要改呢？当然"春色"要比"春天"具体，这是一；另外这完全出于诗人对声音的敏感。你想，如果是"迎来春天换人间"，基本上是平声字。"迎来"、"春天"、"人间"，就一个"换"字是去声，如果安上腔是飘的，都是高音区，怎么唱呢？没法唱。换个"色"呢，把整个的音扳下来了，平衡了。平仄的关系就是平仄产生矛盾，然后推动语言的声韵。外国没有这个东西，但是外国也有类似中国的双声叠韵。太多的韵母相似的音也不好听。高尔基就曾经批评一个人的作品，他说："你这篇作品用'S'这个音太多了，好像是蛇叫。"这证明外国人也有音韵感。中国既然有这个语言特点，那么就应该了解、掌握、利用它。所以我建议你们在对学生讲创作时，也让他们读一点、会一点，而且讲一点平仄声的道理，来训练他们的语感。语言学上有个词叫语感，语言感觉，语言好就是这个作家的语感好；语言不好，这个作家的语感也不好。

（根据在武汉大学写作函授助教进修班的讲课录音整理。）

中国文学的语言问题

——在耶鲁和哈佛的演讲

语言的内容性

语言的文化性

语言的暗示性

语言的流动性

中国作家现在很重视语言。不少作家充分意识到语言的重要性。语言不只是一种形式，一种手段，应该提到内容的高度来认识。最初提到这个问题的是闻一多先生。他在很年轻的时候，写过一篇《庄子》，说他的文字（即语言）已经不只是一种形式、一种手段，本身即是目的（大意）。我认为这是说得很对的。语言不是外部的东西。它是和内容（思想）同时存在，不可剥离的。语言不能像橘子皮一样，可以剥下来，扔掉。世界上没有没有语言的思想，也没有没有思想的语言。往往有这样的说法：这篇小说写得不错，就是语言差一点。我认为这种说法是不能成立的。我们不能说这首曲子不错，就是旋律和节奏差一点；这张画画得不错，就是色彩和线条差一点。我们也不能说：这篇小说不错，就是语言差一点。语言是小说的本体，不是附加的，可有可无的。从这个意义上说，写小说就是写语言。小说使读者受到感染，小说的魅力之所在，首先是小说的语言。小说的语言是浸透了内容的，浸透了作者的思想的。我们有时看一篇小说，看了三行，就看不下去了，因为语言太粗糙。语言的粗糙就是内容的粗糙。

语言是一种文化现象。语言的后面是有文化的。胡适提出"白话文"，提出"八不主义"。他的"八不"都是消极的，不要这样，不要那样，没有积极的东西，"要"怎样。他忽略了一种东西：语言的艺术性。结果，他的"白话文"成了"大白话"。他的诗：

　　两个黄蝴蝶，

　　双双飞上天……

实在是一种没有文化的语言。相反的，鲁迅，虽然说过要上下四方寻找一种最黑最黑的咒语，来咒骂反对白话文的人，但是他在一本书的后记里写的"时大夜弥天，璧月澄照，饕蚊遥叹，余在广州"就很难说这是白话文。我们的语言都是继承了前人，在前人语言的基础上演变、脱化出来的。很难找到一种语言，是前人完全没有讲过的。那样就会成为一种很奇怪的，别人无法懂得的语言。古人说"无一字无来历"，是有道理的，语言是一种文化积淀。语言的文化积淀越是深厚，语言的含蕴就越丰富。比如毛泽东写给柳亚子的诗：

三十一年还旧国，

落花时节读华章。

单看字面，"落花时节"就是落花的时节。但是读过一点旧诗的人，就会知道这是从杜甫的《江南逢李龟年》里来的：

岐王宅里寻常见，

崔九堂前几度闻，

正是江南好风景，

落花时节又逢君。

"落花时节"就含有久别重逢的意思。毛泽东在写这两句诗的时候未必想到杜甫的诗，但杜甫的诗他肯定是熟悉的。此情此景，杜诗的成句就会油然从笔下流出。我还是相信杜甫所说的"读书破万卷，下笔如有神"。多读一点古人的书，方不致"书到用时方恨少"。

这可以说是"书面文化"。另外一种文化是民间的，口头文化。有些作家没有受过完整的教育。战争年代，有些作家不能读到较多的书。有的作家是农民出身。但是他们非常熟悉口头文学。比如赵树理、李季。赵树理是一个农村才子，他能在庙会上一个人唱一台戏——唱、表演、用嘴奏"过门"，念"锣经"，一样不误。他的小说受民间戏曲和评书很大的影响（赵树理是非常可爱的人。他死于"文化大革命"。我十分怀念他）。李季的叙事诗《王贵与李香香》是用陕北"信天游"的形式写的。孙犁说他的语言受了他的母亲和妻子的影响。她们一定非常熟悉民间语言，而且是很熟悉民歌、民间故事的。中国的民歌是一个宝库，非常丰富，我曾经想过一个问题：中国民歌有没有哲理诗？——民歌一般都是抒情诗，情歌。我读过一首湖南民歌，是写插秧的：

赤脚双双来插田，

低头看见水中天。

行行插得齐齐整，

退步原来是向前。

这应该说是一首哲理诗。"退步原来是向前"可以用来说明中国目前的一些经济政策。从"人民公社"退到"包产到户"，这不是"向前"了吗？我在兰州遇到过一位青年诗人，他怀疑甘肃、宁夏的民歌"花儿"可能是诗人的创作流传到民间去的，那样善于用比喻、押韵押得那样精巧。有一回他去参加一个"花儿会"（当地有这样的习惯，大家聚集在一起唱几天"花儿"），和婆媳两人同船。这婆媳二人把他"唬背"了：她们一路上没有说一句散文——所有的对话都是押韵的。媳妇到一个娘娘庙去求子，她跪下来祷告，不是说：送子娘娘，您给我一个孩子，我给您重修庙宇，再塑金身……而是：

> 今年来了，我是跟您要着哪，
>
> 明年来了，我是手里抱着哪，
>
> 咯咯嘎嘎地笑着哪！

这是我听到过的祷告词里最美的一个。我编过几年《民间文学》，得益匪浅。我甚至觉得，不读民歌，是不能成为一个好作家的。

有一首著名的唐诗《新嫁娘》：

> 洞房昨夜停红烛，
>
> 待晓窗前拜舅姑。
>
> 妆罢低声问夫婿，
>
> 画眉深浅入时无？

这首诗并没有说这位新嫁娘长得好看不好看，但是宋朝人的诗话里已经指出：这一定是一个绝色的美女。这首诗制造了一种气氛，让你感觉到她的美。

另一首有名的唐诗：

> 君家在何处？
>
> 妾住在横塘。
>
> 停舟暂借问，
>
> 或恐是同乡。

看起来平平常常，明白如话，但是短短二十个字里写出了很多东西。宋人说这首诗"墨光四射，无字处皆有字"。这说得实在是非常的好。

语言的美，不在语言本身，不在字面上所表现的意思，而在语言暗示出多少东西，传达了多大的信息，即让读者感觉、"想见"的情景有多广阔。古人所谓"言外之意"、"弦外之音"是有道理的。

国内有一位评论家评论我的作品，说汪曾祺的语言很怪，拆开来每一句都是平平常常的话，放在一起，就有点味道。我想任何人的语言都是这样，每句话都是警句，那是会叫人受不了的。语言不是一句一句写出来，"加"在一起的。语言不能像盖房子一样，一块砖一块砖，垒起来。那样就会成为"堆砌"。语言的美不在一句一句的话，而在话与话之间的关系。包世臣论王羲之的字，说单看一个一个的字，并不怎么好看，但是字的各部分，字与字之间"如老翁携带幼孙，顾盼有情，痛痒相关"。中国人写字讲究"行气"。语言是处处相通，有内在的联系的。语言像树，枝干树叶，汁液流转，一枝动，百枝摇；它是"活"的。

"文气"是中国文论特有的概念。从《文心雕龙》到"桐城派"一直都讲这个东西。我觉得讲得最好，最具体的是韩愈。他说：

"气，水也；言，浮物也；水大而物之浮者大小毕浮。气之与言犹是也，气盛则言之短长与声之高下者皆宜。"

后来的人把他的理论概括成"气盛言宜"四个字。我觉得他提出了三个很重要的观点。他所谓"气盛"，照我的理解，即作者情绪饱满，思想充实。我认为他是第一个提出作者的精神状态和语言的关系的人。一个人精神好的时候往往会才华横溢，妙语如珠；倦疲的时候往往词不达意。他提出一个语言的标准：宜。即合适，准确。世界上有不少作家都说过"每一句话只有一个最好的说法"，比如福楼拜。他把"宜"更具体化为"言之短长"与"声之高下"。语言的奥秘，说穿了不过是长句子与短句子的搭配。一泻千里，戛然而止，画舫笙歌，骏马收缰，可长则长，能短则短，运用之妙，存乎一心。中国语言的一个特点是有"四声"。"声之高下"不但造成一种音乐美，而且直接影响到意义。不但写诗，就是写散文，写小说，也要注意语调。

语调的构成，和"四声"是很有关系的。

中国人很爱用水来作文章的比喻。韩愈说过。苏东坡说"吾文如万斛源泉，不择地涌出"，"但行于所当行，止于所不可不止"。流动的水，是语言最好的形象。中国人说"行文"，是很好的说法。语言，是内在地运行着的。缺乏内在的运动，这样的语言就会没有生气，就会呆板。

中国当代作家意识到语言的重要性的，现在多起来了。中国的文学理论家正在开始建立中国的"文体学"、"文章学"。这是极好的事。这样会使中国的文学创作提高到一个更新的水平。

谢谢！

一九八七年十一月十九日追记于爱荷华

传神

　　看过一则杂记，唐朝有两个大画家，一个好像是韩干，另外一个我忘了，二人齐名，难分高下。有一次，皇帝——应该是玄宗了——命令他们俩同时给一个皇子画像。画成了，皇帝拿到宫里请皇后看，问哪一张画得像。皇后说："都像。这一张更像。——那一张只画出皇子的外貌，这一张画出了皇子的潇洒从容的神情。"于是二人之优劣遂定。哪一张更像呢？好像是韩干以外的那一位的一张。这个故事，对于写小说是很有启发的。

　　小说是写人的。写人，有时免不了要给人物画像。但是写小说不比画画，用语言文字描绘人物的形貌，不如用线条颜色表现得那样真切。十九世纪的小说流行摹写人物的肖像，写得很细致，但是不易使读者留下深刻的印象。但是用语言文字捕捉人物的神情——传神，是比较容易办到的，有时能比用颜色线条表现得更鲜明。中国画讲究"形神兼备"，对于写小说来说，传神比写形象更为重要。

我的老师沈从文写《边城》里的翠翠乖觉明慧，并没有过多地刻画其外形，只是捕捉住了翠翠的神气：

> 翠翠在风日里长养着，把皮肤变得黑黑的，触目为青山绿水，一对眸子清明如水晶。自然既长养她且教育她，为人天真活泼，处处俨然如一只小兽物。人又那么乖，如山头黄麂一样，从不想到残忍事情，从不发怒，从不动气。平时在渡船上遇陌生人对她有所注意时，便把光光的眼睛瞅着那陌生人，作成随时皆可举步逃入深山的神气，但明白了人无机心后，就又从从容容地在水边玩耍了。

鲁迅先生曾说过：有人说，画一个人最好是画他的眼睛。传神，离不开画眼睛。

《祝福》两次写到祥林嫂的眼睛：

> 她不是鲁镇人。有一年的冬初，四叔家里要换女工，做中人的卫老婆子带她进来了，头上扎着白头绳，乌裙，蓝夹袄，月白背心，年纪大约二十六七，脸色青黄，但两颊却还是红的。卫老婆子叫她祥林嫂，说是自己母家的邻舍，死了当家人，所以出来做工了。四

叔皱了皱眉，四婶已经知道了他的意思，是在讨厌她是一个寡妇。但看她模样还周正，手脚都壮大，又只是顺着眼，不开一句口，很像一个安分耐劳的人，便不管四叔的皱眉，将她留下了。

　　我这回在鲁镇所见的人们中，改变之大，可以说无过于她的了：五年前的花白的头发，即今已经全白，全不像四十上下的人；脸上瘦削不堪，黄中带黑，而且消尽了先前悲哀的神色，仿佛是木刻似的；只有那眼珠间或一轮，还可以表示她是一个活物。

"顺着眼"，大概是绍兴方言；"间或一轮"，现在也不大用了，但意思是可以懂得的，神情可以想见。这"顺"着的眼和间或一轮的眼珠，写出了祥林嫂的神情和她的悲惨的遭遇。

我有几篇小说里用过画眼睛的方法：

　　两个女儿，长得跟她娘像一个模子里托出来的。眼睛长得尤其像，白眼珠鸭蛋青，黑眼珠棋子黑，定神时如清水，闪动时像星星。浑身上下，头是头，脚是脚。头发滑滴滴的，衣服格挣挣的。——这里的风俗，十五六岁的姑娘就都梳上头了。这两个丫头，这一头的好头发！通红的发根，雪白的簪子！娘女三个去赶集，一集的人都朝她们望。

　　巧云十五岁，长成了一朵花。身材、脸盘都像妈。瓜子脸，一边有个很深的酒窝。眉毛黑如鸦翅，长入鬓角。眼角有点吊，是一双凤眼。睫毛很长，因此显得眼睛经常眯晞着；忽然回头，睁得大大的，带点吃惊而专注的神情，好像听到远处有人叫她似的。

对于异常漂亮的女人，有时从正面直接地描写很困难；或者已经写了，还嫌不足，中国的和外国的古代的诗人，不约而同地想出另外一种聪明的办法，即换一个角度，不是描写她本人，而是间接地，描写看到她的别人的反映，从别人的欣赏、倾慕来反衬出她的美。希腊史诗《伊里亚特》里的海伦皇后是一个绝世的美人，但是荷马在描写她的美时，没有形容她的面貌肢体，只是用相当篇幅描写了看到她的几位老人的惊愕。汉代乐府《陌上桑》描写罗敷，也是用的这种方法：

　　　　行者见罗敷，下担捋髭须。

　　　　少者见罗敷，脱帽著帩头。

　　　　耕者忘其犁，锄者忘其锄。

　　　　来归相怨怒，但坐观罗敷。

这种方法，不能使人产生具体的印象，但却可以唤起读者无边的想象。他没有看到这个美人是如何的美，但是他想得出她一定非常的美。这样的写法是虚的，但是读者的感受是实的。

这种方法，至少已经有两千多年的历史了，但是现代的作家还在用着。赵树理《小二黑结婚》写小芹，就用过这种方法（我手边无树理同志这篇小说，不能具引）。我在《大淖记事》里写巧云，也用了这种方法：

> ……她在门外的两棵树杈之间结网，在淖边平地上织席，就有一些少年人装着有事的样子来来去去。她上街买东西，甭管是买肉、买菜，打油、打酒，撕布、量头绳，买梳头油、雪花膏，买石碱、浆块，同样的钱，她买回来，份量都比别人多，东西都比别人的好。这个奥秘早被大娘、大婶们发现，她们都托她买东西。只要巧云一上街，都捎了好几个竹篮，回来时压得两个胳臂酸疼酸疼。泰山庙唱戏，人家都自己扛了板凳去。巧云散着手就去了。一去了，总有人给她找一个得看的好座。台上的戏唱得正热闹，但是没有多少人叫好。因为好些人不是在看戏，是看她。

前引《受戒》里的"娘女三个赶集，一集的人都朝她们望"，用的也是这方法，只是繁简不同。

这些方法古已有之，应该说是陈旧的方法了，但是运用得好，却可以使之有新意，使人产生新鲜感。方法是不难理解的，也是不难掌握的，但是运用起来，却有不同。运用得好，使人觉得自自然然，很妥贴，很舒服，不露痕迹。虽然有法，恰似无法，用了技巧，却显不出技巧，好像是天生的一段文字，本来就该像这样写。用得不好，就会显得卖弄做作，笨拙生硬，使人像吃馒头时嚼出一块没有蒸熟的生面疙瘩。

这些写神情、画眼睛，从观赏者的角度反映出人的姿媚，都只是方法，是"用"，而不是"体"。"体"，是生活。没有丰富的生活积累，只是知道这些方法，还是写不出好作品的。反之，生活丰富了，对于这些方法，也就容易掌握，容易运用自如。

不过，作为初学写作者，知道这些方法，并且有意识地作一些练习，学习用几句话捉住一个人的神情，描绘若干双眼睛，尝试从别人的反映来写人，是有好处的。这可以锻炼自己的艺术感觉，并且这也是积累生活的验方。生活和艺术感是互相渗透，互为影响的。

两栖杂述

我是两栖类。写小说，也写戏曲。我本来是写小说的。二十年来在一个京剧院担任编剧。近二三年又写了一点短篇小说。我过去的朋友听说我写京剧，见面时说："你怎么会写京剧呢？——你本来是写小说的，而且是有点'洋'的！"他觉得这简直不可思议。有些新相识的朋友，看过我近年的小说后，很诚恳地跟我说："您还是写小说吧，写什么戏呢！"他们都觉得小说和戏——京剧，是两码事，而且多多少少有点觉得我写京剧是糟蹋自己，为我惋惜。我很感谢他们的心意。有些戏曲界的先辈则希望我还是留下来写戏，当我表示我并不想离开戏曲界时，就很高兴。我也很感谢他们的心意。曹禺同志有一次跟我说："你还是双管齐下吧！"我接受了他的建议。

我小时候没有想过写戏，也没有想过写小说。我喜欢画画。

我的父亲是个画画的，在我们那个县城里有点名气。我从小就喜欢看他画画。每当他把画画的那间屋子打开（他不常画画），支上窗户，我就非常高兴。我看他研了颜色，磨了墨，铺好了纸；看他抽着烟想了一会，对着雪白的宣纸看了半天，用指甲或笔杆的一头在纸上比划比划，划几个道道，定了一幅画的间架章法，然后画出几个"花头"（父亲是画写意花卉的），然后画枝干、布叶、勾筋、补石、点苔，最后再"收拾"一遍，题款，用印，用按钉钉在壁上，抽着烟对着它看半天。我很用心地看了全过程，每一步都看得很有兴趣。

我从小学到中学，都"以画名"。我父亲有一些石印的和珂罗版印的画谱，我都看得很熟了。放学回家，路过裱画店，我都要进去看看。

高中毕业，我本来是想考美专的。

我到四十来岁还想彻底改行，从头学画。

我始终认为用笔、墨、颜色来抒写胸怀，更为直接，也更快乐。

我到底没有成为一个画家。

到现在我还有爱看画的习惯，爱看展览会。有时兴之所至，特别是运动中挨整的时候，还时常随便涂抹几笔，发泄发泄。

喜欢画，对写小说，也有点好处。一个是，我在构思一篇小说的时候，有点像我父亲画画那样，先有一团情致，一种意向。然后定间架、画"花头"、立枝干、布叶、勾筋……一个是，可以锻炼对于形体、颜色、"神气"的敏感。我以为，一篇小说，总得有点画意。

我是怎样写起小说来的呢？

除了画画，我的"国文"成绩一直很好。从小学五年级到初中三年级，我的国文老师一直是高北溟先生。为了纪念他，我的小说《徙》里直接用了高先生的名字。他的为人、学问和教学的方法也就像我的小说里所写的那样，——当然不尽相同，有些地方是虚构的。在他手里，我读过的文章，印象最深的是归有光的《项脊轩志》、《先妣事略》。

有几个暑假，我还从韦子廉先生学习过。韦先生是专攻桐城派的。我跟着他，每天背一篇桐城派古文。姚鼐的、方苞的、刘大櫆和戴名世的。加在一起，不下百十篇。

到现在，还可以从我的小说里看出归有光和桐城派的影响。归有光以清淡之笔写平常的人情，我是喜欢的（虽然我不喜欢他正统派思想），我觉得他有些地方很像契诃夫。"桐城义法"，我以为是有道理的。桐城派讲究文章的提、放、断、连、疾、徐、顿、挫，讲"文气"。正如中国画讲"血脉流通"、"气韵生动"。我以为"文气"是比"结构"更为内在，更精微的概念，和内容、思想更有有机联系。这是一个很好的、很先进的概念，比许多西方现代美学的概念还要现代的概念。文气是思想的直接的形式。我希望评论家能把"文气论"引进小说批评中来，并且用它来评论外国小说。

我好像命中注定要当沈从文先生的学生。

我读了高中二年级以后，日本人打了邻县，我"逃难"在乡下，住在我的小说《受戒》里所写的小和尚庵里。除了高中教科书，我只带了两本书，一本屠格涅夫的《猎人日记》，一本上海一家野鸡书店盗印的《沈从文小说选》。我于是翻来覆去地看这两本书。

我到昆明考大学，报了西南联大中国文学系，就是因为这个大学中文系有朱自清先生、闻一多先生，还有沈先生。

我选读了沈先生的三门课："各体文习作"、"中国小说史"和"创作实习"。

我追随沈先生多年，受到教益很多，印象最深的是两句话。

一句是："要贴到人物来写。"

他的意思不大好懂。根据我的理解，有这样几层意

思:

第一，小说是写人物的。人物是主要的，先行的。其余部分都是次要的，派生的。作者要爱所写的人物。沈先生曾说过，对于兵士和农民"怀了不可言说的温爱"。"温爱"，我觉得提得很好。他不说"热爱"，而说"温爱"，我以为这更能准确地说明作者和人物的关系。作者对所写的人物要具有充满人道主义的温情，要有带抒情意味的同情心。

第二，作者要和人物站在一起，对人物采取一个平等的态度。除了讽刺小说，作者对于人物不宜居高临下。要用自己的心贴近人物的心，以人物哀乐为自己的哀乐。这样才能在写作的大部分的过程中，把自己和人物融为一体，语语出自自己的肺腑，也是人物的肺腑。这样才不会作出浮泛的、不真实的、概念的和抄袭借用来的描述。这样，一个作品的形成，才会是人物行动逻辑自然的结果。这个作品是"流"出来的，而不是"做"出来的。人物的身上没有作者为了外在的目的强加于他身上的东西。

第三，人物以外的其他的东西都是附属于人物的。景物、环境，都得服从于人物，景物、环境都得具有人物的色彩，不能脱节，不能游离。一切景物、环境、声音、颜色、气味，都必须是人物所能感受的。写景，就是写人，是写人物对于周围世界的感觉。这样，才会使一篇作品处处浸透了人物，散发着人物的气息，在不是写人物的部分有人物。

另外一句话是："千万不要冷嘲。"

这是对于生活的态度，也是写作的态度。我在旧社会，因为生活的穷困和卑屈，对于现实不满而又找不到出路，又读了一些西方的现代派的作品，对于生活形成一种带有悲观色彩的尖刻、嘲弄、玩世不恭的态度。这在我的一些作品里也有所流露。沈先生发觉了这点，在昆明时就跟我讲过；我到上海后，又写信给我讲到这点。他要求的是对于生活的"执着"，要对生活充满热情，即使在严酷的现实面前，也不能觉得"世事一无可取，也一无可为"。一个人，总应该用自己的工作，使这个世界更美好一些，给这个世界增加一点好东西。在任何逆境之中也不能丧失对于生活带有抒情意味的情趣，不能丧失对于生活的爱。沈先生在下放咸宁干校时，还写信给黄永玉，说"这里的荷花真好！"沈先生八十岁了，还每天工作十几个小时，完成《中国服饰研究》这样的巨著，就是靠这点对于生活的执着和热情支持着的。沈先生的这句话对我的影响很深。

我是怎样写起京剧剧本来的呢？

我从小爱看京剧，也爱唱唱。我父亲会拉胡琴，我初中一年级的时候就随着他的胡琴唱戏，唱老生，也唱青衣。到读大学时还唱。有个广东同学听到我唱戏，就说："丢那妈，猫叫！"

因为读的是中文系，我后来又学唱了昆曲。

我喜欢看戏，看京剧，也爱看地方戏，特别爱看川剧。

我没有想到过写戏曲剧本。

因为当编辑，编《说说唱唱》，想写作，又不下去，没有生活，不免发牢骚。那年恰好是纪念世界名人吴敬梓，有人就建议我在《儒林外史》里找一个题材，写写京剧剧本，我就写了一个《范进中举》。这个剧本演出了，还在北京市戏曲会演中得了一个奖。

一九五八年，我戴了右派帽子下去劳动。摘了帽子，想调回北京，恰好北京京剧团还有个编剧名额，我就这样调到了京剧团，一直到现在。二十年了。

搞文学的人是不大看得起京剧的。

这也难怪。京剧的文学性确实是很差，很多剧本简直是不知所云。前几个月，我在北京，每天到玉渊潭散步，每天听一个演员在练《珠帘寨》的定场诗：

　　　　李白斗酒诗百篇，

　　　　长安市上酒家眠。

　　　　摔死国舅段文楚，

唐王一怒贬北番！

李克用和李太白有什么关系呢？

《花田错》里有一句唱词：

桃花不比杏花黄……

桃花不黄，杏花也不黄呀！

可是，京剧毕竟是我们的文化遗产呀！而且，就是京剧，也有些很好的东西。比如大家都知道的《四进士》，用了那样多的典型的细节，刻划了宋士杰这样一个独特的人物，这就不用说了。我以为这出戏放在世界戏剧名作之林中，是毫不逊色的。再如《打渔杀家》里萧恩和桂英离家时的对话：

> 萧恩　开门哪（出门介）
>
> 桂英　爹爹请转。
>
> 萧恩　儿呀何事？
>
> 桂英　这门还未曾上锁呢。
>
> 萧恩　这门嗟，关也罢不关也罢。
>
> 桂英　里面还有许多动用家具呢。
>
> 萧恩　傻孩子呀，门都不要了，要家具则甚哪！
>
> 桂英　不要了？
>
> 萧恩　不省事的冤家……！

我觉得这是小说，很好的小说。我觉得写小说的，也是可以从戏曲里学到很多东西的。

戏曲、京剧，有些手法好像很旧。但是中国人觉得它很旧，外国人觉得它很新。比如"自报家门"，这就比用整整一幕戏来介绍人物省事得多。比如布莱希特的"间离效果"说，是受了中国戏曲的启发而提出来的，这很新呀！

我觉得我们不要妄自菲薄，数典忘祖。我们要"以故为新"，从遗产中找出新的东西来，特别是搞西方现代派的同志，我建议他们读一点旧文学，用比较文学的方法研究研究中国的古典文学。我总是希望能把古今中外熔为一炉。

我搞京剧，有一个想法，很想提高一下京剧的文学水平，提高其可读性，想把京剧变成一种现代艺术，可以和现代文学作品放在一起，使人们承认它和王蒙的、高晓声的、林斤澜的、邓友梅的小说是一个水平的东西，只不过形式不同。

搞搞京剧还有一个好处，即知道戏和小说是两种东西（当然又是相通的）。戏要夸张，要强调；小说要含蓄，要淡远。李笠翁说写诗文不可说尽，十分只能说二三分；写戏剧必须说尽，十分要说到十分。这是很有见地的话。托尔斯泰说人是不能用警句交谈的，这是指的小说；戏里的人物是可以用警句交谈的。因此，不能把小说写得像戏，不能有太多情节，太多的戏剧性。如果写的是一篇戏剧性很强的小说，那你不如干脆写成戏。

以上是一个两栖类的自白。

除了搞戏，我还搞过曲艺，编过《说说唱唱》；搞过民间文学，编了好几年《民间文学》。"文化大革命"以后，我发表的第一篇作品不是小说，而是民间文学的论文，而且和甘肃有点关系，是《"花儿"的格律》。我觉得这对写小说没有坏处。特别是民间文学，那真是一个宝库。我甚至可以武断地说，不读一点民歌和民间故事，是不能成为一个好小说家的。

我这个两栖类，这个"杂家"有点什么经验？一个是要尊重、热爱祖国的文学艺术传统；一个是兼收并蓄，兴趣更广泛一些，知识更丰富一些。

我希望有更多的两栖类，希望诗人、小说家都来写写戏曲。

认识到的和没有认识的自己

作家需要评论家。作家需要认识自己。"文章千古事，得失寸心知"。但是一个作家对自己为什么写，写了什么，怎么写的，往往不是那么自觉的。经过评论家的点破，才会更清楚。作家认识自己，有几宗好处。一是可以增加自信，我还是写了一点东西的。二是可以比较清醒，知道自己吃几碗干饭，可以心平气和，安分守己，不去和人抢行情，争座位。更重要的，认识自己是为了超越自己，开拓自己，突破自己。我应该还能搞出一点新东西，不能就是这样，磨道里的驴，老围着一个圈子转。认识自己，是为了寻找还没有认识的自己。

我大概算是一个现实主义的作家。现实主义，本来是简单明了的，就是真实地写自己所看到的生活。后来不知道怎么搞得复杂起来了。大概是苏联提出了社会主义现实主义。而将以前的现实主义的前面加了一个"批判的"。"批判的现实主义"总是不那样好就是了。什么是"社会主义的现实主义"呢？越说越糊涂。本来"社会主义"是一个政治的概念，"现实主义"是文学的概念，怎么能搅在一起呢？什么样的作品是"社会主义现实主义"的呢？标准的作品大概是《金星英雄》。中国也曾经提过社会主义现实主义，后来又修改成革命的现实主义和革命的浪漫主义相结合，叫做"两结合"。怎么结合？我在当了右派分子下放劳动期间，忽然悟通了。有一位老作家说了一句话：有没有浪漫主义是个立场问题。我琢磨了一下，是这么一个理儿。你不能写你看到的那样的生活，不能照那样写，你得"浪漫主义"起来，就是写得比实际生活更美一些，更理想一些。我是真诚地相信这条真理的，而且很高兴地认为这是我下乡劳动、思想改造的收获。我在结束劳动后所写的几篇小说：《羊舍一夕》、《看水》、《王全》，以及后来写的《寂寞和温暖》，都有这种"浪漫主义"的痕迹。什么是"革命的现实主义和革命的浪漫主义相结合"？咋"结合"？典型的作品，就是"样板戏"。理论则是"主题先行"、"三突出"。从"两结合"到"主题先行"、"三突出"是历史发展的必然。"主题先行"、"三突出"不是有样板戏之后才有的。"十七年"的不少作品就有这个东西，而其滥觞实为"社会主义现实主义"。我是在样板团工作过的，比较知道一点什么叫两结合，什么是某些人所说的"浪漫主义"，那就是不说真话，专说假话，甚至无中生有，胡编乱造。我们曾按江青的要求写一个内蒙草原的戏，四下内蒙，作了调查访问，结果是"老虎闻鼻烟，没有那八宗事"。我们回来向于会泳作了汇报，说没有那样的生活，于会泳答复说："没有那样的生活更好，你们可以海阔天空。"物极必反。我干了十年样板戏，实在干不下去了。不是有了什么觉悟，而是无米之炊，巧妇难为。没有生活，写不出来，这是最简单不过的事。样板戏实在是把中国文学带上了一条绝径。从某一方面说，这也是好事。十年浩劫，使很多人对一系列问题不得不进行比较彻底的反思，包括四十多年来文学的得失。"四人帮"倒台后，我真是松了一口气。我可以按照自己的方法写作了。我可以不说假话，我怎么想的，就怎么写。《异秉》、《受戒》、《大淖记事》等几篇东西就是摆脱长期的捆绑的情况下写出来的。从这几篇小说里可以感觉出我的鸢飞鱼跃似的快乐。

　　我写的小说的人和事大都是有一点影子的。有的小说，熟人看了，知道这写的是谁。当然不会一点不走样，总得有些想象和虚构。没有想象和虚构，不成其为文学。纪晓岚是反对小说中加入想象和虚构的。他以为小说里所写的必须是亲眼所见，亲耳所闻：

> 小说既述见闻，即属叙事，不比戏场关目，随意装点。

他很不赞成蒲松龄，他说：

> 今燕昵之词，媟狎之态，细微曲折，摹绘如生。使出自言，似无此理，使出作者代言，则何从而闻见之。

蒲松龄的确喜欢写媟狎之态，而且写得很细微曲折，写多了，令人生厌。但是把这些燕昵之词、媟狎之态都去了，《聊斋》就剩不下多少东西了。这位纪老先生真是一个迂夫子，那样的忠于见闻，还有什么小说呢？因此他的《阅微草堂笔记》实在没有多大看头。不知道鲁迅为什么对此书评价甚高，以为"叙述复雍容淡雅，天趣盎然"。

想象和虚构的来源，还是生活。一是生活的积累，二是长时期的对生活的思考。接触生活，具有偶然性。我写作的题材几乎都是可遇而不可求的。一个作家发现生活里的某种现象，有所触动，感到其中的某种意义，便会储存在记忆里，可以作为想象的种籽。我很同意一位法国心理学家的话：所谓想象，其实不过是记忆的重现与复合。完全没有见过的东西，是无从凭空想象的。其次，更重要的是对生活的思索，长期的，断断续续的思索。井淘三遍吃好

222

水。生活的意义不是一次淘得清的。我有些作品在记忆里存放三四十年。好几篇作品都是一再重写过的。《求雨》的孩子是我在昆明街头亲见的，当时就很感动。他们敲着小锣小鼓所唱的求雨歌：

> 小小儿童哭哀哀，
>
> 撒下秧苗不得栽。
>
> 巴望老天下大雨，
>
> 乌风暴雨一起来。

这不是任何一个作家所能编造得出来的。我曾经写过一篇很短的东西，一篇散文诗，记录了我的感受。前几年我把它改写成一篇小说，加了一个人物，望儿。这样就更具体地表现了中国农村的孩子从小就知道稼穑的艰难，他们用小小的心参与了农田作务，休戚相关。中国的农民从小就是农民，小农民。《职业》原来只写了一个卖椒盐饼子西洋糕的，这个孩子我是非常熟悉的。我改写了几次，始终不满意。到第四次，我才想起先写了文林街上六七种叫卖声音，把"椒盐饼子西洋糕"放在这样背景前面，这样就更苍凉地使人感到人世多苦辛，而对这个孩子过早的失去自由，被职业所固定，感到更大的不平。思索，不是抽象的思索，而是带着对生活的全部感悟，对生活的一角隅、一片段反复审视，从而发现更深邃、更广阔的意义。思索，始终离不开生活。

我是一个极其平常的人。我没有什么深奥独特的思想。年轻时读书很杂。大学时读过尼采、叔本华。我比较喜欢叔本华。后来读过一点萨特，赶时髦而已。我读过一点子部书，有一阵对庄子很迷。但是我感兴趣的是其文章，不是他的思想。我读书总是这样，随意浏览，对于文章，较易吸收；对于内容，不大理会。我大概受儒家思想影响比较大。一个中国人或多或少，总会接受一点儒家的影响。我觉得孔子是个很有人情的人，从《论语》里可以看到一个很有性格的活生生的人。孔子编选了一部《诗经》（删诗），究竟是为了什么？我不认为"国风"和治国平天下有什么关系。编选了这样一部民歌总集，为后代留下这样多的优美的抒情诗，是非常值得感谢的。"国风"到现在依然存在很大的影响，包括它的真纯的感情和回环往复、一唱三叹的形式。《诗经》对许多中国人的性格，产生很广泛的、潜在的作用。"温柔敦厚，诗之教也。"我就是在这样的诗教里长大的。我很奇怪，为什么论孔子的学者从来不把孔子和《诗经》联系起来。

我的小说写的都是普通人，平常事。因为我对这些人事熟悉。

顿觉眼前生意满，

须知世上苦人多。

我对笔下的人物是充满同情的。我的小说有一些是写市民层的，我从小生活在一条街道上，接触的便是这些小人物。但是我并不鄙薄他们，我从他们身上发现一些美好的、善良的品行。于是我写了淡泊一生的钓鱼的医生，"涸辙之鲋，相濡以沫"的岁寒三友。我写的人物，有一些是可笑的，但是连这些可笑处也是值得同情的，我对他们的嘲笑不能过于尖刻。我的小说大都带有一点抒情色彩，因此，我曾自称是一个通俗抒情诗人，称我的现实主义为抒情现实主义。我的小说有一些优美的东西，可以使人得到安慰，得到温暖。但是我的小说没有什么深刻的东西。

现实主义在历史上是和浪漫主义相对峙而言的。现代的现实主义的对立面是现代主义。在中国，所谓现代主义，没有自己的东西，只是摹仿西方的现代主义。这没有什么不好。

我年轻时受过西方现代主义的影响，也可以说是摹仿。后来不再摹仿了，因为摹仿不了。文化可以互相影响，互相渗透，但是一种文化就是一种文化，没有办法使一种文化和另一种文化完全一样。我在美国几个博物馆看了非洲雕塑，惊奇得不得了。都很怪，可是没有一座不精美。我这才明白为什么有人说法国现代艺术受了非洲艺术很大的影响。我又发现非洲人搞的那些奇怪的雕塑，在他们看来一点也不奇怪。他们以为雕塑本来就应该是这样，只能是这样，他们对世界的认识就是这样。他们并没有先有一个对事物的理智的、现实的认识，然后再去"变形"、扭曲、夸大、压扁、拉长……。他们从对事物的认识到对事物的表现是一次完成的。他们表现的，就是他们所认识的。因此，我觉得法国的一些摹仿非洲的现代派艺术也是"假"的。法国人不是非洲人。我在几个博物馆看了一些西洋名画的原作，也看了芝加哥、波士顿艺术馆一些中国名画，比如相传宋徽宗摹张萱的捣练图。我深深感到东方的——主要是中国的文化和西方文化绝对不是一回事。中国画和西洋画的审美意识完全不同。中国人插花有许多讲究，瓶与花要配称，横斜欹侧，得花之态。有时只有一截干枝，开一朵铁骨红梅。这种趣味，西方人完全不懂。他们只是用一个玻璃瓶，乱哄哄地插了一大把颜色鲜丽的花。中国画里的折枝花卉，西方是没有的。更不用说墨绘的兰竹。毕加索认为中国的书法是伟大的艺术，但是要叫他分别一下王羲之和王献之，他一定说不出所以然。中国文学要全盘西化，搞出"真"现代派，是不可能的。因为你是中国人，你生活在中国文化的传统里，而这种传统是那样的悠久，那样的无往而不在。你要摆脱它，是办不到的。而且，为什么要摆脱呢？

最最无法摆脱的是语言。一个民族文化的最基本的东西是语言。汉字和汉语不是一回事。中国的识字的人，与其说是用汉语思维，不如说用汉字思维。汉字是象形字。形声字的形还是起很大作用。从木的和从水的字会产生不同的图像。汉字又有平上去入，这是西方文字所没有的。中国作家便是用这种古怪的文字写作的，中国作家对于文字的感觉和西方作家很不相同。中国文字有一些十分独特的东西，比如对仗、声调。对仗，是随时会遇到的。有人说某人用这个字，不用另一个意义相同的字，是"为声俊耳"。声"俊"不"俊"，外国人很难体会，但是作为一个中国作家是不能不注意的。

有一个法国记者到家里来采访我。他准备了很多问题。一上来就说："首先我要问你一个你自己很难回答的问题：你认为你在中国文学里的位置是什么？"我想了一想，说："我大概是一个文体家。""文体家"原本不是一个褒词。伟大的作家都不是文体家。这个概念近些年有些变化。现代小说多半很注重文体。过去把文体和内容是分开的，现在很多人认为是一回事。我是较早地意识到二者的一致性的。文体的基础是语言。一个作家应该对语言充满兴趣，对语言很敏感，喜欢听人说话。苏州有个老道士，在人家做道场，斜眼看见桌子下面有一双钉靴，他不动声色，在诵念的经文中加了几句，念给小道士听：

> 台子底下，
>
> 有双钉靴。
>
> 拿俚转去，
>
> 落雨着着，
>
> 也是好格。

这种有板有眼，整整齐齐的语言，听起来非常好笑。如果用平常的散文说出来，就毫无意思。我们应该留意：一句话这样说就很有意思，那样说就没有意思。其次要读一点古文。"熟读唐诗三百首"，还是学诗的好办法。我们作文（写小说式散文）的时候，在写法上常常会受古人的某一篇或某几篇的影响，自觉或不自觉。老舍的《火车》写火车着火后的火势，写得那样铺张，没有若干篇古文烂熟胸中，是办不到的。我写了一篇散文《天山行色》，开头第一句：

> 所谓南山者，是一片塔松林。

我自己知道，这样的突兀的句法是从龚定庵的《说居庸关》那里来的。《说居庸关》的第一句是：

> 居庸关者，古之谈守者之言也。

这样的开头，就决定这篇长达一万七千字的散文，处处有点龚定庵的影子，这篇散文可以说是龚定庵体。文体的形成和一个作家的文化修养是有关系的。文学和其他文化现象是相通的。作家应该读一点画，懂得书法。中国的书法是纯粹抽象的艺术，但绝对是艺术。书法有各种书体，有很多家，这些又是非常具体的，可以感觉的。中国古代文人的字大都是写得很好的。李白的字不一定可靠。杜牧的字写得很好。苏轼、秦观、陆游、范成大的字都写得很好。宋人文人里字写得差一点的只有司马光，不过他写的方方正正的楷书也另有一种味道，不俗气。现代作家不一定要能写好毛笔字，但是要能欣赏书法。"我虽不善书，知书莫若我"，经常看看书法，尤其是行草，对于行文的内在气韵，是很有好处的。我是主张"回到民族传统"的，但是并不拒绝外来的影响。我多少读了一点翻译作品，不能不受影响，包括思维语言、文体。我的这篇发言的题目，是用汉字写的，但实在不大像一句中国话。我找不到更恰当的语言表达我要说的意思。

我是沈从文先生的学生，有人问我究竟从沈先生那里继承了什么。很难说是继承，只能说我愿意向沈先生学习什么。沈先生逝世后，在他的告别读者和亲友的仪式上，有一位新华社记者问我对沈先生的看法。在那种场合下，不遑深思，我只说了两点。一、沈先生是一个真诚的爱国主义者；二、他是我见到的真正淡泊的作家，这种淡泊不仅是一种"人"的品德，而且是一种"人"的境界。沈先生是爱中国的，爱得很深。我也是爱我们这个国的。"儿不嫌母丑，狗不厌家贫"。中国尽管有这样那样的问题，这样那样的缺点，但它是我的国家。正如沈先生所说，在任何情况下，都不应丧失信心。我没有荒谬感、失落感、孤独感。我并不反对荒谬感、失落感、孤独感，但是我觉得我们这样的社会，不具备产生这样多的感的条件。如果为了赢得读者，故意去表现本来没有，或者有也不多的荒谬感、失落感和孤独感，我以为不仅是不负责任，而且是不道德的。文学，应该使人获得生活的信心。淡泊，是人品，也是文品。一个甘于淡泊的作家，才能不去抢行情，争座位；才能真诚地写出自己所感受到的那点生活，不耍花招，不欺骗读者。至于文学上我从沈先生继承了什么，还是让评论家去论说吧。我自己不好说，也说不好。

一九八八年八月十六日

却顾所来径，苍苍横翠微

　　我一九四〇年开始发表小说，那年我二十岁。屈指算来，已经有半个世纪了。最初的小说是沈从文先生"各体文习作"和"创作实习"课上所交的课卷，经沈先生寄给报刊发表的。四十年代写的小说曾结为《邂逅集》，一九四八年由文化生活出版社出版。以后是一段空白。一九四九年到六十年代，我没有写小说。一九六二年写了三个短篇，在中国少年儿童出版社出了一个小集子《羊舍的夜晚》。以后又是一段空白。到八十年代初，我忽然连续发表了不少小说，一直到现在。

　　我家的后园有一棵藤本植物，家里人都不知道是什么东西，因为它从来不开花。有一年夏天，它忽然暴发似的一下子开了很多很多白色的、黄色的花。原来这是一棵金银花。我八十年代初忽然写了不少小说，有点像那棵金银花。

为什么我写小说时作时辍，当中有那样长的两大段空白呢？

我的小说《受戒》发表后引起一点震动。一个青年作家睁大了眼睛问："小说也是可以这样写的？"他以为小说只能"那样"写，这样写的小说他没有见过。那样写的小说是哪样的呢？要写好人好事，写可以作为大家学习的榜样的先进人物，模范、英雄，要有思想性，有明确的主题……总之，得"为政治服务"。我写不了"那样"的小说，于是就不写。

八十年代为什么又写起来了呢？因为气候比较好。当时强调要解放思想，允许有较多的创作自由。"这样写"似乎也是可以的，于是我又写了。

北京市作家协会举行过我的作品的讨论会，我作了一次简短的发言，题目是《回到现实主义，回到民族传统》。为什么说"回到"？因为我的小说有一个时期是脱离现实的，受西方文学的影响比较大。

我年轻时写小说，除了师承沈从文，常读契诃夫，还看了一些西方现代派的作品，如阿索林、弗·伍尔芙，受了一些影响。我是较早的，也是有意识的动用意识流方法写作的中国作家之一。

有一次，我和一个同学从西南联大新校舍大门走出来。对面的小树林里躺着一个奄奄一息的士兵，他就要死了，像奥登诗所说，就要"离开身上的虱子和他的将军"了。但还有一口气。他的头缓缓地向两边转动着。我的同学对我说："对于这种现象，你们作家要负责！"我当时想起一句里尔克的诗："他眼睛里有些东西，决非天空。"

以后我的作品里表现了较多的对人的关怀。我曾自称为"中国式的抒情的人道主义者"。

我是一个中国人。一个人是不能脱离自己的民族的。"民族"最重要的东西是它的文化。一个中国人，即便没有读过什么书，也是在文化传统里生活着的。有评论家说我受了道家思想的影响，有可能，我年轻时很爱读《庄子》。但我觉得我受儒家思想影响更大一些。我所说的"儒家"是曾子式的儒家，一种顺乎自然，超功利的潇洒的人生态度。因为我写的人物身上有传统文化的印迹，有的评论家便封我为"寻根文学"的始作俑者。看起来这顶帽子我暂时只得戴着。

小说里最重要的是什么？我以为是思想。是作家自己的思想，不是别人的思想。是作家用自己的眼睛对生活的观察（我称之为"凝视"），自己的感受，自己的思索，自己对人生的独特的感悟。思索是非常重要的。接触到生活，往往不能即刻理解这个生活片段的全部意义。得经过反复的、一次比一次深入的思索，才能汲出生活的底蕴。作家和常人的不同，无非是对生活想得更多一点，看得更深一点。我有的小说重写过三四次。重写一次，就是一次更深的思索。

与此有关的是文学的社会功能问题。作家的使命感、社会责任或艺术良心，这些还要不要？有一些青年作家对这一套是很腻味的。我以为还是要的。作品写出来了，放在抽屉里，是作家自己的事。拿出去发表了，就是社会的事。一个作品对读者总会产生这样那样的影响，这事不能当儿戏。但是我觉得作品的社会影响不能看得太直接，要求立竿见影，应该看得更宽一点。我以为一个作家的作品是引起读者对生活的关心，对人的关心，对生活，对人持欣赏的态度，这样读者的心胸就会比较宽厚，比较多情，从而使自己变得较有文化修养，远离鄙俗，变得高尚一点，雅一点，自觉地提高自己的人品。

我六十岁写的小说抒情味较浓，写得比较美，七十岁后就越写越平实了。这种变化，不知道读者是怎么看的。

一九九三年六月十九日

《沈从文传》序

高尔基沿着伏尔加河流浪过。马克·吐温在密西西比河上当过领港员。沈从文在一条长达千里的沅水上生活了一辈子。二十岁以前生活在沅水边的土地上；二十岁以后生活在对这片土地的印象里。他从一个偏僻闭塞的小城，怀着极其天真的幻想，跑进一个五方杂处，新旧荟萃的大城。连标点符号都不会用，就想用手中一枝笔打出一个天下。他的幻想居然实现了。他写了四十几本书，比很多人写得都好。

五十年代初，他忽然放下写小说和散文的笔，从事文物研究，写出像《中国古代服饰研究》这样的大书。

他的一生是一个离奇的故事。

他是一个受到极不公平的待遇的作家。一些评论家、文学史家，违背自己的良心，不断地对他加以歪曲和误解。他写过《菜园》、《新与旧》，然而人家说他是不革命的。他写过《牛》、《丈夫》、《贵生》，然而人家说他是脱离劳动人民的。他热衷于"民族品德的发现与重造"，写了《边城》和《长河》，人家说他写的是引人怀旧的不真实的牧歌。他被宣称是"反动"的。一些新文学史里不提他的名字，仿佛沈从文不曾存在过。

需要有一本《沈从文传》，客观地介绍他的生平，他的生活和理想，评价他的作品。现在有了一本《沈从文传》了，它的作者却是一个美国人，这件事本身也是离奇的。

金介甫先生是一位治学严谨的年轻的学者（他岁数不算太小，但是长得很年轻，单纯天真处像一个大孩子，——我希望金先生不致因为我这些话而生气），他花了很长的时间，搜集了大量资料，多次到过中国，到过湘西，多次访问了沈先生，坚持不懈，写出了这本长达三十万字的传记。他在沈从文身上所倾注的热情是美丽的，令人感动的。

从我和符家钦先生的通信中，我觉得他是一个心细如发、一丝不苟的翻译家，我相信这本书的译笔不但会是忠实的，并且一定具有很大的可读性。

我愿意为本书写一篇短序，借以表达我对金先生和符先生的感谢。

一九八九年九月十八日

美——生命

——《沈从文谈人生》代序

我在做一件力不从心的事。

我发现我对我的老师并不了解。

曾经有一位评论家说沈先生是"空虚的作家"。沈先生说这话"很有见识"。这是反话。有一位评论家要求作家要有"思想"。沈先生说："你们所要的思想"，"我本人就完全不懂你说的是什么意义。"这是气话。李健吾先生曾说："说沈从文没有哲学。沈从文怎么没有哲学呢？他最有哲学。"这是真话么？是真话。

不过作家的哲学都是零碎的，分散的，缺乏逻辑，缺乏系统，而且作家所用的名词概念常和别人不一样，有他的自己的意义，因此寻绎作家的哲学是困难的。

沈先生曾这样描述自己：

我就是个不想明白道理却永远为现象所倾心的人。我看一切，却并不把那个社会价值挽加进去，估定我的爱憎。我不愿问价钱上的多少来为百物作一个好坏批评，却愿意考查他在我官觉上使我愉快不愉快的分量。我永远不厌倦的是"看"一切。宇宙万汇在动作中，在静止中，在我印象里，我都能抓定它的最美丽与最调和的风度，但我的爱好显然却不能同一般目的相合。我不明白一切同人类生活相联结时的美恶，另外一句话说来，就是我不大能领会伦理的美。接近人生时，我永远是个艺术家的感情，却绝不是所谓道德君子的感情。

（《从文自传·女难》）

　　这段话说得很美。说对了么？说对了。但是只说对了一半。沈先生并不完全是这样。在另一处，沈先生说：

　　曾经有人询问我："你为什么要写作？"

　　我告他我这个乡下人的意见："因为我活到这世界里有所爱。美丽，清洁，智慧，以及对全人类幸福的幻影，皆永远觉得是一种德性，也因此永远使我对它崇拜和倾心。这点情绪同宗教情绪完全一样。这点情绪促我来写作，不断的写作，没有厌倦，只因为我将在各个作品各种形式里，表现我对于这个道德的努力。"

（《〈篱下集〉题记》）

沈先生在两段话里都用了"倾心"这个字眼。他所倾心的对象即使不是互相矛盾的，但也不完全是一回事。只有把"最美丽最调和的风度"和"德性"统一起来，才能达到完整的宗教情绪。

沈先生是我见过的唯一的（至少是少有的）具有宗教情绪的人。他对人，对工作，对生活，对生命，无不用一种极其严肃的，虔诚笃敬的态度对待。

沈先生曾说：

> 我崇拜朝气，欢喜自由，赞美胆量大的，精力强的……这种人也许野一点，粗一点，但一切伟大事业伟大作品就只这类人有分。（《〈篱下集〉题记》）

沈先生又说：

> 我是个对一切无信仰的人，却只信仰"生命"。

写《沈从文传》的美国人金介甫说："沈从文的上帝是生命。"

沈先生用这种遇事端肃的宗教情绪，像阿拉伯人皈依真主那样走过了他的强壮、充实的一生。这对年轻人体认自己的价值，是有好处的。这些年理论界提出人的价值观念，沈先生是较早地提出"生命价值"的，并且用他的一生实证了"生命价值"的人。

沈先生在文章中屡次使用的一个名词是："人性"。

这世界上或有想在沙基或水面上建造崇楼杰阁的人，那可不是我。我只想造希腊小庙，选山地作基础，用坚硬石头堆砌它。精致，结实，匀称，形体虽小而不纤巧，是我理想的建筑。这小庙供奉的是"人性"。作成了，你们也许嫌它式样太旧了，形体太小了，不妨事。(《习作选集代序》)

我要表现的本是一种"人生的形式"，一种"优美，健康，自然，而又不悖乎人性的人生形式"。(《习作选集代序》)

"人性"是一个引起麻烦的概念，到现在也没有扯清楚。是不是只有具体的"人性"——其实就是阶级性，没有抽象的人性，即人类共有的本性？我们只能从日常的生活用语来解释什么是人性，即美的、善的，是合乎人性的；恶的、丑的，是不合人性。通常说"灭绝人性"，这个人"没有人性"，就是这样的意思。比如说一个人强奸幼女，"一点人性都没有"。沈先生把"优美"、"健康"和"不悖人性"联系在一起，是说"人性"是美的，善的。否定一般的，抽象的人性的一个恶果是十年浩劫的大破坏，而被破坏得最厉害的也正是"人性"，以致我们现在要呼唤"人性的回归"。沈先生提出"人性"，我以为在提高民族心理素质上是有益的。

什么是沈从文的宗教意识，沈从文的上帝，沈从文的哲学的核心？——美。

黑格尔提出"美是生命"的命题。我们也许可以反过来变成这样的逆命题："生命是美"，也许这运用在沈先生身上更为贴切一些。

美是人创造的。沈先生对人用一片铜，一块泥土，一把线，加上自己的想象创造出美，总是惊奇不置。

沈先生有时把创造美的人和上帝造物混为一体。

这种美或由上帝造物之手所产生，一片铜，一块石头，一把线，一组声音，其物虽小，可以见世界之大，并见世界之全。或即"造物"，最直接最简便的那个"人"。流星闪电刹那即逝，即从此显示一种美丽的圣境，人亦相同。一微笑，一皱眉，无不同样可以显出那种圣境。一个人的手足眉发在此一闪即逝的缥缈印象中，即无不可以见出造物者之手艺无比精巧。凡知道用各种感觉捕捉这种美丽神奇的光影的，此光影在生命中即终生不灭。但丁、歌德、曹植、李煜，便是将这种光影用文学组成形式，保留的比较完整的几个人。这些人写成的作品虽各不相同，所得启示必中外古今如一，即一刹那间被美丽所照耀，所征服，所教育是也。

"如中毒，如受电，当之者必喑哑萎悴，动弹不得，失

其所信所守。"美之所以为美，恰恰如此。(《烛虚》)

沈先生对自然有一种特殊的敏感，有泛神倾向，他很易为"现象"所感动。河水，水上灰色的小船，黄昏将临时黑色的远山，黑色的树，仙人掌篱笆间缀网的长脚蜘蛛，半枯的柽柳，翠湖的猪耳莲，水手的歌声，画眉的鸣叫……都会使他强烈地感动，以至眼中含泪。沈先生说过：美丽总是使人哀愁的。

沈先生有时是生活在梦里的。

夜梦极可怪。见一淡绿百合花，颈弱而花柔，花身略有斑点青渍，倚立门边微微动摇。在不可知地方好像有极熟习的声音在招呼：

"你看看好，应当有一粒星子在花中。仔细看看。"

于是伸手触之。花微抖，如有所怯。亦复微笑，如有所恃。因轻轻摇触那个花柄，花蒂，花瓣。近花处几片叶子全落了。

如闻叹息，低而分明。(《生命》)

这很难索解，但是写得多美！

沈先生四十岁以后一直是在梦与现实之间飘游的。

照我思索，能理解"我"。照我思索，可认识"人"。

这里的"我"、"人"都是复数，是抽象的"人"，哲学的"我"，而沈先生的思索，正如他自己所说，是"抽象的抒情"。

要理解一个作家，是困难的。

关先生编选的这本书虽是资料性的工具书，但从他的选择、分类上，可以看出是有自己的看法的。关先生的工作细致、认真，值得感谢。

一九九三年十月十四日

学话常谈

惊人与平淡

杜甫诗云："语不惊人死不休。"宋人论诗，常说"造语平淡"。究竟是惊人好，还是平淡好？

平淡好。

但是平淡不易。

平淡不是从头平淡，平淡到底。这样的语言不是平淡，而是"寡"。山西人说一件事、一个人、一句话没有意思，就说："看那寡的！"

宋人所说的平淡可以说是"第二次的平淡"。

苏东坡尝有书与其侄云：

"大凡为文，当使气象峥嵘，五色绚烂。渐老渐熟，乃造平淡。"

葛立方《韵语阳秋》云：

"大抵欲造平淡，当自绚丽中来，然后可造平淡之境。落其华芬，然后可造平淡之境。"

平淡是苦思冥想的结果。欧阳修《六一诗话》说：

"（梅）圣俞平生苦于吟咏，以闲远古淡为意，故其构思极限。"

《韵语阳秋》引梅圣俞和晏相诗云：

"因今适性情，稍欲到平淡。苦词未圆熟，刺口剧菱芡。"

言到平淡处其难也。

运用语言，要有取舍，不能拿起笔来就写。姜白石云：

"人所易言，我寡言之。人所难言，我易言之，自不俗。"

作诗文要知躲避。有些话不说。有些话不像别人那样说。至于把难说的话容易地说出，举重若轻，不觉吃力，这更是功夫。苏东坡作《病鹤》诗，有句"三尺长胫□瘦躯"，抄本缺第五字，几位诗人都来补这字，后来找来旧本，这个字是"搁"，大家都佩服。杜甫有一句诗"身轻一鸟□"，刻本末一字模糊不清，几位诗人猜这是个什么字。有说是"飞"，有说是"落"……后来见到善本，乃是"身轻一鸟过"，大家也都佩服。苏东坡的"搁"字写病鹤，确是很能状其神态，但总有点"做"，终觉吃力，不似杜诗"过"字之轻松自然，若不经意，而下字极准。

平淡而有味，材料、功夫都要到家。四川菜里的"开水白菜"，汤清可以注砚，但是并不真是开水煮的白菜，用的是鸡汤。

方言

作家要对语言有特殊的兴趣，对各地方言都有兴趣，能感觉、欣赏方言之美，方言的妙处。

上海话不是最有表现力的方言，但是有些上海话是不能代替的。比如"辣辣两记耳光！"这只有用上海方音读出来才有劲。曾在报纸上读一纸短文，谈泡饭，说两个远洋轮上的水手，想念上海，想念上海的泡饭，说回上海首先要"杀杀搏搏吃两碗泡饭！""杀杀搏搏"说得真是过瘾。

有一个关于苏州人的笑话，说两位苏州人吵了架，几至动武，一位说："阿要把倷两记耳光搭搭？"用小菜佐酒，叫做"搭搭"。打人还要征求对方的同意，这句话真正是"吴侬软语"，很能表现苏州人的特点。当然，这是个夸张的笑话，苏州人虽"软"，不会软到这个样子。

有苏州人、杭州人、绍兴人和一位扬州人到一个庙里，看到"四大金刚"，各说了一句有本乡特点的话，扬州人念了四句诗：

> 四大金刚不出奇，
>
> 里头是草外头是泥。
>
> 你不要夸你个子大，
>
> 你敢跟我洗澡去!

这首诗很有扬州的生活特点。扬州人早上皮包水（上茶馆吃茶），晚上"水包皮"（下澡塘洗澡）。四大金刚当然不敢洗澡去，那就会泡烂了。这里的"去"须用扬州方音，读如 kì 。

写有地方特点的小说、散文，应适当地用一点本地方言。我写《七里茶坊》，里面引用黑板报上的顺口溜："天寒地冻百不咋，心里装着全天下"，"百不咋"就是张家口一带的话。《黄油烙饼》里有这样几句："这车的样子真可笑，车轱辘是两个木头饼子，还不怎么圆，骨鲁鲁，骨鲁鲁，往前滚。"这里的"骨鲁鲁"要用张家口坝的音读，"骨"字读入声。如用北京音读，即少韵味。

幽默

《梦溪笔谈》载：

"关中无螃蟹。元丰中，予在陕西，闻秦州人家收得一干蟹，土人怖其形状，以为怪物，每人家用病疟者，则借去挂门户上，往往遂差。不但人不识，鬼亦不识也。"

过去以为生疟疾是疟鬼作祟，故云："不但人不识，鬼亦不识也。"说得非常幽默。这句话如译为口语，味道就差一些了，只能用笔记体的比较通俗的文言写。有人说中国无幽默，噫，是何言欤！宋人笔记，如《梦溪笔谈》、《容斋随笔》，有不少是写得很幽默的。

幽默要轻轻淡淡，使人忍俊不禁，不能存心使人发笑，如北京人所说"胳肢人"。

一九九三年二月十七日

使这个世界更诗化

关于文学的社会职能有不同的说法。中国古代十分强调文艺的教育作用。古代把演剧叫作"高台教化",即在高高的舞台上对人民进行形象的教育,宣扬封建伦理道德,——忠、孝、节、义。三十、四十年代以后,马克思主义理论家认为文艺的功能首先在教育,对读者和观众进行政治教育,要求文艺作品塑造可供群众学习的英雄模范人物。有人不同意这种看法,认为文艺不存在教育作用,只存在审美作用。我认为文艺的教育作用是存在的,但不是那样的直接,那样"立竿见影"。让一些"苦大仇深"的农民,看一出戏,立刻热血沸腾,当场要求报名参军,上前线打鬼子,可能性不大(不是绝对不可能),而且这也不是文艺作品应尽的职责。文艺的教育作用只能是曲折的,潜在的,像杜甫的诗《春雨》所说"随风潜入夜，润物细无声"，使读者（观众）于不知不觉中受到影响。我觉得一个作家的作品总要使读者受到影响，这样或那样的影响。一个作品写完了，放在抽屉里，是作家个人的事。拿出来发表，就是一个社会现象。我认为作家的责任是给读者以喜悦，让读者感觉到活着是美的，有诗意的，生活是可欣赏的。这样他就会觉得自己也应该活得更好一些，更高尚一些，更优美一些，更有诗意一些。小说应该使人在文化素养上有所提高。小说的作用是使这个世界更诗化。

这样说起来，文艺的教育作用和审美作用就可以一致起来，善和美就可以得到统一。

因此，我觉得文艺应该写美，写美的事物。鲁迅曾经说过，画家可以画花，画水果，但是不能画毛毛虫，画大便。丑的东西总是使人不愉快的。前几年有一些青年小说家热中于写丑，写得淋漓尽致，而且提出一个不知从哪里来的奇怪的口号："审丑作用"，以为这样才是现代主义。我作为一个七十四岁的作家，对此实在不能理解。

美，首先是人的精神的美、性格的美、人性美。中国对于性善、性恶，长期以来，争论不休。比较占上风的还是性善说。我们小时候读启蒙的教科书《三字经》，开头第一句话便是"人之初，性本善"。性善的标准是保持孩子一样纯洁的心，保持对人、对物的同情，即"童心"、"赤子之心"。孟子说："大人者不失其赤子之心者也。"

人性有恶的一面。"文化大革命"把一些人的恶德发展到了极致，因此有人提出"人性的回归"。

有一些青年作家以为文艺应该表现恶，表现善是虚伪的。他愿意表现恶，就由他表现吧，谁也不能干涉。

其次是人的形貌的美。

小说不同于绘画，不能具体地表现一个人的外貌，但小说有自己的优势，写作家的主体印象。鲁迅以为写一个人，最好写他的眼睛。中国人惯用"秋水"写女人眼睛的清澈。"巧笑倩兮，美目盼兮"是写美女的名句。

小说和绘画的另一不同处，即可以写人的体态。中国写美女，说她"烟视媚行"。古诗《孔雀东南飞》写焦仲卿妻"珊珊作细步，精妙世无双"，这比写女人的肢体要聪明得多。

不具体写美女，而用暗示的方法使读者产生美的想象，是高明的方法。唐代的诗人朱庆余写新嫁娘：

洞房昨夜停红烛，待晓窗前拜舅姑。

妆罢低声问夫婿，画眉深浅入时无？

宋代的评论家说：此诗不言美丽，然味其辞义，非绝色女子不足以当之。

有两句诗:

> 行到中庭数花朵,蜻蜓飞上玉搔头。

也让人想象到,这是一个很美的女人。

有时不直接写女人的美,而从看到她的人的反应中显出她的美。汉代乐府《陌上桑》写罗敷之美:

> 行者见罗敷,下担捋髭须。少年见罗敷,脱帽著帩头。

> 耕者忘其犁,锄者忘其锄。来归相怨怒,但坐观罗敷。

这种方法和《伊里亚特》写海伦王后的美很相似。

中国人对自然美有一种独特的敏感。

郦道元《水经注·三峡》:

> 自三峡七百里中,两岸连山,略无阙处;重岩叠嶂,隐天蔽日,自非亭午夜分,不见曦月。

短短的几句话,就把三峡风景全写出来了。这样高度的概括,真是大手笔!

柳宗元《到小丘西小石潭记》:

> 潭中鱼可百许头,皆若空游无所依。日光下澈,影布石上,怡然不动;俶尔远逝,往来翕忽,似与游者相乐。

通过鱼影,写出水的清澈,这种方法为后来许多诗人所效法，而首创者实为柳宗元。

苏轼《记承天寺夜游》：

> 庭下积水空明，水中藻荇交横，盖竹柏影也。

这写的是月色，但没有写出月字。

古人要求写自然能做到"状难写之景如在目前"，作为一个中国作家，应该学习、继承这个传统。

谈散文

——"午夜散文随笔书系"总序

中国散文，浩如烟海。

先秦诸子，都能文章。《子路曾皙冉有公西华侍坐章》从容潇洒。孟子滔滔不绝。庄子汪洋恣肆。都足为后人取法。

中国自来文史不分。史书也都是文学。司马迁叙事写文，清楚生动。他的作品是孤愤之书，有感而发，为了得到同情，故写得朴朴实实。六朝重人物品藻，寥寥数语，皆具风神。《史记》、《世说新语》影响深远，唐宋人大都不能出其樊篱。姚鼐推崇归有光，归文实本《史记》。

中国游记能状难写之情如在目前。郦道元《水经注》写三峡，将一大境界纳为数语，真是大手笔。柳宗元《至小丘西小石潭记》以鱼之动态写水之清幽，此法为后之写游记者所沿用，例不胜举。

韩愈文章，誉毁不一，我也不喜欢他的文章所讲的道理，但是他的文章有一特点：注重文学的耳感，即音乐性。"国子先生，晨入太学，招诸生，立馆下，诲之曰……"读来朗朗上口。"上口"是中国散文的一个特点。过去学文章都要打起调子来半吟半唱，这样才能将声音深入记忆，是很有道理的。

中国文化有断裂。有人以为"五四"是一个断裂，有人不同意，以为"五四"虽提倡白话文，而文章之道未断，真正的断裂是四十年代。自四十年代至七十年代几乎没有"美文"，只有政论。偶有散文，大都剑拔弩张，盛气凌人，或过度抒情，顾影自怜。这和中国散文的平静中和的传统是不相合的。

"五四"以后有不多的翻译过来的外国散文，法国的蒙田、挪威的别伦·别尔生……影响最大的大概要算泰戈尔。但我对泰戈尔和纪伯伦不喜欢。一个人把自己扮成圣人总是叫人讨厌的。我倒喜欢弗吉尼·吴尔芙，喜欢那种如云如水，东一句西一句的，既叫人不好捉摸，又不脱离人世生活的意识流的散文。生活本是散散漫漫的，文章也该是散散漫漫的。

文章的雅俗文白一向颇有争议。有人以为越白越好，越俗越好。张奚若先生在当文化部长时曾讲过推广普通话问题，说"普通话"并不是普普通通的话。话犹如此，文章就得经过加工，"散文"总是散文，不是说出来的话就是散文，那样就像莫里哀戏中的人物一样，"说了一辈子散文"了。宋人提出以俗为雅。近年有人提出大雅若俗。这主要都是说的文学语言。文学语言总得要把文言和口语糅合起来，浓淡适度，不留痕迹，才有嚼头，不"水"。当代散文是当代人写，写给当代人看的，口语不妨稍多，但是过多的使用口语，甚至大量地掺入市井语言，就会显得油嘴滑舌，如北京人所说的："贫"。我以为语言最好是俗不伤雅，既不掉书袋，也有文化气息。

我和这套文丛的作者都不熟，据闻大都是中青年文艺理论家，他们的文章较有深度，有文化气息。他们是可能成为当代散文的中坚的，希望他们既能继承中国散文的悠久传统，并能接受外国散文的影响，占一代风流，掮百年余韵，是为序。

传统文化对中国当代文学创作的影响

　　前几年，有几位中国小青年评论家认为"五四"是中国文化的断裂。从表面现象看，是这样。五四运动，出于革命的要求，提倡新文化，反对旧文化。那时的主将提出，"打倒孔家店"，"欢迎赛先生、德先生"。他们用很大的热情诅咒"选学妖孽，桐城谬种"。鲁迅就劝过青年少看中国书。但往深里看一看，五四并不是什么断裂。这些文化革命的主将大都是旧学根底很深的。这只要问问琉璃厂旧书店的掌柜的和伙计就可以知道，主将们是买他们的旧书的主要主顾！中国的新文学一开始确实受了西方的影响，小说和新诗的形式都是从外国移植进来的。但是在引进外来形式的同时，中国新文学一开始就没有脱离传统文化的影响。

　　鲁迅对中国古典文学，特别是中古文学，有很深的研究。他曾经讲授过汉文学史，校订过《嵇康集》。他写的《魏晋文章与药与酒的关系》，至今还是任何一本中古文学史必须引用的文章。鲁迅可以用地道的魏晋风格给人写碑。他的用白话文写的小说、散文里，也不难找出魏晋文风的痕迹。我很希望有人能写出一篇大文章：《论魏晋文学对鲁迅作品的影响》。鲁迅还搜集过汉代石刻画像，整理过会稽郡的历史文献，自己掏钱在南京的佛经流通处刻了一本《百喻经》，和郑振铎合选过《北京笺谱》。这些，对他的文学创作都是有间接的作用的。

闻一多是把西洋诗的格律首先引进中国的开一代风气的诗人，但是他在大学里讲授的是《诗经》、《楚辞》、《庄子》、《唐诗》。他大概是最早用比较文学的方法讲中国古典文学的一个，我在大学里听他讲过唐诗，他就用后印象派的画和晚唐绝句相比较。闻先生原来是学画的，他一直仍是画家。他同时又是写金文的书法家，刻图章的金石家。他的诗文也都有金石味，——好像用刻刀刻出来的。

郭沫若是一个通才。他写诗，也写过小说，写了一大堆剧本；翻译过《浮士德》。但他又是历史学家，考古学家。他是第一个用新的观点研究先秦诸子思想的学者，是从史实、章句到文学价值全面地研究《楚辞》的大家，他对甲骨文、金文的研究超越了前人，成为一代权威。他的书法自成一体，全国到处的名胜古迹楼台亭馆，都可以看到他的才气纵横的大字。他的诗明显地受了李白的影响。

沈从文在中国现代作家里是一个很奇特的例子。他只读过小学，当了几年兵，一个土头土脑的乡下人，冒冒失失地从边远落后的湘西跑到文化古城北京，想用一枝笔挣到一点"可以消化消化"的东西，可是他连标点符号都不会用。他在一种文化饥饿的状态中，贪婪地吞食了大量的知识，——读了很多书。他最初拥有的书，是一本司马迁的《史记》。他反复读这本书。直到晚年，对其中许多章节还记得。他的小说的行文简洁而精确处，得力于《史记》者，实不少。也像鲁迅一样，他读了很多魏晋时代的诗文，他晚年写旧诗，风格近似阮籍的《咏怀》。他读过不少佛经，曾从《法苑珠林》中辑录出一些故事，重新改写成《月下小景》。他的一些小说富于东方浪漫主义的色彩，跟《法苑珠林》有一定关系。他的独特的文体，他自己说是"文白夹杂"，即把中古时期的规整的书面语言和近代的带有乡土气息的口语揉合在一处，我以为受了《世说新语》以及《法苑珠林》这样的翻译佛经的文体的影响颇大。而他的描写风景的概括性和鲜明性，可以直接上溯到郦道元的《水经注》。他一九四九年以后忽然中断了文学创作，转到文物研究方面来。许多外国朋友，包括中国的青年作家，都觉得这是不可理解的，几乎是神秘的转折。尤其难于理解的是，他在不长的时间中对文物研究搞出那样大的成就，写出许多著作，包括像《中国服饰研究》这样的开山之作的巨著。我，作为他的学生，觉得这并不是完全不可理解。沈先生从年轻时候就对一切美的东西具有近似痴迷的兴趣，他对书画、陶瓷、漆器、丝绸、刺绣有着渊博的知识。这些，使他在写小说、散文时得到启发，而他对写作的精细耐心，也正像一个手工艺匠师对待他的制品一样。

四十年代是战争年代，有一批作家是从农村成长起来的。他们没有受过完整正规的学校教育，但是他们得到农民文化的丰富的滋养，他们的作品受了民歌、民间戏曲和民间说书很大的影响，如赵树理、李季。赵树理是一个农村才子，多才多艺。他在农村集市上能够一个人演一台戏，他唱、演，做身段，并用口拉过门、打锣鼓，非常热闹。他写的小说近似评书。李季用陕北"信天游"形式写了优秀的叙事诗。他们所接受的是另一种形态的文化传统。尽管是另一种形态的，但应该说仍旧是中国的文化传统。

在战争的环境中，书籍是很难得到的。有些作家在土改时从地主家中弄到半套《康熙字典》或残缺不全的《聊斋志异》，就觉得如获至宝。孙犁就是这样一位作家。孙犁的小说清新淡雅，在表现农村和战争题材的小说里别具一格

（他嗜书若命）。他晚年写的小说越发趋于平淡，用完全白描的手法勾画一点平常的人事，有时简直分不清这是小说还是散文，显然受了中国的"笔记"很大的影响，被评论家称之为"笔记体小说"。

另一个也被评论家认为写"笔记体小说"的作家是汪曾祺。我的小说受了明代散文作家归有光颇深的影响。黄宗羲说："予读震川文之为汝妇者，一往情深，每以一二细事见之，使人欲涕。"他的散文写得很平淡，很亲切，好像只是说一些家常话。我的小说很少写戏剧性的情节，结构松散，有的评论家说这是散文化的小说。

五十年代的青年作家读俄罗斯和苏联翻译作品及"五四"以来的作家作品比较多，旧书读得比较少。但也不尽如此。宗璞从小受到古典文学的熏陶，她的作品让人想起宋代女词人李清照。

六十年代才真是文化的断裂。

七十年代由于文化对外开放，西方的各种文艺思潮和各种流派的作品涌进中国，这一代的青年作家热衷于阅读这些理论和作品，并且吮吸到自己的创作之中。

八十年代的青年作家有一部分忽然对中国传统文化激发出巨大的热情。有几年在大学生中间掀起了一阵"老庄热"，有的青年作家甚至对佛学中的禅宗产生兴趣。比如现在美国的阿城，前几年有一些青年作家提出文学"寻根"。"寻根"是一个相当模糊的概念，谁也没有说明白它的涵义。但是大家有一种朦朦胧胧的向往，追寻好像已经消逝的中国古文化。我个人认为这种倾向是好的。

近年还出现"文化小说"的提法，这也是相当模糊的概念。所谓"文化小说"，据我的观察，不外是：1.小说注意描写中国的风俗，把人物放置在一定的风俗画环境中活动；2.表现了当代中国的普通人的心理结构中潜在的传统文化的影响，——比如老庄的顺乎自然的恬静境界，孔子的"仁恕"思想。

无论"寻根文学"或"文化小说"的作者，都更充分地意识到语言的重要性。他们认识到语言不仅是手段，其本身便是目的。他们认识到语言的哲学的、心理的意蕴。认识到语言的文化性。语言是一种文化现象。语言的后面都有文化。正如中国古代的文论家所说：凡无字处皆有字。文学语言的辐射范围不只是字典上所注释的那样。语言后面所潜伏的文化的深度，是语言优次的标准，同时也是检验一个作品民族化程度的标准，也是一个作品是否真正能够感染读者的重要契因。比如毛泽东写给柳亚子的诗：

　　饮茶粤海未能忘，

　　索句渝州叶正黄。

三十一年还旧国，

落花时节读华章。

…………

单看字面，"落花时节"就是落花的时节，但是如果读过杜甫逢李龟年的诗：

岐王宅里寻常见，

崔九堂前几度闻。

正是江南好风景，

落花时节又逢君。

就知道"落花时节"包含着久别重逢的意思。

因此，我认为当代中国作家，应该尽量多读一点中国古典文学。

中国的当代文学含蕴着传统的文化，这才成为当代的中国文学。正如现代化的中国里面有古代的中国。如果只有现代化，没有古代中国，那么中国就不成其为中国。

西窗雨

　　很多中国作家是吃狼的奶长大的。没有外国文学的影响，中国文学不会像现在这个样子，很多作家也许不会成为作家。即使有人从来不看任何外国文学作品，即使他一辈子住在连一条公路也没有的山沟里，他也是会受外国文学的影响的，尽管是间接又间接的。没有一个作家是真正的"土著"，尽管他以此自豪，以此标榜。

　　高中三年级的时候，我为避战乱，住在乡下的一个小庵里，身边所带的书，除为了考大学用的物理化学教科书外，只有一本《沈从文选集》，一本屠格涅夫的《猎人日记》。可以说，是这两本书引我走上文学道路的。屠格涅夫对人的同情，对自然的细致的观察给我很深的影响。

　　我在大学里读的是中文系，但是课外所看的，主要是翻译的外国文学作品。

我喜欢在气质上比较接近我的作家。不喜欢托尔斯泰。一直到一九五八年我被划成右派下放劳动，为了找一部耐看的作品，我才带了两大本《战争与和平》，费了好大的劲才看完。不喜欢陀思妥耶夫斯基那样沉重阴郁的小说。非常喜欢契诃夫。托尔斯泰说契诃夫是一个很怪的作家，他好像把文字随便丢来丢去，就成了一篇作品。我喜欢他的松散、自由、随便、起止自在的文体；喜欢他对生活的痛苦的思索和一片温情。我认为契诃夫是一个真正的现代作家。从契诃夫后，俄罗斯文学才进入一个新的时期。

苏联文学里，我喜欢安东诺夫。他是继承契诃夫传统的。他比契诃夫更现代一些，更西方一些。我看了他的《在电车上》，有一次在文联大楼开完会出来，在大门台阶上遇到萧乾同志，我问他："这是不是意识流？"萧乾说："是。但是我不敢说！"五十年代，在中国提起意识流都好像是犯法的。

我喜欢苏克申，他也是继承契诃夫的。苏克申对人生的感悟比安东诺夫要深，因为这时的苏联作家已经摆脱了斯大林的控制，可以更自由地思索了。

法国文学里，最使当时的大学生着迷的是 A.纪德。在茶馆里，随时可以看到一个大学生捧着一本纪德的书在读，从优雅的、抒情诗一样的情节里思索其中哲学的底蕴。影响最大的是《纳蕤思解说》、《田园交响乐》。《窄门》、《伪币制造者》比较枯燥。在《地粮》的文体影响下，不少人写起散文诗日记。

波特莱尔的《恶之花》、《巴黎之烦恼》是一些人的袋中书——这两本书的开本都比较小。

我不喜欢莫泊桑，因为他做作，是个"职业小说家"。我喜欢都德，因为他自然。

我始终没有受过《约翰·克里斯多夫》的诱惑，我宁可听法朗士的怀疑主义的长篇大论。

英国文学里，我喜欢弗·伍尔夫。她的《到灯塔去》、《浪》写得很美。我读过她的一本很薄的小说《狒拉西》，是通过一只小狗的眼睛叙述伯朗宁和伯朗宁夫人的恋爱过程，角度非常别致。《狒拉西》似乎不是用意识流方法写的。

我很喜欢西班牙的阿左林。阿左林的意识流是覆盖着阴影的，清凉的，安静透亮的溪流。

意识流有什么可非议的呢？人类的认识发展到一定阶段，就会发现人的意识是流动的，不是那样理性，那样规整，那样可以分切的。意识流改变了作者和人物的关系。作者对人物不再是旁观，俯视，为所欲为。作者的意识和人物的意识同时流动。这样，作者就更接近人物，也更接近生活，更真实了。意识流不是理论问题，是自然产生的。林徽音显然就是受了弗·伍尔夫的影响，废名原来并没有看过伍尔夫的作品，但是他的作品却与伍尔夫十分相似。这怎么解释?

意识流造成传统叙述方法的解体。

我年轻时是受过现代主义、意识流方法的影响的。

太阳晒着港口，把盐味敷到坞边的杨树的叶片上。

海是绿的，腥的。

一只不知名的大果子，有头颅那样大，正在腐烂。

贝壳在沙粒里逐渐变成石灰。

浪花的白沫上飞着一只鸟，仅仅一只。太阳落下去了。

黄昏的光映在多少人的额头上，在他们的额头上涂了一半金。

多少人逼向三角洲的尖端。又转身，分散。

人看远处如烟。

自在烟里，看帆篷远去。

来了一船瓜，一船颜色和欲望。

一船是石头，比赛着棱角。也许——

一船鸟，一船百合花。

深巷卖杏花。骆驼。

骆驼的铃声在柳烟中摇荡。鸭子叫,一只通红的蜻蜓。

惨绿色的雨前的磷火。

一城灯!

—— 《复仇》

这是什么?大概是意识流。

我的文艺思想后来有所发展。八十年代初,我宣布过"回到现实主义,回到民族传统"。但是立即补充了一句:"我所说的现实主义是能容纳各种流派的现实主义,我所说的民族传统是能吸收任何外来影响的民族传统。"

抗日战争时期。昆明大西门外。

米市,菜市,肉市。柴驮子,炭驮子。马粪。粗细瓷碗,砂锅铁锅。焖鸡米线,烧饵块。金钱片腿,牛干巴。炒菜的油烟,炸辣子的呛人的气味。红黄蓝白黑,酸甜苦辣咸。

每个人带着一生的历史,半个月的哀乐,在街上走。

⋯⋯⋯⋯⋯

—— 《钓人的孩子》

这大概不能算是纯粹的民族传统。中国虽然也有"鸡声茅店月，人迹板桥霜"，有"古道西风瘦马，枯藤老树昏鸦"，但是堆砌了一连串的名词，无主语，无动词，是少见的。这也可以说是意识流。有人说这是意象主义，也可以吧。总之，这样的写法是外来的。

有一种说法：越是民族的，就越是世界的。这话我不知道是什么意思。如果说越写出民族的特点，就越有世界意义，可以同意。如果用来作为拒绝外来影响的借口，以为越土越好，越土越洋，我觉得这会害了自己，也害了别人。

我想对《外国文学评论》提几点看法。

希望能研究一下外国文学研究的最终目的是什么？我以为应该是推动、影响、刺激中国的当代创作。要考虑刊物的读者是什么人，我以为应是中国作家、中国的文学爱好者，当然，也包括中国的外国文学研究者。不要为了研究而研究，不要脱离中国文学的实际，要有的放矢，顾及社会的和文学界的效应。

评论要和鉴赏结合起来，要更多介绍一点外国作家和作品，不要空谈理论。现在发表的文章多是从理论到理论。评介外国的作家和作品，得是一个中国的研究者的带独创性的意见，不宜照搬外国人的意见。

可以考虑开一个栏目：外国作家对中国作家的影响，比如魏尔兰之于艾青，T.S.艾略特、奥登之于九叶派诗人……
这似乎有点跨进了比较文学的范围。但是我觉得一个外国
文学研究者多多少少得是一个比较文学研究者，否则易于架
空。

最后，希望文章不要全是理论语言，得有点文学语言。
要有点幽默感。完全没有幽默感的文章是很烦人的。

一九九二年二月九日

随笔写生活

——《新笔记小说选》序

　　新笔记小说是近年出现的文学现象。以前不是没有过，但是写的人不是那样多，刊物上也不似现在这样频繁的出现，没有成为风气。这种现象产生的背景是什么？这说明什么"问题"？

　　我是写过一些这样的小说的，有些篇自己就加了总题或副题：笔记小说。我好像成了这种小说文体的始作俑者之一。但究竟什么是新笔记小说，我也说不上来。

　　要问新笔记小说是什么，不如先问问：小说是什么？这个问题问之小说家，大概十个有八个答不出。勉强地说，依我看，小说是一种生活的样式或生命的样式。那么新笔记小说可以说是随笔写下来的一种生活，一种生活或生命的样式。

中国古代的小说，大致有两个传统：唐人传奇和宋人笔记。唐人传奇本是"行卷"，是应试的举子投给当道看的，这样可以博取声名，"扩大影响"，使试官在阅卷前已经有个印象。因为要当道看得有趣，故情节曲折，引人入胜。又欲使当道欣赏其文才，故辞句多华丽丰赡。是有意为文。宋人笔记无此功利的目的，只是写给朋友看看，甚至是写给自己看的。《梦溪笔谈》云"所与谈者，唯笔砚耳"。是无意为文。故文笔多平实朴素，然而自有情致。假如用西方的文学概念来套，则唐人传奇是比较浪漫主义的，而宋人笔记则是比较现实主义的。新笔记小说所继承的，是宋人笔记的传统。

新笔记小说的作者大都有较多的生活阅历，经过几番折腾，见过严霜烈日，便于人生有所解悟，不复有那样炽热的激情了。相当多的新笔记小说的感情是平静的，如秋天，如秋水，叙事雍容温雅，渊渊汩汩，孙犁同志可为代表。孙犁同志有些小说几乎淡到没有什么东西，但是语简而情深，比如《亡人逸事》。这样的小说，是不会使人痛哭的，但是你的眼睛会有点潮湿。但也有些笔记小说的感情是相当强烈的，如张石山的《淘井》，王润滋的《三个渔人》。有不少笔记小说是写得滑稽梯突的，使读者读后哭笑不得。写"文化大革命"的笔记小说，被称为"新世说"者多如此。

恽建新的《刘校长游街》写得很真实，——同时又那样的荒谬。写"文化大革命"小景的小说，多如实，少夸张，然而这样的如实又显得好像极其夸张。这样的感情是所谓"冷隽"。这样，有些笔记小说就接近讽刺文学，带杂文意味。这在新笔记中占相当大的比重。这也是无可奈何的事。因为那是"无可奈何之日"。

笔记小说一般较少抒情，然而何立伟的《小城无故事》却是一首抒情诗。然而，你不能说这不是新笔记小说。阿成的《年关六赋》是风俗画。贾平凹的《游寺耳记》是小说么？是"笔记小说"么？这是一篇游记，一篇散文。然而"笔记"和"散文"从来就是"撕掳不开"的，笔记小说多半有点散文化。孙犁同志的小说在发表前有编辑问过他"您这是小说还是散文？"孙犁答曰"小说！小说！"我们要不要把《游寺耳记》从"新笔记小说"中开除出去？不一定吧。高晓声的《摆渡》是寓言。矫健的《圆环》可以说是一篇哲学论文。

如此说来，"新笔记小说"从内到外，初无定质，五花八门，无所不包了？

好像是这样。这也是"新笔记小说"的特点。"新笔记"的天地是非常广阔的。

"新笔记小说"很难界定。这是一个宽泛的、含混的概念。但是又不是"宽大无边"。作者和编者读者心目中有那么一种东西，有人愿意写，写就是了。有人愿意看，看就是了。

有一个也许叫人困惑的问题：新笔记小说和"主旋律"的关系。一般说来，大部分新笔记小说大概不能算是主旋律吧？不是主旋律，那么是什么？次旋律？亚旋律？它和主旋律的关系是什么？也不必管它吧。有人愿意写，写就是了。有人愿意看，看就是了。

人之相知之难也

——为《撕碎，撕碎，撕碎了是拼接》而写

文如其人也好，人如其文也好，文和人是有关系的，布封说过一句名言：风格即人。我们可以进一步说：作品的形式是作者人格的外化。"颂其诗，读其书，不知其人，可乎？"读者是希望较多地知道作者其人，以便更多地增加对作品的理解的。

大部分作家是希望被人理解的。"人不知，而不愠，不亦君子乎？"这是不很容易达到的境界。人不知，不愠；为人所知呢？是很快慰的事。"莫愁前路无知己，天下谁人不识君"，这样的旅行是愉快的旅行。"人生得一知己足矣"，一人已足，多了更好。

在读者和作家之间搭起一道桥梁，这大概是《撕碎，撕碎，撕碎了是拼接》这本书编者最初的用意。这是善良的

用意。但是这道桥是不很好搭的。

书分三部分：作家自白，作家谈作家，评论家谈作家。内容我想也只能是这些了。然而，难。

作家自白按说是会写得比较真切的。"我与我周旋久，宁作我"，一个人和自己混了一辈子，总应该能说出个么二三。然而，人贵有自知之明，亦难得有自知之明。自画像能像梵高一样画出那样深邃的内在的东西的，不多。有个女同志，别人说她的女儿走路很像她，她注意看看女儿走路的样子，说：我走路就是那样难看呀！人总难免照照镜子。我怕头发支楞着，在洗脸梳发之后有时也要照一照。然而，看一眼，只见一个脑袋，加上我家的镜子是一面老镜子，昏昏暗暗，我不知道我究竟是什么样子。一般人家很少会有芭蕾舞练功厅里能照出全身的那样大的镜子。直到有一次，北京电视大学录了我讲课的像，我看了录像，才知道我是这样的。那样长时间的被"曝光"，我实在有点坐不住：我原来已经老成这样了，而且，很俗气。我曾经被加上了各种各样的称谓。"前卫"（这是台湾说法，相当于新潮）、"乡土"、"寻根"、"京味"，都和我有点什么关系。我是个什么作家，连我自己也糊涂了。有人说过我受了老庄的、禅宗的影响，我说我受了儒家思想的影响更大一些，曾自称是一个"中国式的抒情的人道主义者"。说这个话的时候似乎很有点底气，而且有点挑战的味道。但是近二年我对自己手制的帽子有点恍惚，照北京人的话说是"二乎"了：我是受过儒家思想的影响么？我是一个中国式的抒情的人道主义者么？

作家写作家比新闻记者写作家要好一些。记者写专访，大都只是晤谈一两个小时，求其详尽而准确，是强人所难的事。作家写作家，所写的是作家的朋友，至少是熟人。但是即使熟到每天看见，有时也未必准确，有一老爷，见一仆人走过，叫住他，问："你是谁？什么时候到我这里来的？"——"小的侍候老爷已经好几年了。"——"那我怎么没有见过你？"原来此人是一轿夫，老爷逐日所见者唯其背耳。作家写作家，大概还不至于写了被写人的背，但是恐怕也难于全面。中国文学不大重视人物肖像，这跟中国画里的肖像画不发达大概有些关系。《世说新语》品藻人物大都重其神韵，忽其形骸，往往用比喻：水、山、松、石，空灵则空灵矣，但是不好捉摸。"叔度汪汪"，我始终想象不出是什么样子。作家写作家，能够做到像任伯年画桂馥一样的形神兼备者几希。周作人的《怀废名》写得淡远而亲切，但是他说废名之貌奇古，其额如螳螂，我就想象不出是什么样子。我后来在沙滩北大的路上不止一次看见过废名，注意过他的额头，实在不觉得有什么地方像螳螂。而且也并不很奇古。要说"奇古"，倒是俞平伯有一点。画兽难画狗，画人难画手，习见故耳，作家写作家，也许正因为熟，反而觉得有点难于下笔。下笔了，也不能细致。中国作家还没有细心地观察朋友，描写朋友的习惯，没有那样的耐心，也没有那样的时间。中国作家写作家能够像高尔基写托尔斯泰、写柯罗连科、写契诃夫那样的，可以说没有一个人。作家写作家，参考系数究竟有多大，颇可存疑。读者也只好听一半，不听一半。

评论家写作家可能是会比较客观的，往往也说得很中肯，但也不能做到句句都中肯。昔有人制一谜语：上面上面，下面下面，左边左边，右边右边，不是不是，是了是了！谜底是搔痒。郑板桥曾写过一副对子："搔痒不着赞何益，入木三分骂亦精。"评论家是会搔到作家的痒处的，但是不容易一下子就搔到。总要说了好多句，其中有一两句"说着"了。我有时看评论家写我的文章，很佩服：我原来是这样的，哪些哪些地方连我自己也没有想到过，但随即也会疑惑：我是这样的么？评论家的主体意识也是很强的。法朗士在《文学生活》第一卷的序言里说过："为了真诚坦白，批评家应该说：'先生们，关于莎士比亚，关于拉辛，我所讲的就是我自己。'"评论家写作家，有时像上海人所说的，是"自说自话"，拿作家来"说事"，表现的其实是评论家自己。有人告诉林斤澜：汪曾祺写了一篇关于你的文章，斤澜说："他是说我么？他是说他自己吧。"评论家写作家，我们反过来倒会看到评论家自己，这是很有趣的。于是从评论家的文章中能看到的作家的影子就不很多了。通过评论，理解作家，是有限的。

甚矣人之相知之难也。

我相信，读者读了这本书是不会满足的。但也许由于不满足，激起了他们希望更多的了解作家的愿望。这是这本书的最终的和最好的效果。

一九九○年十月十日

从戏剧文学的角度看京剧的危机

京剧的确存在着危机。从文学史的发展，从它和杂剧、传奇所达到的文学高度的差距来看；从它和五四以来新文学发展的关系来看；从它和三十年来的其他文学形式新诗、小说、散文的成就特别是近三年来小说和诗的成就相比较来看，京剧是很落后的。

决定一个剧种的兴衰的，首先是它的文学性，而不是唱做念打。应该把京剧和艾青的诗，高晓声、王蒙的小说放在一起比较一下，和话剧《伽利略传》比较一下，这样才能看出问题。不少人感觉到并且承认京剧存在着危机，一个重要的现象是观众越来越少了，尤其是青年观众少了。京剧脱离了时代，脱离了整整一代人。

很多人说，中国的戏曲在世界戏剧中有自己独特的地位，有它自成一套的体系。但是中国戏曲的体系究竟是什么呢？到现在还没有人说出这个所以然来，我希望有人能迅速写出几本谈中国戏曲体系的书，这样讨论问题时才有所依据。否则你说你写的是一个戏曲剧本，他说不是，是一个有几段台词的什么别的东西；你说你继承了传统，他说你脱离了传统，聚讼纷纭，莫衷一是。弄清了体系，才能发展京剧。为了适应四个现代化，我认为京剧本身有个现代化的问题。

我认为所有的戏曲都应该是现代戏。把戏曲区别为传统戏、新编历史戏和现代戏是不科学的。经过整理加工，加工得好的传统戏，新编的历史题材的戏，现代题材的戏，都应该是"现代戏"。就是说：都应该具有当代的思想，符合现代的审美观点，用现代的方法创作，使人对当代生活中的问题进行思索。整理传统戏、新编历史剧和现代戏，只是题材的不同，没有目的和方法的不同。不能说写现代题材用一种创作方法，写历史题材是用另一种创作方法。

但是大量的未经整理的京剧传统戏所用的创作方法是陈旧的。从戏剧文学的角度来看，传统京剧存在这样一些问题：

一、陈旧的历史观。传统戏大部分取材于历史，但严格来讲，它不能叫做历史剧，只能叫做"讲史剧"。宋朝说话人有四家，其中有一家叫"讲史"。中国戏曲对于历史的认识也脱不出这些讲史家的认识。中国戏曲的材料，往往不是从历史，而是从演义小说里找来的。很多是歪曲了历史的本来面目的，我们今天的一个艰巨任务就是还历史以本来面目。这首先就要创作出大量的历史题材的新戏，把一些老戏代替掉。比如诸葛亮这个人，是个伟大的政治家、军事家；他一生的遭遇也很有戏剧性。大家都知道他的一句名言："鞠躬尽瘁，死而后已"，这是两句很沉痛的话，他是在一种很困难的环境中去从事几乎没有希望的兴国事业的，本身就带有很大的悲剧性。我们为什么不可以脱掉他身上的八卦衣写一个历史上真正的诸葛亮呢？另一个任务是对传统戏加工整理。这种整理是脱胎换骨，点石成金，化腐朽为神奇的工作，在某种程度上它比新创作一个历史题材的戏的难度还要大一些，从这个角度上说中国戏曲是一个大包袱，我以为是很有道理的。也许我说得夸张一些，从原则上讲，几乎没有一出戏可以原封不动地在社会主义舞台上演出。

二、人物性格的简单化。中国戏曲有少数是写出深刻复杂的人物性格的，突出的例子是宋士杰，宋士杰真正够得上是一个典型。十七年整理传统戏最成功的一出是《十五贯》，我以为这是真正代表十七年戏曲工作成就的一出戏，它所达到的水平，比《将相和》、《杨门女将》更高一些，因为它写了况钟这样一个人物，写得那样具体，那样丰富，不带一点概念化和主题先行的痕迹。其余的人物也都写得有特色，可信。但可惜像宋士杰、况钟这样的典型在中国戏曲里是太少了。这和中国戏曲脱胎于演义小说是有关系的。演义小说一般只讲故事，很少塑造人物。戏曲既然多从演义小说中取材，自然也会受到影响，这是不奇怪的。欧洲文艺复兴前后的小说，也多半只是讲故事，很少有人物性格。着重描写人物，刻划他的内心世界，这是十八、十九世纪以后的事。今天，写简单的人物性格，类似写李逵、张飞、牛皋的戏，也还有人要看，比如农民。但是对看过巴尔扎克等小说的知识青年，这样简单化的性格描写是满足不了他们的艺术要求的。

是否中国人的性格，或者说中国古人的性格本来就简单呢？也不是。比如汉武帝这个人的性格就相当复杂。他把自己的太子逼得造了反，太子死后，他又后悔，盖了一座宫叫"思子宫"，一个人坐在里面想儿子。历史上有性格的人很多，这方面的题材是取之不尽的。

对历史剧鼓励、提倡什么题材，会带来概念化和主题先行，往往会让某一段历史生活或某一个历史人物去注解这个主题。十七年戏曲工作的缺点之一，就是鼓励、提倡某些题材，因而使题材狭窄了，带来概念化和主题先行的后果。这种倾向，即使在比较优秀的剧目中也在所难免。题材，还是让作者自己去发现，他看了某一段记载，欣然命笔，才能写出才华横溢的作品。十七年，我们对历史剧的创作方法上还有一个误会，就是企图在剧本里写出某个人物在历史上的作用，这实际上是在写史论，而不是写剧本。我认为，"作用"是无法表现的，只能由后代的历史学家去评价，剧本里只能写人物，写性格。

人物性格总是复杂的，简单的性格同时也是肤浅的性格，必然缺乏深度。现在有些清官戏、包公戏，做了错事自我责备的一些戏，说了一些听起来很解气的话，我以为这样的戏只能快意于一时，不会长久，因为人物性格简单。

三、结构松散。有些京剧的结构很严谨，如《四郎探母》。但大多数剧本很松散。为什么戏曲里有很多折子戏？因为一出戏里只有这几折比较精彩，全剧却很松散，也很无味。今天的青年看这种没头没尾的折子戏，是不感兴趣的。我曾想过，很多优秀的折子戏，应该重新给它装配齐全，搞成一个完整的戏，但是这工作很难。

四、语言粗糙。京剧里有一些语言是很不错的。比如《桑园寄子》的"走青山望白云家乡何在"，真是有情有景。《四郎探母》的唱词也是写得好的，"见娘"的〔倒板〕、〔回龙〕、〔二六〕的唱词写得很动人，"每日花开儿的心不开"真是恰到好处，这段唱和锣鼓、身段的配合，简直是天衣无缝。《打渔杀家》出门和上船后父女之间的对白，具有生活气息，非常感人。宋士杰居然唱出了"宋士杰与你是哪门子亲"这样完全口语化的唱词，老艺人能把这句唱词照样唱出来，而且唱得这样一波三折，很有感情，真是叫人佩服。但是这样的唱词念白在京剧里不多，称得上是剧诗的唱念尤少。

京剧的语言和《西厢记》、《董西厢》是不能比的，京剧里也缺少《琵琶记》"吃糠"和"描容"中那样真切地写出眼前景、心中情的感人唱词。传奇的唱词写得空泛一些，但是有些可取的部分，京剧也没有继承下来。京剧没有能够接上杂剧、传奇的传统，是它的一个很大的先天性的弱点。

京剧的文学性比起一些地方大戏，如川剧、湘剧，也差得很远。

京剧缺少真正的幽默感，因此缺乏真正的喜剧，川剧里许多极有趣的东西，一移植为京剧就会变成毫无余味的粗俗的笑料。

京剧也缺少许多地方小戏所特具的生活气息，可以这样比喻：地方戏好比水果，到了京剧就成了果子干；地方戏是水萝卜，京剧是大腌萝卜，原来的活色生香，全部消失。

"四人帮"尚未插手之前的现代戏创作中，有的剧作者曾有意识地把从生活中来、具有一定生活哲理的语言引进京剧里来，比如《红灯记》里的"里里外外一把手，穷人的孩子早当家"，《沙家浜》里的"人一走，茶就凉"等，这证明京剧还是可以容纳一些有生活气息、比较深刻的语言的。可惜这些后来都被那些假大空的豪言壮语所取代了。

京剧里有大量不通的唱词，如《花田错》里的"桃花更比杏花黄"，《斩黄袍》里的"天做保来地做保，陈桥扶起龙一条"，《二进宫》的唱词几乎全不通。我以为要挽救京剧，要提高京剧的身价，要争取青年尤其是知识青年观众，就必须提高京剧的语言艺术，提高其可读性。巴金同志看了曹禺同志的《雷雨》说："你这个剧本不但可以演，也是可以读的。"我们不赞成只能供阅读，不能供搬演的"案头剧本"，也不赞成只能供场上搬演，而不能供案头阅读的剧本。可惜这种既能演又能读的剧本现在还不多。《人民文学》可以发表曹禺的《王昭君》，为什么不能发表一个戏曲剧本呢？戏曲剧作者常常说自己低人一等，被人家看不起。当然这种社会风气是不公平的，但戏曲剧作者自己也要争气，把剧本的文学性提得高高的，把词儿写得棒棒的，叫诗人、小说家折服。

很多同志对现代戏很关心，认为困难很大。我对现代戏倒是比较乐观的，因为它没有包袱。我以为比较难解决的倒是传统戏，如果传统戏的问题，即陈旧的历史观，陈旧的创作方法，人物性格的简单化的问题解决了，则现代戏的问题也比较好解决。如果创作方法不改变，京剧不但表现现代题材有困难，真正要深刻地表现历史题材也有困难。

我认为京剧确实存在危机，而且是迫在眉睫。怎样解决，我开不出药方。但在文学史上有一条规律，凡是一种文学形式衰退了的时候，挽救它的只有两种东西，一是民间的东西，一是外来的东西。京剧要向地方戏学习，要接受外国的影响，我主张京剧院团把门窗都打开，接受一点新鲜空气，借以恢复自己的活力。

京剧杞言

—— 兼论荒诞喜剧《歌代啸》

京剧有没有危机？有人说是没有的。前几年就有人认为京剧的现况好得很，凡认为京剧遇到危机（或"不景气"、"衰落"等等近似而较为婉转的说法）的人都是瞎说。或承认危机，但认为很快就会过去，京剧很快就会有一个辉煌的前途。这些好心的，乐观主义的说法，只能使京剧的危机加速，加剧。

京剧受到其他艺术的冲击，不得不承认。受电影的、电视的、流行歌曲的、卡拉 OK 的。流行歌曲的作者不知是一些什么人，为什么要写得那样不通："四面楚歌是姑息的剑"，是什么意思，百思不得其解。"楚歌"、"姑息"、"剑"这几个概念怎么能放在一起呢？然而流行歌曲到处流行，你有什么办法？小青年宁愿花三十块钱到卡拉 OK 舞厅去喝一杯咖啡，不愿花五块钱买一张票去听京剧。

整个民族的文化素质的下降，是京剧衰落的一个原因。看北京的公共汽车的乘客（多半是青年）玩命儿似的挤车，让人悟出：这是京剧不上座的原因之一。

我对上海昆曲剧团的同志始终保持最高的敬意。他们的戏总是那样精致，那样讲究，那样美！但是听说卖不了多少票。像梁谷音那样的天才演员的戏会没有多少人看，想起来真是叫人气闷。有些新编的或整理的戏是很不错的，但是"尽内行不尽外行"，报刊上的评论充满热情，剧场里面"小猫三只四只"。无可奈何。

戏曲艺术教育的不普及，不深入，是戏曲没落的一个原因。台湾的情况似乎比我们稍好一些。我所认识的一位教现代文学也教戏曲史的教授是带着学生看戏的；一位著名的舞蹈家兼大学的舞蹈系主任的先生指定学生必须看京剧，看完了还得交心得，否则不给学分，他说："搞舞蹈的，不看京剧怎么行！"已故华粹深先生在南开大学教课时是要学生听唱片的。吴小如先生是京剧行家，但是他在北大似乎不教京剧这门课。现在有些演员到中小学去辅导学生学京剧，这很好，但是不能只限于形而下的技巧，只限于手眼身法步，圆场、云手……得从戏曲美学角度讲得深一点。这恐怕就不是一般演员所能胜任的了。

京剧的衰落除了外部的，社会的原因，京剧本身也存在问题。京剧活了小二百年，它确实是衰老了。京剧的机体已经老化，不是得了伤风感冒而已。京剧的衰老，首先表现在其戏剧观念的陈旧。

　　我曾经是一个编剧，只能就戏曲文学这个角度谈一点感想。

　　京剧对剧本作用的压低也未免过分了一点。有人以为京剧的剧本只是给演员提供一个表现意象的框架，这说得很惨。不幸的是，这是事实。又不幸的是，京剧为之付出惨重的代价，即京剧的衰亡。这个病是京剧自出娘胎时就坐下的，与生俱来。后来也没有治。京剧不需要剧作家。京剧有编剧，编剧不一定是剧作家。剧作家得自成一家，得是个"家"，就是说，有他的一套。他有他的独特的看法，对生活的，对戏曲本身的——对戏剧的功能、思想、方法的只此一家的看法。这些看法也许是不完整的，支离破碎的，自相矛盾的，模模糊糊的，只是一种愿望，一种冲动，但毕竟是一种看法。剧作家大都不善持论，他的不成熟的看法更多地表现在他的剧作之中。他的剧作多多少少会给戏曲带进一点新的东西，对戏曲观念带来哪怕是局部的更新。他的剧作将是带有强烈的个人色彩的，并且具备一定的在艺术上的叛逆性，可能会造成轻微的小地震。但是这样的京剧剧作家很少。于是京剧的戏剧观基本上停留在四大徽班进京的时期。

周扬同志曾说过，京剧能演历史剧，是它的很大的长处，但是京剧对历史事件和历史人物往往是简单化的。都说京剧表现的人物性格是类型化的，这一点大概无可否认。"简单化"、"类型化"，无非是说所表现的只是人物的外部性格，没有探到人物的深层感情。是不是中国的古人就是这样性格简单，没有隐秘的心理活动？不能这样说。汉武帝就是一个非常复杂，充满戏剧性的心理矛盾的人物。他的宰相和皇后没有一个是善终的。他宠任江充，相信巫蛊，逼得太子造了反。他最后宠爱钩弋夫人，立她的儿子为太子，但却把钩弋夫人杀了，"立其子而杀其母"。他到底为什么要把司马迁的生殖器割掉？这都是很可捉摸的变态心理。诸葛亮也是并不"简单"的人。刘备临危时甚至于跟他说出这样的话："若嗣子可辅，辅之。如其不可，君可自为。"话说到了这个份儿，君臣之间的关系是相当紧张复杂的。"鞠躬尽瘁，死而后已"这两句话包含很深的悲剧性。可是京剧很少表现人物的内心世界。戏曲表现人物内心世界的，不是没有。《烂柯山》即是，《痴梦》一场尤为淋漓尽致。但是这不是京剧，是昆曲。

板腔体取代了曲牌体，从文学角度看，是一个倒退。

曲牌体所能表现的内容要比板腔体丰富一些，人物感情层次要更多一些，更曲折一些，形式上的限制也少一些。一般都以为昆曲难写，其实昆曲比京剧自由。越是简单的形式越不好哑咕。我始终觉得昆曲比京剧会更有前途，别看它现在的观众比京剧还少。

中国戏曲的创作态度过于严肃。中国对戏的要求始终是实用主义的。这和源远流长，占统治地位的儒家思想是有关系的。中国戏曲一直是非常自觉地，过度地强调教育作用。因此中国戏曲的主题大都是单一的，浅露的。中国戏曲不允许主题的模糊性，不确定性，荒诞性。人们看戏，首先要问：这出戏"说"的是什么，不许"不知道说的是什么"，不允许不知所云。中国戏里真正的喜剧极少，荒诞喜剧尤少。

京剧的荒诞喜剧大概只有一出《一匹布》，可惜比较简单，比较浅。

真正称得起是荒诞喜剧的杰作的，是徐渭（文长）的《歌代啸》。这个剧本是中国戏曲史上的一个奇迹。

这出戏的构思非常奇特。不是从一人一事，也不是从一般意义上的哲学的理念出发，而是由四句俗话酿出了创作灵感，"探来俗语演新戏"（开场）。杂剧正名说得清楚：

　　没处泄愤的是冬瓜走去拿瓠子出气，

京剧杞言

293

有心嫁祸的是丈母牙疼灸女婿脚跟，

眼迷曲直的是张秃帽子教李秃去戴，

胸横人我的是州官放火禁百姓点灯。

徐文长是一大怪人。或谓文长胸中有一股不平之气，是诚然也。"歌代啸"的"啸"即"抬望眼仰天长啸"之"啸"。魏晋人的啸，后来失传了。徐文长的啸大概只是大声的呼喊。陶望龄《徐文长传》谓："渭貌修伟肥白，音朗然如唳鹤，常中夜呼啸，有群鹤应焉。"半夜里喊叫，是够怪的。说《歌代啸》是嬉笑怒骂，是愤世疾俗，这些都可以。但是《歌代啸》已经不似《四声猿》一样锋芒外露，它对生活的层面概括得更广，感慨也埋得更深。是"歌"，不复是"啸"。也许有笨人又会问："这个杂剧究竟说的是什么？"我们也可以作一个很笨的回答，是说"世界是颠倒的，生活是荒谬的"。但是这些岂有此理的现象又是每天发生的；平平常常的，没有什么值得大惊小怪的。（开场）

［临江仙］唱道："凭他颠倒事，直付等闲看。"徐文长对剧中人事的态度是：既是投入的，又是超脱的；即是调侃的，又是俨然的。沉痛其里，但是，荒诞其外。

陶石篑对《歌代啸》说了一句话："无深求"（《歌代啸》序）。这是读《歌代啸》最好的态度。一定要从里面"挖掘"出一点什么东西，是买椟还珠。我上面所说的对于此剧"思想内涵"的分析实在是很笨。

真难为徐文长，把四句俗话赋之以形象，使之具体化为舞台动作，化抽象为具象。而且把本不相干的生活碎片拨弄成一个完完整整，有头有尾，情节贯通的戏。

随意性是现代喜剧艺术的很重要的特点。有没有随意性是才子戏和行家戏的区别所在。《歌代啸》的结构同时具有严整性和随意性。它有埋伏，有呼应，有交待。我们现在行家戏多，才子戏少。

才子戏少，在戏曲文体上就很难有较大突破。

《歌代啸》的语言极精彩，这才叫做喜剧语言！剧本妙语如珠，俯拾即是，信手拈来，涉笔成趣。剧中有大量的口语俗语。

徐文长的剧品，我以为不在关汉卿下。若就喜剧成就论，可谓空前。文长以前，无荒诞喜剧。有之，自文长始。中国的荒诞剧，文长实为先河。中国在十六世纪就有现代主义。如果我们不把"现代主义"只看着是一个时间的概念，而看着是反传统戏剧观念的概念，这样说似乎也是可以的。这大概是怪论。

《歌代啸》大概没有在舞台上演出过。京剧更是想也没有想过演出这个戏，这样的戏。京剧压根儿就没有考虑过演出这样的戏，我以为这是京剧走向衰亡的一个重要原因。

这当然是怪论。

中国的京剧（包括其他的古典戏曲）的前途何在？我以为不外是两途。一是进博物馆。现在不是讨论要不要把京剧送进博物馆的问题，而是怎样及早建立一个博物馆的问题。我以为应该建立一个极豪华之能事的大剧院，把全国的一流演员请进来，给予高额的终身待遇，加之以桂冠，让他们偶尔露演传统名剧，可以原封不动，或基本不动。也可以建立一个昆剧院。另外，再建一个大剧院，演出试验性、探索性的剧目。至于一些非名角、小剧团，国家会有办法。

动人不在高声

《打渔杀家》萧恩过江时的［哭头］"桂英儿呀"，是很特别的。不同于一般［哭头］的翻高，走了一个低腔。低腔的［哭头］在京剧里大概只此一个，它非常生动地表现了人物的悲怆心情。据徐兰沅先生说，这是谭鑫培从梆子的［哭头］变过来的。谭鑫培不愧是谭鑫培！

这才叫"创腔"。

《四郎探母》的唱腔堪称一时独步。那么大一出戏，"西皮"到底。然而，就好像是菊花，粉白黛绿，各不相重。即以"见娘"来说，"老娘亲请上受儿拜"，这句唱腔是任何一出戏里所没有的：［哭头］之后，接一个回肠荡气的［回龙］；在"老娘亲"的高腔之后，"请上"走了一个很低的腔，犹如一倾瀑布从九天上跌落而下，真是哀婉情深。

这才叫"创腔"。

学唱梅派戏的人都知道，梅先生的每一出新戏，都有低腔。梅先生的低腔最难学，也最好听。

近来安腔，大都往高里走，自有"样板戏"以来，此风尤甚。高，且怪。好像下定决心，非要把演员的嗓子唱坏了不可。

其实，动人不在高声。

应该争取有思想的年轻一代

——关于戏曲问题的冥想

戏曲（我这里主要说的是京剧）不景气，不上座，观众少，原因究竟何在？我认为，根本的原因是：它太陈旧了。

戏曲的观众老了。说他们老，一是说他们年纪大了，二是说他们的艺术观过于陈旧。中国虽有"高台教化"的说法，但是一般观众（尤其是城市观众）对于真和善的要求都不是太高，他们看戏，往往只是取得一时的美的享受，他们较多注重的是戏曲的形式美（包括唱念做打）。因此，中国戏曲最突出的东西，也就是形式美。相当多的戏曲剧目的一个致命的弱点，是缺乏思想，——能够追上现代思潮的新的思想。戏曲落后于时代，这是无法否认的事实。

戏曲的观众需要更新。老一代的观众快要退出剧场，也快要退出这个世界了。戏曲需要青年观众。

但是青年爱看戏曲的很少。

什么原因？

有人说青年人对戏曲形式不熟悉。有这方面的原因。单是韵白，年轻人就听着不习惯。板腔、曲牌，他们也生疏。但是形式不是那样难于熟悉的。有一个昆曲剧院到北大给学生演了两场，看的青年惊呼：我们祖国还有这样美好的艺术！青年的艺术趣味在变。他们对流行歌曲已经没有兴趣。前几年兴起的一阵西洋古典音乐热，不少人迷上了贝多芬。现在又有人对中国的古典艺术产生兴趣了。中国戏曲既然具有那样独特的形式美，它们是能够征服年轻人的。并且由于青年的较新的审美趣味，也必然会给戏曲的形式美带来新的风采。

有人说，因为戏曲的节奏太慢，和现代生活的节奏不合拍，年轻人看起来着急。这也有点道理。但是生活的节奏并不能完全决定艺术的节奏。而且如果仅仅是节奏慢的问题，那么好办得很，把节奏加快就行了。事实上已经有人这样做。去掉废场子、废锣鼓，把慢板的尺寸唱得近似快三眼，不打"慢长锤"……但是这不能解决根本问题。

要争取青年观众，首先要认识青年，研究当代青年的特点。

我们的青年是思索的一代，理智的一代。他们是热情的，敏锐的，同时也是严肃的，深刻的。不少人具有揽辔澄清，以天下为己任的心胸，戏曲应该满足他们的要求。

当然首先应该多演现代戏。这不是那种写好人好事的现代戏。企图在舞台上树立几个可供青年学习的完美的榜样的想法是天真的。青年希望在舞台上看到和他们差不多的人，看到他们自己。写一个改革者不能只是写他怎样大刀阔斧地整顿好一个企业。青年人从他们切身的感受中，知道事情绝不那样简单。法律面前人人平等，是一个迫切地需要宣传的思想，但是不能只是写出一个具有法制思想的正面人物，写出一个概念。一个企图体现这样思想的人必然会遇到许多从外部和内部来的阻力、压力、痛苦。现在时兴一个词语，叫做"阵痛"。任何新的事物的诞生，都要经过阵痛。年轻人对这种阵痛最为敏感。他们在看戏的时候，希望体验到这种阵痛，同时，在思索着，和剧中人一起在思索着。没有痛苦，就没有思索。轻松的思索是没有的。而真正的欢乐，也只有通过痛苦的思索才能得到，由痛苦到欢乐的人物性格必然是复杂的，他们的心理结构是多层次的，他们的思想是丰富的。从某种意义上说，每个改革者都是一个思想家，或者简单一点说，是个有头脑的人。这对于戏曲来说是有困难的。戏曲一般不能有这样大的思想容量；以"一人一事"为主要方式的戏曲结构也不易表现复杂的性格。这是戏曲改造的一个难题，但又是一个必须克服的难题。否则戏曲将永远是陈旧的。

历史剧的作用不可忽视。中国戏曲长于表现历史题材，这是一种优势。但是大部分戏曲都把历史简单化了。我发现不少青年人对历史产生了浓厚的兴趣。这是很自然的。他们思索着许多问题，他们要了解我们这个民族，这个民族的现状、未来，自然要了解这个民族的性格是怎样形成的，要了解它的昨天。我们多年以来对历史剧的要求多少有一点误解，即较多看重它们的教诲作用，而比较忽视它们的认识作用，因此对许多历史人物的是非功过纠缠不休。其实通过这些历史人物（包括虚构的人物）能够让我们了解那个历史时期，了解我们这个民族的某些特点，某些观念，就很不错了。比如《烂柯山》这出戏，我们不必去议论谁是谁非，不必去同情朱买臣，也不必去同情崔氏。但是我们知道了，并且相信了过去曾经有过那样的事，我们看到"夫贵妻荣"、"从一而终"这样的思想曾经深刻地影响过多少人，影响了朱买臣，也影响了崔氏。朱买臣和崔氏都是这种观念的痛苦的牺牲品。这是我们民族的一个病灶，到现在还时常使我们隐隐作痛。我觉得经过改编的《烂柯山》是能起到这样的作用的，改编者所取的角度是新的，好的。又比如《一捧雪》。我们既不能把莫成当一个"义仆"来歌颂，也不必把他当一个奴才来批判，但是我们知道，并且也相信，过去曾经有过那样的事。不但可以"人替人死"，而且在临刑前还要说能替主人一死，乃是大大的喜事，要大笑三声，——这是多么惨痛的笑啊！通过这出戏，可以让我们看到等级观念对人的毒害是多么酷烈，一个奴才的"价值"又是多么的低！如果经过改编的戏，能产生这样的效果，我觉得就很不错了。这样的戏，是能满足青年在理智方面的要求的。我觉得许多老戏，都可以从一个新的角度，用一种新的思想，新的方法重新处理，彻底改造。

我们的青年，是一大批青年思想者。他们要求一个戏，能在思想上给予他们启迪，引起他们思索许多生活中的问题。

因此要求戏曲工作者，首先是编剧，要有思想。我深深感到戏曲编剧最缺乏的是思想。——当然包括我自己在内。

听遛鸟人谈戏

　　近来我每天早晨绕着玉渊潭遛一圈。遛完了，常找一个地方坐下听人聊天。这可以增长知识，了解生活。还有些人不聊天。钓鱼的、练气功的，都不说话。游泳的闹闹嚷嚷，听不见他们嚷什么。读外语的学生，读日语的、英语的、俄语的，都不说话，专心致意把莎士比亚和屠格涅夫印进他们的大脑皮层里去。

　　比较爱聊天的是那些遛鸟的。他们聊的多是关于鸟的事，但常常联系到戏。遛鸟与听戏，性质上本相接近。他们之中不少是既爱养鸟，也爱听戏，或曾经也爱听戏的。遛鸟的起得早，遛鸟的地方常常也是演员喊嗓子的地方，故他们往往有当演员的朋友，知道不少梨园掌故。有的自己就能唱两口。有一个遛鸟的，大家都叫他"老包"，他其实不姓包，因为他把鸟笼一挂，自己就唱开了："包龙图打坐在开封府……"就这一句。唱完了，自己听着不好，摇摇头，接着再唱："包龙图打坐……"

因为常听他们聊，我多少知道一点关于鸟的常识。知道画眉的眉子齐不齐，身材胖瘦，头大头小，是不是"原毛"，有"口"没有，能叫什么玩意儿：伏天、喜鹊——大喜鹊、山喜鹊、苇咋子、猫、家雀打架、鸡下蛋……知道画眉的行市，哪只鸟值多少"张"。——"张"，是一张拾圆的钞票。他们的行话不说几十块钱，而说多少张。有一个七十八岁的老头，原先本是勤行，他的一只画眉，人称鸟王。有人问他出不出手，要多少钱，他说："二百。"遛鸟的都说："值！"

我有些奇怪了，忍不住问：

"一只鸟值多少钱，是不是公认的？你们都瞧得出来？"

几个人同时叫起来："那是！老头的值二百，那只生鸟值七块。梅兰芳唱戏卖两块四，戏校的学生现在卖三毛。老包，倒找我两块钱！那能错了？"

"全北京一共有多少画眉？能统计出来么？"

"横是不少！"

"'文化大革命'那阵没有了吧？"

"那会儿谁还养鸟哇！不过，这玩意禁不了。就跟那京

听遛鸟人谈戏　　　　305

剧里的老戏似的，'四人帮'压着不让唱，压得住吗？一开了禁，您瞧，呼啦，呼啦——全出来了。不管是谁，禁不了老戏，也就禁不了养鸟。我把话说在这儿：多会有画眉，多会他就得唱老戏！报上说京剧有什么危机，瞎掰的事！"

这位对画眉和京剧的前途都非常乐观。

一个六十多岁的退休银行职员说："养画眉的历史大概和京剧的历史差不多长，有四大徽班那会就有画眉。"

他这个考证可不大对。画眉的历史可要比京剧长得多，宋徽宗就画过画眉。

"养鸟有什么好处呢？"我问。

"嗐，遛人！"七十八岁的老厨师说，"没有个鸟，有时早上一醒，觉得还困，就懒得起了；有个鸟，多困也得起！"

"这是个乐儿！"一个还不到五十岁的扁平脸、双眼皮很深、络腮胡子的工人——他穿着厂里的工作服，说。

"是个乐儿！钓鱼的、游泳的，都是个乐儿！"说话的是退休银行职员。

"一个画眉，不就是叫么？怎么会有那么大的差别？"

一个戴白边眼镜的穿着没有领子的酱色衬衫的中等老头儿，他老给他的四只画眉洗澡——把鸟笼放在浅水里让画眉抖擞毛羽，说：

"叫跟叫不一样！跟唱戏一样，有的嗓子宽，有的窄，有的有膛音，有的干冲！不但要声音，还得要'样'，得有'做派'，有神气。您瞧我这只画眉，叫得多好！像谁？"

像谁？

"像马连良！"

像马连良？！

我细瞧一下，还真有点像！它周身干净利索，挺拔精神，叫的时候略偏一点身子，还微微摇动脑袋。

"潇洒！"

我只得承认：潇洒！

不过我立刻不免替京剧演员感到一点悲哀，原来在这些人的心目中，对一个演员的品鉴，就跟对一只画眉一样。

"一只画眉，能叫多少年？"

勤行老师傅说："十来年没问题！"

老包说："也就是七八年。就跟唱京剧一样：李万春现在也只能看一招一势，高盛麟也不似当年了。"

他说起有一年听《四郎探母》，甭说四郎、公主，佘太君是李多奎，那嗓子，冲！他慨叹说：

"那样的好角儿，现在没有了！现在的京剧没有人看，——看的人少，那是啊，没有那么多好角儿了嘛！你再有杨小楼，再有梅兰芳，再有金少山，试试！照样满！两块四？四块八也有人看！——我就看！卖了画眉也看！"

他说出了京剧不景气的原因：老成凋谢，后继无人。这与一部分戏曲理论家的意见不谋而合。

戴白边眼镜的中等老头儿不以为然：

"不行！王师傅的鸟值二百（哦，原来老人姓王），可是你叫个外行来听听：听不出好来！就是梅兰芳、杨小楼再活回来，你叫那边那几个念洋话的学生来听听，他也听不出好来。不懂！现而今这年轻人不懂的事太多。他们不懂京剧，那戏园子的座儿就能好了哇？"

好几个人附和："那是！那是！"

他们以为京剧的危机是不懂京剧的学生造成的。如果现在的学生都像老舍所写的赵子曰，或者都像老包，像这些懂京剧的遛鸟的人，京剧就得救了。这跟一些戏剧理论家的意见也很相似。

然而京剧的老观众，比如这些遛鸟的人，都已经老了，他们大部分已经退休。他们跟我闲聊中最常问的一句话是："退了没有？"那么，京剧的新观众在哪里呢？

哦，在那里：就是那些念屠格涅夫、念莎士比亚的学生。

也没准儿将来改造京剧的也是他们。

谁知道呢！

"外星人"语

我的困惑

曾祺同志：

　　您好！上次在街上碰见您，您问起我这两年的创作，您大概还记得我当时面色微红，欲言又止的窘态。有些问题我总想找机会登门求教，可又怕打扰您。

　　我自信我不是一个甘于跟在别人屁股后面走的剧作者，我虽愚钝，但总以探索为乐事，即使碰壁也一笑置之。

　　前几天，我的一位出国工作的朋友从国外给我来信。他是一位才气横溢，而又不大合群的人，但和我有多年厚交。他说："我不知我怎么了，坐在异国的剧场里，对我们的戏剧产生了一种恐惧感，崩溃感。被你们奉为国宝的京剧，到底算什么样的艺术呢？无休止的程式、模式，她和生动飞跃的现代生活是多么格格不入啊！有人一听说'危机'就谈虎色变，我想何止危机，我们恐怕不能阻止其必然出现的悲剧命运。"

他的信使我难过了好几天，我不同意他的话，但我又担心他的话是对的。

真是凑巧，昨天下午，我奉命去会见一位来自我那个朋友所在国的女电影明星。她年近五十，拍过七十多部电影，是新浪潮电影的代表人物，她的名字在电影界几乎是无人不晓的。她是应我国电影学院邀请来华讲学的。她为人直率，毫不做作。我们问她对中国电影的印象，她直言不讳地说，就她看到的一些片子，她认为中国影片的电影书法（语言）陈旧、落后，有的像广告片，有的像旅游片，有的又像舞台片，许多影片像印刷体的字，拘谨，缺乏生气。但是，她又极其高兴地告诉我们，她看了中国京剧《拾玉镯》、《钟馗嫁妹》，她说这虽然是古老的艺术，有近二百年的历史，但是却充满了青春的气息，是写人性的，是一种非常完整的艺术，尽管语言不通，但是她看懂了。表示还希望再看几出京剧。

曾祺老师，我这几天老在想，我们所致力追求的未来戏剧该是什么样子呢？我们该怎样对待我们的传统戏剧艺术呢？我们又该如何和越来越多的面目陌生的异国戏剧流派相处呢？我的创作之路，追求之路，探索之路又该如何走呢？

您是我敬重的师长，我很想听听您对这个问题的意见。

江连农

五月五日上

一个"外星人"的回答

连农同志：

你在很严肃地思考有关戏曲创作的问题。你提的问题我回答不了。今年春天，有一位报纸的编辑来采访我，我信口谈了一些对戏曲的看法，她戏称我为"戏曲界的外星人"，大概是觉得我的某些话有点离奇。既承垂问，我也可以说一点"外星人语"。——其实都是陈芝麻烂谷子，毫不新鲜。

戏曲创作，千头万绪，归根结底，也许只是一个问题：

戏曲观念的更新。

　　中国戏曲是很有特点的，在世界戏剧之林中确实能够自成体系。"无休止的程式"不是它目前不大景气的病根。芭蕾不也是由程式组成的么？中国戏曲有大量平庸甚至低劣的剧目，这些剧目被淘汰或将被淘汰，是自然的事。但是有永不凋谢的不朽的精品。比如昆曲的一些折子戏。有人说：有一出《痴梦》，我们就差堪自慰，可以对戏曲的前景不必过于悲观，戏曲还是有振兴的希望的。这话不是毫无道理。我们对上昆、苏昆的同志充满敬意。昆曲目前并不怎么上座（演员的奖金也不会多），但是他们确认为昆曲是中国民族艺术的精华，充满信心，充满热情，挖掘整理，精益求精，虽不免清贫寂寞，却自觉乐在其中，他们真是一些心灵很美的好人！我们在昆曲调演中看到他们声情并茂，光彩照人的表演，不能不想到他们对于戏曲艺术的忠贞不渝的高贵的献身精神，不能不感动。五十年代，昆曲曾以《十五贯》一出戏轰动全国；八十年代，昆曲又拿出这样一批精致玲珑，发人深思的折子戏，昆曲所惠于国人者多矣！从昆曲的两次"进京"，使我想到一个问题，这反映出人们的戏曲观念发生了相当大的变化。我不是说像《痴梦》这样的戏五十年代绝对不可能演出，但是相信是会遇到阻力的。人们会问：演出这样的戏有什么政治意义？对观众能起到什么教育作用？这样的问题很不好应付。——不像《十五贯》，可以理直气壮地回答：关心人民疾苦，重视调查研究，有人民性！（"人民性"是五十年代戏曲通行证上相当于"验讫"的朱红戳记）。《痴梦》如能在那时演出，大概会被归入这样一档：艺术上可取，内容无害。一个戏曲作品的思想内容落得一个"无害"的评语，实在是非常可悲的事。《痴梦》的思想内容又岂止是"无害"而已呢？我不想在这里探讨《痴梦》的思想，更不想评说《十五贯》和《痴梦》的高下，我只是说《痴梦》对许多人的戏曲观的冲击作用不可低估。《痴梦》（以及其他昆曲剧目如《迎像哭像》、《打虎游街》、《偷诗》……）的出现，是戏曲工作者在十一届三中全会以后对戏曲工作反思的结果，是对"四人帮"文艺专制主义的一个反拨。

五十年代，或按一般说法："十七年"。我一点不想否定十七年戏曲工作的公认的巨大成绩。但是我不赞成对十七年的戏曲工作作全面肯定。有的同志盛称"十七年"，以为如果回到"十七年"一切就都好了，值得商榷。十七年，我们的各项工作，包括文艺工作都有一个共同的问题，是"左"。难道戏曲独能例外？文艺的"左"，集中在一点，是：为政治服务。三中全会以后，否定文艺为政治服务，是有非常深远的历史意义的。我们都是从"十七年"过来的。

我们都深知政治标准第一，教育作用至上是个什么滋味。第一和至上的结果是：概念化。十七年的许多戏，包括一些名剧，都带有概念化的痕迹。第一和至上的恶性发展，就是"四人帮"时期的"主题先行"。"四人帮"的文艺"理论"，主要是"三突出"和"主题先行"。"三突出"，大家批判得很多了。但是我以为"主题先行"的危害性比"三突出"更为严重。"主题先行"不自"四人帮"始。"四人帮"以前就有，只是没有形诸文字，成为文艺的宪法。而且这种思想至今并未绝迹，至今仍是覆盖在我们的文艺观——戏曲观的上空的阴云。有的时候，云层很厚。

应该认真地研究一下文艺——戏曲的社会功能，戏曲到底有什么作用。应该科学地研究一下戏曲的接受美学。我相信总有一天，我们能用电子计算机测出一出戏对观众心理影响的波动曲线。我不想否定戏曲的教育作用，但是我认为这在观众的接受过程中是最后一个层次。没有人花钱买票进剧场是为了受教育的。我觉得应该强调戏曲的美感作用和认识作用。观众进剧场，首先是为了得到美的享受（不止是娱乐，我是不同意戏曲有所谓单纯的"娱乐作用"的）。这种美的享受，净化了他们的灵魂，使他精神境界提高，使他自觉是一个高尚而文明的人。其次，戏曲引起他对历史和现实的思索，使他加深了对世界特别是对我们这个民族的认识，增加了对民族的感情。如果要说教育作用，我以为这是最深刻的教育作用，比那种从某个戏曲人物身上提取供人学习的抽象道德规范的作用要实在得多。

如果采用这样的标准，我觉得《痴梦》、《打虎游街》，以及你信中提到的《钟馗嫁妹》、《拾玉镯》，和十七年的某些概念化的作品相比较，其"档次"的高低，不言而喻。

应该强调剧作者的主体意识。近几年大家嚷嚷提高剧作家的地位。我以为作家的地位首先是作家在作品中的地位，而不在当不当人民代表、政协委员。宏观世界并不是凝固不动的，每一个剧作家只能表现他所感知的世界。他有自己的思维方式，自己的表现技法，别人不能代替，剧作家不能随人俯仰。黄山谷曾说："听它下虎口著，我不为牛后人。"就是你信中所说的不"跟在别人屁股后边走"。国外的理论家近年致力于创作内部规律的研究。咱们的戏曲理论家是不是也可以研究研究剧作的内部规律，研究研究剧作家是怎样写成一个剧本的？如果能说出个道道来，这比给剧作家发一笔奖金更能使人鼓舞。这才是对剧作家真正的尊重。

最后，我觉得剧作家最好是一个诗人。布莱希特之所以伟大，不只因为他创立了一个体系，提出间离效果说，首先，他是个非常有才华的大诗人。

剧作家也应该看看画，比如罗中立的《吹渣渣》。

你问我你的创作之路，追求之路，探索之路该如何走，我只能海阔天空，不着边际地瞎扯一通，请原谅。

祝你碰壁！

汪曾祺

五月十二日

且说过于执

浙江省昆苏剧团整理演出的《十五贯》有许多好处，大家已经谈了很多，这里只想就"过于执"这个人物说一点感想。

过于执基本上是个新创造出来的人物。

所以要创造过于执，是因为要使剧本的主题更鲜明。《十五贯》的整理者抓住了原作的精华部分，要突出地描写为民请命的况钟，因而把熊友蕙、侯三姑的一条线索去掉，把所有不相干的人物和情节也都统统去掉，这是十分果断的作为。但这样一来，就会使剧情不大连贯，而且单薄；不流畅，不丰满；必须加戏，要突出地描写况钟怎样"担着心、捏着汗"地救人，就必须加重地描写他所处的环境，描写他的敌对势力。这种敌对势力是十分顽固的，并且是互相沆瀣一气，牢牢结合在一起的。这样才看得出况钟的斗争的尖锐性，充分地表现出他的公正聪明，沉着果敢来。这样也才合乎历史情况。原著的几场戏，特别是"见都"一折，是大胆地揭露了官场的昏暗腐朽的，这是原剧人民性最强烈的部分；因此，整理者除了把词句通俗化了一下，基本上原封保留了下来，也是很正确的。但是单是这一折戏，还不够；这还不足以显出况钟处境的艰难险恶，也不足以显出他的坚毅难能。戏怎么加呢？从哪里发展出来呢？集中在谁的身上呢？这样，这位过老爷就被"借重"了。

朱素臣原著的《十五贯》里，是有过于执这个人的。他的简历如下：他原在山阳县正堂。三年任满，改授常州理刑。他在山阳县任内，因为"一时执见"，枉断了熊友蕙、侯三姑的官司；巧得很，他刚刚调到常州后，又遇到熊友兰、苏戌娟的官司，又因"一时执见""枉断"了。这两桩案子，被苏州知府况钟审清楚了，他才"随任往军门自劾"，巡抚周忱念他"终任清廉"，一力保奏，仅仅罚了半年薪俸。后来适逢乡试，他又被荐入内廉阅卷。刚好，熊氏兄弟都去投考，都中了，都成了他的门生。发榜后，兄弟二人例当去谒师，又都见到了过于执。相见之下，过于执自然有些难为情，于是为了赎取前愆，他自己提出给熊氏兄弟做媒。熊友兰、熊友蕙当时虽然是拒绝了，但是后来毕竟和侯三姑、苏戌娟"团圆"了。在有些本子里，这出戏最后还是由他老先生出来"哈哈"笑了两声，唱了几句吉祥话结束的。

从这里可以看出原作者对于过于执，对于当时官场的模棱的、妥协的态度。作者有心替他开脱。所错断了两件命案，几乎枉役了四个无罪的人，得的惩处却仅仅是罚俸半年，这成什么话呢！当然，从个别地方看来，作者对于过于执，还是不无微词的，但是，显然并不是深恶而痛绝之。从这里我们可以看出，原作者在世界观和创作方法上的弱点。

整理者在原著中发现了这一个人，把他一把抓住；并且从原剧发展的线索中找到合适的关节（头堂官司原是他审的，况钟踏勘时他这个当地方官理应在场），从那里展开了两场戏（"受冤"和"疑鼠、踏勘"），这是很巧妙的措置。这是从内部抽长出来的枝叶，不是人工的嫁接，所以看上去非常自然非常得体。要是不看原著，会觉得那是本来就有，不是新加上去的。有了这个人物，这两场戏，戏就多了一面。而这一面是关系全局的一面。有了这一面就面面俱到，戏就饱满了，也更深刻了。

过于执虽在原著中著了名姓，但是整理本中的过于执和原本中的过于执已经是判若两人。整理者不仅把他作为一个必要的人物来处理，并且是作为一个艺术典型来创造的。

他在剧里显然有反衬况钟的作用。但是并不是况钟是白，他就是黑，不是他的一举一动都是况钟的反面。要是这样，他就成了一个以没有独立的个性为特征的丑角，他的行事就是一些只是滑稽的笑剧了。不，无论剧本，无论导演和演员，都没有这样处理他。他是有自己的色调，自己的个性的。没有况钟，他也是这样；有了况钟，他的性格就表现得更强烈，因为况钟"侵犯"了他。

"被冤"一场，已经有很多人谈过。过于执的自负、自满，只管自己博得一个"英明果断"的能名，不管百姓死活；他的主观、武断，他的运用得十分便捷的逻辑推理，已经是有目共睹。这里只想谈谈演员朱国梁同志所创造的形象。我觉得他在人物的身份上掌握得十分准确。过于执是一个愚而自用的县官，但还不是一个渴血的酷吏，他跟以杀人作升官的本钱的大员——比如《老残游记》里的玉太尊，是有所不同的。同时把他的年龄的特点也表现得很突出。他并不是少年得意，使气妄为，他很老大了；而他的老大跟他的无知和自满相结合，才更加可笑。不知别人有没有这样的感觉，我觉得这个过于执一出台的时候，给人一种非常之"干"的印象，他的腰腿面目都很僵硬干枯，他的灵魂也是干的。这样的人没有一点人情，没有任何幽默感，他从无"内省"，没有什么人的声音能打动他。演员对于角色的精神状态是体会得很深的。

"疑鼠、踏勘"是一场独特的、稀有的、少见的戏。许多中国戏在结构上有这样一个特点：忙里偷闲，紧中有慢，越是紧张，越是从容；而这样，紧张就更向里收束，更是内在的，更深刻。比起追求表面激情，这是更高的艺术。"疑鼠、踏勘"就是这样的戏。这场戏紧接在"见都"之后，况钟和周忱斗了一场，这一场又要和过于执斗，然而幕一打开，戏好像简直是重新开始，把前面的事情好像完全放下不管了，后面的事也一点不老是惦记着。

在若有所思的，简直有点抒情意味的音乐声中，况钟等一行人走到尤葫芦家里。从况钟、过于执的扇子、皂隶的动作，非常真实而鲜明的渲染出一种空寂荒凉的气氛来，你简直闻得出满台呛人的尘土和霉气。这也暗示出事隔已久，时间会抹去当日的蛛丝马迹，让人觉得很难摸出头绪。同时从所有人（除了过于执）的十分谨慎而不免有点惝然的神态上，也使人充分地感觉出这是发生一件凶杀案的现场，不是什么别的地方。况钟决不是一下子就探囊取物似的得出真相来的，不是的，他在案情的周围摸索了很久。他向总甲问了一些照例的问话，他仔细详察了大门、肉案、墙壁、床铺、地上的血迹……这些不是显出况钟的不够干练，而是显出了他的虚心，他的实事求是。这些细节不是多余的，而是增加了真实感，增加了深度。同时，从皂隶的精细认真，从审察肉案时门子用袖子给况钟拂去落在身上的尘土，可以看出况钟给予下属怎样的精神影响，他怎样受到身边人的爱戴，这些地方都十分令人感动，因而也更衬托出况钟的人格的崇高。难得的是这些细节决不是割断剧情的模拟生活的自然主义，不是喧宾夺主，而是江河不择细流，有推动剧情发展的作用。这是一场精致的戏。

在这一折戏里，过于执和况钟所占的地位是势均力敌的，两个人的一举一动随时都是扣在一起的，角色的呼应一刻也没有中断。这一场戏可以划出两段，以发现铜钱的地方为分水岭。在这以前过于执占着主动地位，他在斗争中占着上风；在这以后况钟占着主动地位，占了上风，而在全折发展中真正的主动人物又是况钟。这里非常真切地看出矛盾的发展和转换。一开头，过于执是"成竹在胸"，很有把握的。他嘲笑况钟的深入调查研究为"迂阔"。他也陪同察勘，也上上下下看了一遭，然而是虚应故事，视而未见，心不在焉。他的眼睛更多的时候是看着况钟，他冷眼看着况钟摸索，口角眼风掩不住轻蔑。他竟然胆敢装腔作势地用地上的血迹来捉弄况钟。竟然在问了声"大人是否曾见可疑之处"之后，用露骨的讽刺语气说："啊！处处可疑啊！"他一个字一个字地念出自己审理此案是"凭、赃、凭、证，据、理、而、断！"真是目中无人。他用深深地打躬来表示抗傲，用笑声来宣泄满腔敌意。我们随时看见他的高高拱起的背，听到他的干涩的冷笑，而到"况大人胸有成竹，怎会徒劳往返？"仰起头来作了三声断开的、没有尾声的干笑之后，深深一躬，说道："请——查！"他的肆无忌惮就达到了顶点，而他的暂时稳固的立脚点就开始摇晃起来了。从他对于况钟的进攻之中，我们只觉得况钟的虚怀若谷，沉静稳重，潜心考虑问题，毫不因为过于执的冷言冷语而分心动气，这是何等的风度！反过来，过于执则是多么的浅狭、无聊！到了发现铜钱之后，在况钟的层层深入，真正的谨严的、具有充分的前提的逻辑推论比照之下，过于执的逻辑的虚伪性就更加毕露了。他越来越强词诡辩，压制民意，希图掩饰蒙混过去，他的卑鄙险恶的心机也就越来越彻底在观众的面前揭开。到了后来他跑到周忱面前倒打一耙，诬告况钟"捕风捉影，诡词巧辩，捏造凭证，颠倒是非，又假私访为名，每日游山玩水，分明是拖延斩期，包庇死囚"，这种毒辣的行径，是他的性格很逻辑的进一步发展。

从过于执的两场戏当中，我们看出昆苏剧团不但能使新加的东西不比原有的好东西逊色，而且能使新旧之间、部分与全体之间非常调协谐和，毫无生米、熟饭煮作一锅之感。

从这场戏里，我们还可以看到作者、导演、演员之间的无间的合作，他们的艺术思想是那样的一致，以至使全戏的剧本和演出像是同时生长出来的，不是两件事。……

从过于执的两场戏当中，我们是可以看出昆苏剧团在工作上（包括剧本整理、导演和演员表演）的创造性来的。向创造性致敬！

宋士杰——一个独特的典型

　　《四进士》原来是一出很芜杂的群戏，现在也还保留着一些芜杂的痕迹，比如杨素贞手上戴的那只紫金镯，与主线已经没有多大关系了。它之能够流传到今天，成为一出无可比拟的独特的京剧，是因为剧中塑造了一个独特的典型，宋士杰。

　　宋士杰是一个讼师。现在大概很多人不知道讼师是干什么的了。过去，是每一个县城里都有的，他们的职业是包打官司，即包揽词讼。凡有衙门处即有讼师。只要你给他钱，他可以把你的官司包下来，把你的对手搞得倾家荡产，一败涂地。在生活里，他们也是很刁钻促狭的。讼师住的地方，做小买卖的都不愿停留，邻居家的孩子都不敢和他们家的孩子打架。然而《四进士》却写了一个好讼师，这就很特别。

宋士杰的好处在于，一是办事傲上。这在封建社会里是一种难得的品德。二是好管闲事。

要写他的爱管闲事，却从他怕管闲事写起。

宋士杰的出场是很平淡的，几记小锣，他就走出来了。四句诗罢，自报家门：

"老汉宋士杰。在前任道台衙门，当过一名刑房书吏。只因我办事傲上，才将我的刑房革退。在西门以外，开了一所小小店房，不过是避嫌而已……"

避嫌，避什么嫌呢？避官场之嫌。开店是一种姿态，表示引退闲居，从此不再往衙门里插手，免招是非物议。他虽然也不甘寂寞，偶尔给吃衙门饭的人一点指点，杯酒之间，三言两语。平常则是韬晦深藏，很少活动的了。以至顾读一听说宋士杰这名字，吃惊道："宋士杰！这老儿还未曾死么？"

他卷进一场复杂的纠纷，完全是无心的，偶然的。他要去吃酒，看见刘二混等一伙光棍追赶杨素贞，他的老毛病犯了：

"啊！这信阳州一班无徒光棍，追赶一个女子；若是追在无人之处，那女子定要吃他们的亏。我不免赶上前去，打他一个抱不平！"

（"无徒"即无赖，元曲中屡见。白朴《梧桐雨》、关汉卿《望江亭》中都有。没想到这个古语在京剧里还活着。有的整理过的剧本写成"无头"，就没有讲了。）

但是转念一想：

"咳！只因为多管人家的闲事，才将我的刑房革退，我又管的什么闲事啊。不管也罢，街市上走走。"

他和万氏打跑了刘二混，事情本来就完了。不想万氏把杨素贞领到家里——店里来了。他和杨素贞的攀谈，问人家姓什么，哪里的人，到信阳州来做什么……都是一些见面后应有的闲话。听到杨素贞是越衙告状来了，他顺口说了一句："哎呀，越衙告状，这个冤枉一定是大了。"也只是平常的感慨（《四进士》能用口语的念白写出人物的神情，非常难得。这出戏的语言是很值得研究的）。他想看看人家的状子，只是一种职业性的兴趣。他指出什么是"由头"，点出哪里是"赖词"，称赞"状子写得好"，"作状子的这位老先生有八斗之位"，"笔力上带着"，但是"好是好，废物了"！（多好的语言！若是写成"好倒是好啊，可惜么，是一个废物了！"便索然无味。可惜我们今天的许多剧本用的正是后一种语言）——"道台大人前呼后拥，女流之辈，挤挤不上，也是枉然。""交还与她"，他不管了！

杨素贞叫了宋士杰一声干父，宋士杰答应到道台衙门去递状。

到道台衙门递一张状，这在宋士杰，真是小事一桩。本来可以不误堂点，顺顺当当把状子递上。不想遇着丁旦，拉去酒楼，出了个岔子，逼得他不得不击动堂鼓，面见顾读。犹如一溪春水，撞到一块石头，激起了浪花。宋士杰湿了鞋子，掉进了漩涡，越陷越深，不能自拔。他从一个旁观者变成了当事人，从一个局外人变成了矛盾的一个主要方面。他的性格也就在愈趋复杂的斗争中，更加清楚、更加深刻的展示出来。作者没有一开头就写他路见不平，义形于色，揎拳攘袖，拔刀向前。那样就不是宋士杰，而是拼命三郎石秀了。

宋士杰是一个讼师。他的主要行动是打官司（河南梆子这出戏就叫《宋士杰打官司》）。他的主要的戏是一公堂、二公堂、盗书、三公堂。三公堂是毛朋的戏，宋士杰无大作为。盗书主要看表演，没有多少语言。真正表现宋士杰的讼师本色的，是一公堂、二公堂。一公堂、二公堂的对立面是顾读。全剧的精采处也在于宋士杰斗顾读。

一公堂斗争的焦点是宋士杰是不是包揽词讼。过去，讼师是一种不合法的职业。"包揽词讼"本身就是罪名。所有的讼师在插手一桩官司之前，都首先要把这项罪名摘清。否则未曾回话，官司就输了。宋士杰知道，上堂之后，顾读必然首先要挑这个眼。顾读一声"传宋士杰！"，丁旦下堂："宋家伯伯，大人传你。"宋士杰"吓"了一声，丁旦又说："大人传你。"宋士杰好像没有听明白："哦，大人传我？"丁旦又重复一次："传你！小心去见。"宋士杰好像才醒悟过来："呵呵，传我？"这么一句话有什么听不明白的呢？他怎么这样心不在焉，反应迟钝呢？不是迟钝，他是在想主意。他脱下鸭尾巾，露出雪白的发纂（刹那之间，宋士杰变得很美），报门："报！宋士杰告进。"不卑不亢，似卑实亢。这时他已经成竹在胸，所以能如此从容。剧作者的笔墨精细处真不可及！

果然，顾读劈头就问：

"你为何包揽词讼？"

"怎见得小人包揽词讼？"

"杨素贞越衙告状，住在你的家中，分明是你挑唆而来，岂不是包揽词讼？"

顾读问得在理。

"小人有下情回禀。"

"讲！"

宋士杰的辩词实在出人意料：

"吓。小人宋士杰，在前任道台衙门当过一名刑房书吏。只因我办事傲上，才将我的刑房革掉。在西门以外开了一所小小店房，不过是避嫌而已。曾记得那年，去往河南上蔡县办差，住在杨素贞的家中；杨素贞那时间才这长这大，拜在我的名下，收为义女。数载以来，书不来，信不往。杨素贞她父已死。她长大成人，许配姚廷椿为妻。她的亲夫被人害死，来到信阳州越衙告状。常言道是亲者不能不顾，不是亲者不能相顾。她是我的干女儿，我是她的干父。干女儿不住在干父家中，难道说，叫她住在庵堂——寺院？"

这真是老虎闻鼻烟！一件没影子的事，他却说得有鼻子有眼，活灵活现，点水不漏，无懈可击！这段辩词，层次清楚，语调铿锵，真是掷地作金石声！"这长这大"，真亏他想得出来。——我们现在要是写，像"这长这大"这样活生生的语言，是无论如何写不出来的。

什么叫讼师？这就叫讼师：数白道黑，将无作有。

二公堂是宋士杰替杨素贞喊冤。顾读受贿之后，对杨素贞拶指逼供，上刑收监。宋士杰在堂口高喊："冤枉！"

"宋士杰，你为何堂堂喊冤？"

"大人办事不公！"

"本道哪些儿不公？"

"原告收监，被告讨保，哪些儿公道？"

"杨素贞告的是谎状。"

"怎见得是谎状？"

"他私通奸夫，谋害亲夫，岂不是谎状？"

"奸夫是谁？"

"杨春。"

"哪里人氏？"

"南京水西门。"

"杨素贞？"

"河南上蔡县。"

"千里路程，怎样通奸？"

"呃，——他是先奸后娶！"

"既然如此，她不去逃命，到你这里送死来了！"

这个地方宋士杰是有理的。他得理不让人，步步进逼，语快如刀，不容喘息，一鞭一条痕，一掴一掌血，一直到把对方打翻在地，再也起不来，真是老辣之至。

除了写他是个会打官司的讼师，一个尖刻厉害的刀笔，剧本还从多方面刻画他的世事洞明，人情练达。

宋士杰误过午堂，状子不曾递上，心里很懊恼，回家的路上，一个人自言自语地叨叨：

"咳！酒楼之上，多吃了一杯，升过堂了，状子没有递上，只好回去。吃酒的误事！回得家去，干女儿迎上前来，言道：'干父回来了？'我言道：'我回来了。'干女儿必定问道：'状子可曾递上？'我言道：'遇见一个朋友，在酒楼之上，多吃了一杯，升过堂了，没有递上。'她必然言道：'干父啊，我不是你的亲生女儿，若是你的亲生女儿，酒也不吃，状子也递上了。'这两句言语，总是有的……这两句言语，总是……"

到了家，杨素贞果然对万氏说：

"嗳，我不是他的亲生女儿……"

宋士杰用极低的声音说：

"来了！"

杨素贞接着说：

"若是你的亲生女儿，酒也不吃了，状子也递上了！"

宋士杰：

"我早晓得有这两句话……"

真是如见其肺肝然。

他听说按院大人下马，写了一张上告的状子，途遇杨春，认为干亲，合计告状。听说鸣锣开道，差杨春前去打听，他突然想起：

"哎呀！按院大人有告示在外，有人拦轿喊冤，四十大板。我实实挨不起了。我看杨春这个娃娃，倒也精壮得很，我把这四十板子，照顾了这个娃娃吧！"

杨春递状回来，他不好问人家递上了没有，他叫人家

"走过去"，"走回来"。

"啊，这娃娃怎么还不回来？待我迎上前去。"

"义父！"

"娃娃，你回来了？"

"我回来了。"

"状子可曾递上？"

"递上了。"

"哦，递上了！——递上了？"

"递上了。"

"递上了？"

"递上了啊！"

"走过去！"

"哦，走过去。"

"走回来。"

"好，走回来。"

"唉，娃娃，你没有递上。"

"怎见得没有递上？"

"哈哈！娃娃，我实对你讲了吧，按院大人有告示在外，有人拦轿喊冤，打四十大板。你两腿好好的，状子没有递上吧！"

有一个孩子读《四进士》剧本，读到这里，说："这个宋士杰真坏！"

宋士杰是真坏，可是他真好。他是个很坏的好人。这就是宋士杰，是一个有血有肉的活人，不一般化，不是大慈大悲救苦救难观世音菩萨。

《四进士》一个很大的特点，是运用大量的细节来刻画人物。作者简直是信手拈来，涉笔成趣，笔笔都为人物增添一分光彩。这在戏曲里，至少在京剧里是极为少见的。

为什么作者能够这样从心所欲地写出这样多的细节来呢？原因只有一个：对这个人物太熟了。

张天翼同志在谈儿童文学的一篇讲话中，提出从人物出发。他说：有了人物，没有情节可以有情节，没有细节可以有细节。这是老作家的三折肱之言，是度世的金针。

在去年的全国剧目工作会议上，有一个省的代表介绍经验，说他们省领导创作的同志，在讨论提纲或初稿时，首先问剧作者：你是不是觉得你所写的人物，已经好像站在你的面前了？否则，你不要写！这真是一条十分有益的经验。抓创作，其实只要抓住一条，就够了，抓人物。其余的，都是次要的。我们的许多领导创作的同志，瞎抓一气，就是不懂得抓人物。那种：主题有积极意义，已经有了一定基础，希望继续加工，不要放下……之类的废话，是杀死创作的官僚主义的软刀子。我们已经有了多少在娘胎里闷死的剧本，有了多少毫不精彩，劳民伤财的，叫人连意见都没法提的寡淡的演出，其弊只在一点：没有人物。

这里说的只是应当写人物的戏。至于有的别种样式的戏，如牧歌体的、散文式的（如《老道游山》）、散文诗式的（如《贵妃醉酒》），或用意识流方法写的京剧，当然不在此列，而我以为像《四进士》这样的京剧是应该大力提倡的。

浅处见才

——谈写唱词

本色　当行

有人以为本色就是当行。陈师道《后山诗话》:"退之以文为诗,子瞻以诗为词,如教坊雷大使之舞,虽极天下之工,要非本色。"他所说的本色实相当于多数人所说的当行。一般认为本色和当行还是略有区别的。本色指少用辞藻,不事雕饰,朴素天然,明白如话。当行是说写唱词像个唱词,写京剧唱词是京剧唱词,不但好懂,而且好唱,好听。

板腔体的剧本都是浅显的。没有不好理解,难于捉摸的词。像"摇漾春如线"这样的句子在京剧、梆子的剧本里是找不出来的。板腔体剧种打本子的人没有多少文化，他们肚子里也没有那么多辞藻。杂剧传奇的唱腔抒情成分很大，京剧剧本抒情性的唱词只能有那么一点点。京剧剧本也偶用一点比兴，但大多数唱词都是"直陈其事"的赋体。杂剧、传奇，特别是传奇的唱词，有很多是写景的；京剧写景极少。向京剧唱词要求"情景交融"，实在是强人所难。因为曲牌体和板腔体体制不同。"碧云天，黄花地，西风紧，北雁南飞。晓来谁染霜林醉，总是离人泪"是千古绝唱。这只能是杂剧的唱词。这是一支完整的曲子，首尾俱足，改编成京剧，就成了"碧云天，黄花地，西风紧，北雁南翔。问晓来谁染得霜林绛？总是离人泪千行"，变成了一大段唱词的"帽儿"，下面接了叙事性的唱："成就迟分别早叫人惆怅，系不住骏马儿空有这柳丝长。七香车与我把马儿赶上，那疏林也与我挂住了斜阳，好让我与张郎把知心话讲，远望那十里亭痛断人肠！"杂剧的这支"正宫端正好"在京剧里实际上是"腌渍"了。但是这有什么办法？京剧就是这样！王昆仑同志曾和我有一次谈及京剧唱词，说："'一事无成两鬓斑，叹光阴一去不复还。日月轮流催晓箭，青山绿水常在面前'，到此为止，下面就得接上'恨平王无道纲常乱'，大白话了！"是这样。我在《沙家浜》

阿庆嫂的大段二黄中，写了第一句"风声紧雨意浓天低云暗"，下面就赶紧接了一句地道的京剧"水词"："不由人一阵阵坐立不安。"

京剧唱词只能在叙事中抒情，在赋体中有一点比兴，《四郎探母》"胡地衣冠懒穿戴，每日里花开儿的心不开"，我以为这是了不得的好唱词。新编的戏里，梁清濂的《雷峰夕照》里的"去年的竹林长新笋，没娘的孩子渐成人"，也是难得的。

京剧是不擅长用比喻的，大都很笨拙。《探母》和《文昭关》的"我好比"尚可容忍，《逍遥津》的一大串"欺寡人好一似"实在是堆砌无味。京韵大鼓《大西厢》"见张生摇头晃脑，唔不唔不，逛里逛荡，好像一碗汤，——他一个人念文章"，说一个人好像一碗汤，实在是奇绝。但在京剧里，这样的比喻用不上，——除非是喜剧。比喻一要尖新，二要现成。尖新不难，现成也不难。尖新而现成，难！

板腔体是一种"体"，是一种剧本的体制，不只是说的是剧本的语言形式，这是一个更深刻的概念。首先这直接关系到结构，——章法。正如写诗，五古有五古的章法，七绝有七绝的章法，差别不只在每一句字数的多少。但这里只想论及语言。板腔体的语言，表面上看只是句子整齐，每句有一定字数，二二三，三三四。更重要的是它的节奏。我在张家口曾经遇到一个说话押韵的人。我去看他，冬天，他把每天三顿饭改成了一天吃两顿，我问他："改了？"他说：

> 三顿饭一顿吃两碗，
>
> 两顿饭一顿吃三碗，
>
> 算来算去一般儿多，
>
> 就是少抓一遍儿锅。

我研究了一下他的语言，除了押韵，还富于节奏感。"算来算去一般儿多"，如果改成"算起来一般多"，就失去了节奏，同时也就失去了情趣——失去了幽默感。语言的节奏决定于情绪的节奏。语言的节奏是外部的，情绪的节奏是内部的。二者同时生长，而又互相推动。情绪节奏和语言节奏应该一致，要做到表里如一，契合无间。这样写唱词才能挥洒自如，流利快畅。如果情绪缺乏节奏，或情绪的节奏和板腔体不吻合，写出来的唱词表面上合乎格律，读起来就会觉得生硬艰涩。我曾向青年剧作者建议用韵文思维，主要说的是用有节奏的语言思维。或者可以更进一步说：首先要使要表达的情绪有节奏。

板腔体的唱词是不好写的，因为它的限制性很大。听说有的同志以为板腔体已经走到了尽头，不能表达较新的思想，应该有一种新的戏曲体制来代替它，这种新的体制是自由诗体。这是有一定道理的。打破板腔体的字句定式，早已有人尝试过。田汉同志在《白蛇传》里写了这样的唱词：

> 你忍心将我伤，
>
> 端阳佳节劝雄黄，
>
> 你忍心将我诳，
>
> 才对双星盟誓愿，
>
> 又随法海入禅堂……

这显然已经不是"二二三"。我在剧本《裘盛戎》里写了这样的唱词：

> 昨日的故人已不在，
>
> 昨日的花还在开。

第二句虽也是七字句，但不能读成"昨日——的花——还在开"，节奏已经变了。我也希望京剧在体制上能有所突破。曾经设想，可以回过来吸取一点曲牌体的格律，也可以吸取一点新诗的格律，创造一点新的格律。"五四"时期就有人提出从曲牌体到板腔体，从文学角度来说，实是一种倒退，这是有一定道理的。曲牌体看来似乎格律森严，但比板腔体实际上有更多的自由。它可字句参差，又可以押仄声韵，不像板腔体捆得那样死。像古体诗一样，连用几个仄声韵尾的句子，然后用一句平声韵尾扳过来，我觉得这是可行的。新诗常用的间行为韵，ABAB，也可以尝试。这种格式本来就有。苏东坡就写过一首这样的诗。我在《擂鼓战金山》里试写过一段。但我以为戏曲唱词总要有格律，押韵。完全是自由诗一样的唱词会是什么样子，一时还想象不出。而且目前似乎还只能在板腔体的基础上吸收新的格律。田汉同志的"你忍心将我伤……"一段破格的唱词，最后还要归到：

> 手摸胸膛你想一想，
>
> 有何面目来见妻房？

板腔体是简陋的。京剧唱词贵浅显。浅显本不难，难的是于浅显中见才华。李笠翁说："能于浅处见才，方是文章高手。"怎样才能做到这一点呢？希望有人能从心理学的角度，作一点探索。

层次和连贯

曾读宋人诗话，有人问作诗的章法，一位大诗人回答说："只要熟读'打起黄莺儿，莫教枝上啼，啼时惊妾梦，不得到辽西'，就明白了。"他说的是层次和连贯。这首诗看起来一气贯注，流畅自然，好像一点不费力气，完整得像一块雨花石。细看却一句是一层意思。好的唱词也应该这样。《武家坡》：

> 这大嫂传话太迟慢，
>
> 武家坡站得我两腿酸。
>
> 下得坡来用目看，
>
> 见一位大嫂把菜剜。
>
> 前影儿看也看不见，
>
> 后影儿好像妻宝钏。
>
> 本当上前将妻认，
>
> 错认了民妻理不端。

不要小看这样的唱词。这一段唱词是很连贯的，但又有很多层次。"这大嫂传话太迟慢，武家坡站得我两腿酸"，是一个层次；"下得坡来用目看，见一位大嫂把菜剜"，是一个层次；"前影儿看也看不见，后影儿好像妻宝钏"是一个层次；"本当上前将妻认"是一个层次；"错认了民妻理不端"，又是一个层次。写唱词容易犯的毛病，一是不连贯，句与句之间缺乏逻辑关系，东一句，西一句。二是少层次。往往唱了几句，是一个意思，原地踏步，架床叠屋，情绪没有向前推进，缺乏语言的动势。后一种毛病在"样板戏"里屡见不鲜。所以如此，与"样板戏"过分强调"抒豪情"有关。过度抒情，这是出于对京剧体制的一种误解。

写一人即肖一人之口吻

这是很难的。提出这种主张的李笠翁，他本人就没有做到。性格化的语言，这在念白里比较容易做到，在唱词里，就很难了。人物性格通过语言表现，首先是他说什么，其次是怎么说。说什么，比较好办。进退维谷、优柔寡断的陈宫和穷途落魄、心境颓唐的秦琼不同，他们所唱的内容各异。但在唱词的风格上却是如出一辙。"听他言吓得我……"、"店主东带过了……"看不出有什么性格特征。能从唱词里看出人物性格的，即不止表现他说什么，还能表现他怎么说的，好像只有《四进士》宋士杰所唱的：

你不在河南上蔡县，

你不在南京水西门！①

我三人从来不相认，

宋士杰与你们是哪门子亲！

————————

① 有的演员唱成"你本河南上蔡县，你本南京水西门"，感情就差得多了，"你不在河南上蔡县，你不在南京水西门！"下面有一句潜台词："好端端地，你们跑到我这信阳州来干什么！"

这真是宋士杰的口吻！京剧唱词里能写出"宋士杰与你们是哪门子亲"，是一个奇迹。"是哪门子亲！"可以入唱，而且唱得那样悲愤怨怒，充满感情，人物性格，跃然"纸"上，太难得了！

我们在改编《沙家浜》的时候，曾给自己规定了一个奋斗目标，希望做到人物语言生活化、性格化。这个目标，只有《智斗》一场部分地实现了。《智斗》是用"唱"来组织情节的，不得不让人物唱出性格来，因此我们得捉摸人物的口吻。阿庆嫂的"垒起七星灶"有职业特点的表现出她的性格的，除了"人一走，茶就凉"这一句洞达世态的"炼话"，还在最后一句"有什么周详不周详！"这一句软中硬的结束语，把刁德一的进攻性的敲打顶了回去，顶了一个脆。如果没有最后这句"给劲"的话，前面的一大篇数字游戏式的唱就全都白搭。

"宋士杰与你们是哪门子亲"，"有什么周详不周详"，都是口语。这就使我们悟出一个道理：要使唱词性格化，首先要使唱词口语化。

京剧唱词的语言是十分规整的，离口语较远，是一种特殊的雅言。雅言不是不能表现性格。甚至文言也是能表现性格的。"我翁即若翁。必欲烹若翁，则幸分我一杯羹"，今天看起来是文言，但是千载以下，我们还是可以从这几句话里看出刘邦的无赖嘴脸。但是如果把这几句话硬捺在三三四、二二三的框子里，就会使人物性格受到很大的损失。

从板式上来说，流水、散板的语言比较容易性格化；上板的语言性格化，难。从行当上来说，花旦、架子花的唱词较易性格化，正生、正旦，难。

如果不能在唱词里表现出人物怎么说，那只好努力通过人物说什么来刻画。

总之，我觉得戏曲作者要在生活里去学习语言，像小说家一样。何况我们比小说家还有一层难处，语言要受格律的制约。单从作品学习语言是不够的。

时代色彩和地方色彩

按说，写一个时代题材的戏曲，应该用那一时代的语言。但这是办不到的。元明以后好一些。有大量的戏曲作品，拟话本、民歌小曲，给我们提供了大量的语言资料。晚明小品也提供了接近口语的语言。宋代有话本，有柳耆卿那样的词，有《朱子语类》那样基本上是口语的语录。宋人的笔记也常记口语。唐代就有点麻烦。中国的言文分家，不知起于何代，但到唐朝，就很厉害了。唐人小说所用语言显然和口语距离很大。所幸还有敦煌变文,《云谣集杂曲子》和"柳枝"、"竹枝"这样的拟民歌,可以窥见唐代口语的仿佛。南北朝有敕勒歌、子夜歌。《世说新语》是魏晋语言的宝库。汉代的口语究竟是什么样子的?《史记》语言浅近,但我们从"黥颐,涉之为王沉沉者!"知道司马迁所用的还不是口语。乐府诗则和今人极相近。《上邪》、《枯鱼过河泣》、《孤儿行》、《病妇行》,好像是昨天才写出来的。秦以前的口语就比较渺茫了……无论如何,我们不能对一时代的语言熟悉得能和当时的人交谈!

即使对历代的语言相当精通,也不能用这种语言写作,因为今天的人不懂。

但是写一个时代的戏曲,能够多读一点当时的作品,在这些作品里"熏"一"熏",从中吸取一点语言,哪怕是点缀点缀,也可以使一出戏多少有点时代的色彩,有点历史感。有人写汉代题材,案头堆满乐府诗集,早晚阅读,我以为这精神是可取的。我希望有人能重写京剧《孔雀东南飞》,大量地用五字句,而且剧中反复出现"孔雀东南飞,五里一徘徊"。

写历史题材不发生地方色彩的问题。我写《擂鼓战金山》让韩世忠在念白里偶尔用一点陕北话,比如他生气时把梁红玉叫做"婆姨"(这在曲艺里有个术语叫"改口"),大家都认为绝对不行。如果在他的唱词里用一点陕北话，就更不行了。不过写现代题材，有时得注意这个问题。一个戏曲作者，最好能像浪子燕青一样，"能打各省乡谈"。至少对方言有兴趣，能欣赏各地方言的美。戏曲作者应该对语言有特殊的敏感。至少，对民歌有一定的了解。有人写宁夏题材的京剧，大量阅读了"花儿"，想把"花儿"引种到京剧里来，我觉得这功夫不会是白费的。

写少数民族题材，更得熟悉这个民族的民歌。我曾经写过内蒙和西藏题材的戏（都没有成功），成天读蒙古和藏族的民歌。不这样，我觉得无从下笔。

我觉得一个戏曲工作者应该多读各代的、各地的、各族的民歌，即使不写那个时代、那个地区、那个民族的题材，也是会有用的。"冬雷震震夏雨雪，天地合，乃敢与君绝"，这样的感情是写任何时代的爱情题材里都可以出现的。"大雁飞在天上，影子落在地下"，稍为变一变，也可以写在汉族题材的戏里。"你要抽烟这不是个火吗？你要想我这不是个我吧？""面对面坐下还想你呀么亲亲！"不是写内蒙河套地区和山西雁北的题材才能用。要想使唱词出一点新，有民族色彩，多读民歌，是个捷径。而且，读民歌是非常愉快的艺术享受。

摘用、脱化前人诗词成句

这是中国传统戏曲常用的办法。

前人诗词，拿来就用。只要贴切，以故为新。不但省事，较易出情。

《裘盛戎》剧本，写"文化大革命"的动乱，抄家打人，徐岛上唱：

家家收拾起，

户户不提防。

父子成两派，

夫妇不同床。

访旧半为鬼，

惊呼热中肠。

茫茫九万里，

一片红海洋。

"家家收拾起，户户不提防"是昆曲流行时期的成语。"访旧半为鬼，惊呼热中肠"是杜甫诗。徐岛是戏曲编导，他对这样的成语和诗句是十分熟悉的，所以可以脱口而出。剧中的掏粪工人老王，就不能让他唱出这样的词句。

摘用前人诗句还有个便宜处，即可以使人想起全诗，引起更多的联想，使一句唱词有更丰富的含意。《裘盛戎》剧中，在裘盛戎被剥夺演出的权利之后，他的挚友电影女导演江流劝他：

这世界不会永远这样的不公正，

上峰何苦困才人！

人民没有忘记你，

背巷荒村，更深半夜，还时常听得到裘派的唱腔，一声半声。

谁能遮得住星光云影，

谁能从日历上钩掉了谷雨、清明？

我愿天公重抖擞，

落花时节又逢君。

这最后两句，上句是龚定庵的诗，下句是杜甫诗。有一点诗词修养的读者（观众）听了上句，会想到"不拘一格降人才"；听了下句会想到"正是江南好风景"，想到春天会来，局势终会好转。这样写，省了好多话，唱词也比较有"嚼头"。

有时不直接摘用原诗，但可看出是从哪一句诗变化出来的。《擂鼓战金山》写韩世忠在镇江江面与兀术遭遇，韩世忠唱：

江水滔滔向东流，

二分明月是扬州。

抽刀断得长江水，

容你北上到高邮。

抽刀断不得长江水，

难过瓜州古渡头。

江边自有青青草，

不妨牧马过中秋！

"抽刀"显然是从李白"抽刀断水水更流"变出来的。

脱化，有时有迹可求，有时不那么有痕迹。《沙家浜》"垒起七星灶，铜壶煮三江"，是从苏东坡《汲江煎茶》"大瓢贮月归春瓮，小杓分江入夜瓶"脱化出来的。这种修辞方法，并非自我作古。

要能做到摘用、脱化，需要平时积累，"腹笥"稍宽。否则就会"书到用时方恨少"。老舍先生枕边常置数卷诗，临睡读几首。我们应该向他学习。

打渔·杀家

《庆顶珠》全本很少有人演，听说高庆奎曾经演过。通常只演其中的《打渔》和《杀家》两折，合在一起，叫做《打渔杀家》。

《打渔杀家》是一出比较温的戏。但是其中有刻画得很细致的地方，为别的戏所不及。

萧恩决定铤而走险，过江杀尽吕子秋的一家。离家的时候和女儿桂英有一段对话：

"……取为父的衣帽戒刀过来。"

"戒刀在此。"

"好好看守门户，为父去也。"

"爹爹请转。"

"儿呀何事？"

"女儿跟随爹爹前去。"

"为父杀人，你去做什么？"

"爹爹杀人，女儿站在一旁，与爹爹壮壮胆量也是好的呀。"

"儿有此胆量？"

"有此胆量。"

"将儿婆家的聘礼珠子带在身旁。"

"现在身旁。"

"开门哪！"

"爹爹呀请转！这门还未曾上锁呢。"

"这门唲！——关也罢，不关也罢！"

"里面还有许多动用家具呢。"

"傻孩子呀，门都不要了，要家具则甚哪！"

"不要了？喂噫……"

"不省事的冤家呀……！"

"不省事"今天的观众多不懂，马连良念成"不明白"。我建议干脆改为"不懂事"。

在过江时，萧恩唱"船行在半江中我儿要掌稳了舵！——我的儿为什么撒了篷索？"之后，有一小段对话：

"啊爹爹，此番过江杀人是真的还是假的？"

"杀人哪有假的！"

"如此女儿有些害怕。我，我，我不去了。"

"呀呀呸！方才在家，为父怎样嘱咐与儿，叫儿不要前来，儿是偏偏地要来！如今船行在半江之中……也罢！待为父扳转船头，送儿回去！"

"孩儿舍不得爹爹！"

"啊……桂英儿呀！"

这两段对话是很感人的。听说有的老演员在念到"门都不要了，要家具则甚哪！——不省事的冤家呀！"能把人的眼泪念下来。我小时听梅兰芳的唱片，梅先生念到"孩儿舍不得爹爹！"我的眼泪刷地一下子下来了。

一般演员很难有这样的效果。原因是没有很好地体会人物之间的关系。萧恩和桂英不是通常的父女。桂英幼年丧母，父女二人，相依为命。萧恩又当爸，又当妈，风里雨里，把桂英拉扯大，他非常疼爱这个独生女儿。由于爸爸的疼爱，桂英才格外的娇痴——不懂事。桂英不懂事，更衬托出失势的英雄萧恩毁家报仇的满腔悲愤。通过父女之爱表现这个报仇故事的深刻、内在的悲剧性，是《打渔杀家》的一个很大的特点。

这是很值得搞编剧的人学习的。我们今天的戏曲编剧往往忙于交待情节事件，或者热中于塑造空空洞洞的高大形象，很少能像《打渔杀家》这样富于生活气息的细致的刻划。——有人说京剧缺少生活气息，殊不尽然。

细节的真实

—— 习剧札记

　　戏曲不像电影、小说那样要有很多的细节。传统戏曲似乎不大注重细节描写。但是也不尽然。

　　《武家坡》。薛平贵在窑外把往事和夫妻分别后的过程述说了一遍，王宝钏相信确是自己的丈夫回来了，开开窑门重相见：

　　王宝钏（唱）

　　　　　　开开窑门重相见，

　　　　　　我丈夫哪有五绺髯？

　　薛平贵（唱）

　　　　　　少年子弟江湖老，

　　　　　　红粉佳人两鬓斑。

　　　　　　三姐不信菱花照，

　　　　　不似当年在彩楼前。

　　王宝钏（唱）

　　　　　寒窑哪有菱花镜？

　　薛平贵（白）

　　　　　水盆里面——

　　王宝钏（接唱）

　　　　　水盆里面照容颜。

　　（夹白）老了！

　　（接唱）

　　　　　老了老了真老了，

　　　　　十八年老了我王宝钏！

　　"十八年老了我王宝钏"，一句平常的话，中含几许辛酸！这里有一个非常精彩的细节：水盆里面照容颜。如果没有这个细节，戏是还能进行下去的。王宝钏可以这样唱：

　　菱花镜内来照影，

　　十八年老了我王宝钏！

然而感情上就差得多了。可以说王宝钏的满腹辛酸完全是水盆照影这个细节烘托出来的。寒窑里没有镜子，只能于水盆中照影，王宝钏十八年的苦况，可想而知。征人远出不归，她也没有心思照照自己的模样，她不需要镜子！这个细节是有非常丰富的内涵的。薛平贵的插白也写得极好，只有四个字："水盆里面"，这只是半句话。简短峭拔，增加了感情色彩，也很真实。如果写成一个完整的句子，文气就"懈"了。传统老戏的唱念每有不可及处，不可一概贬之曰："水"。

通过细节刻画人物，深挖感情的例子还有。比如《四进士》，比如《打渔杀家》萧恩父女出门时的对话，比如《三娘教子》老薛宝打草鞋为小东人挣夜读的灯油……

这些细节都是从生活中来的。情节可以虚构，细节则只有从生活中来。细节是虚构不出来的。细节一般都是剧作者从自己的生活感受中直接提取的。写《武家坡》的人未必知道王宝钏是否真的没有一面镜子，他并没有王宝钏的生活，但是贫穷到没有镜子，只能于水盆中照影，剧作者是一定体验过或观察过这样的生活的，他把自己的生活经验设身处地地加之于王宝钏的身上了。从上述几例，也可说明：写历史剧也需要生活。一个剧作者自己的生活（现代生活）的积累越多，写古人才会栩栩如生。

细节，或者也可叫作闲文。然而传神阿堵，正在这些闲中着色之处。善写闲文，斯为作手。

我是怎样和戏曲结缘的

有一位老朋友，三十多年不见，知道我在京剧院工作，很诧异，说："你本来是写小说的，而且是有点'洋'的，怎么会写起京剧来呢？"我来不及和他详细解释，只是说："这并不矛盾。"

我们家乡是个小县城，没有什么娱乐。除了过节，到亲戚家参加婚丧庆吊，便是看戏。小时候，只要听见哪里锣鼓响，总要钻进去看一会。

我看过戏的地方很多，给我留下较深的印象的，是两处。

一处是螺蛳坝。坝下有一片空场子。刨出一些深坑，植上粗大的杉篙，铺了木板，上面盖一个席顶，这便是戏台。坝前有几家人家，织芦席的，开茶炉的……门外都有相当宽绰的瓦棚。这些瓦棚里的地面用木板垫高了，摆上长凳，这便是"座"。——不就座的就都站在空地上仰着头看。有一年请来一个比较整齐的戏班子。戏台上点了好几盏雪亮的汽灯，灯光下只见那些簇新的行头，五颜六色，金光闪闪，煞是好看。除了《赵颜借寿》、《八百八年》等开锣吉祥戏，正戏都唱了些什么，我已经模糊了。印象较真切的，是一出《小放牛》，一出《白水滩》。我喜欢《小放牛》的村姑的一身装束，唱词我也大部分能听懂。像"我用手一指，东指西指，南指北指，杨柳树上挂着一个大招牌……"。"杨柳树上挂着一个大招牌"，到现在我还认为写得很美。这是一幅画，提供了一个春风淡荡的恬静的意境。我常想，我自己的唱词要是能写得像这样，我就满足了。《白水滩》这出戏，我觉得别具一种诗意，有一种凄凉的美。十一郎的扮相很美。我写的《大淖记事》里的十一子，和十一郎是有着某种潜在的联系的。可以说，如果我小时候没有看过《白水滩》，就写不出后来的十一子。这个戏班里唱青面虎的花脸是很能摔。他能接连摔好多个"踝子"。每摔一个，台下叫好。他就跳起来摘一个"红封"揣进怀里。——台上横拉了一根铁丝，铁丝上挂了好些包着红纸的"封子"，内装铜钱或银角子。凡演员得一个"好"，就可以跳起来摘一封。另外还有一出，是《九更天》。演《九更天》那天，开戏前即将钉板竖在台口，还要由一个演员把一只活鸡拽钉在板上，以示铁钉的锋利。那是很恐怖的。但我对这出戏兴趣不大，一个老头儿，光着上身，抱了一只钉板在台上滚来滚去，实在说不上美感。但是台下可"炸了窝"了！

另一处是泰山庙。泰山庙供着东岳大帝。这东岳大帝不是别人，是《封神榜》里的黄飞虎。东岳大帝坐北朝南，大殿前有一片很大的砖坪，迎面是一个戏台。戏台很高，台下可以走人。每逢东岳大帝的生日，——我记不清是几月了，泰山庙都要唱戏。约的班子大都是里下河的草台班子，没有名角，行头也很旧。旦角的水袖上常染着洋红水的点子——这是演《杀子报》时的"彩"溅上去的。这些戏班，没有什么准纲准词，常常由演员在台上随意瞎扯。许多戏里都无缘无故出来一个老头，一个老太太，念几句数板，而且总是那几句：

> 人老了，人老了，
> 人老先从哪块老？
> 人老先从头上老：
> 白头发多，黑头发少。
> 人老了，人老了，
> 人老先从哪块老？

人老先从牙齿老：

吃不动的多，吃得动的少。

…………

他们的京白、韵白都带有很重的里下河口音。而且很多戏里都要跑鸡毛报：两个差人，背了公文卷宗，在台上没完没了地乱跑一气。里下河的草台班子受徽戏影响很大，他们常唱《扫松下书》。这是一出冷戏，一到张广才出来，台下观众就都到一边喝豆腐脑去了。他们又受了海派戏的影响，什么戏都可以来一段"五音联弹"——"催战马，来到沙场，尊声壮士把名扬……"他们每一"期"都要唱几场《杀子报》。唱《杀子报》的那天，看戏是要加钱的，因为戏里的闻太师要勾金脸。有人是专为看那张金脸才去的。演闻太师的花脸很高大，嗓音也响。他姓颜，观众就叫他颜大花脸。我有一天看见他在后台栏杆后面，勾着脸——那天他勾的是包公，向台下水锅的方向，大声喊叫："××！打洗脸水！"从他的宏亮的嗓音里，我感觉到草台班子演员的辛酸和满腹不平之气。我一生也忘记不了。

我的大伯父有一架保存得很好的留声机，——我们那里叫做"洋戏"，还有一柜子同样保存得很好的唱片。他有时要拿出来听听，——大都是阴天下雨的时候。我一听见留声机响了，就悄悄地走进他的屋里，聚精会神地坐着听。

他的唱片里最使我感动的是程砚秋的《金锁记》和杨小楼的《林冲夜奔》。几声小镲，"啊哈！数尽更筹，听残银漏……"杨小楼的高亢脆亮的嗓子，使我感到一种异样的悲凉。

我父亲是个多才多艺的人，他会画画，会刻图章，还会弄乐器。他年轻时曾花了一笔钱到苏州买了好些乐器，除了笙箫管笛、琵琶月琴，连唢呐海笛都有，还有一把拉梆子戏的胡琴。他后来别的乐器都不大玩了，只是拉胡琴。他拉胡琴是"留学生"——跟着留声机唱片拉。他拉，我就跟着学唱。我学会了《坐宫》、《玉堂春·起解》、《汾河湾》、《霸王别姬》……我是唱青衣的，年轻时嗓子很好。

初中，高中，一直到大学一年级时，都唱。西南联大的同学里有一些"票友"，有几位唱得很不错的。我们有时在宿舍里拉胡琴唱戏，有一位广东同学，姓郑，一听见我唱，就骂："丢那妈！猫叫！"

大学二年级以后，我的兴趣转向唱昆曲。在陶重华等先生的倡导下，云南大学成立了一个曲社，参加的都是云大和联大中文系的同学。我们于是"拍"开了曲子。教唱的主要是陶先生，吹笛的是云大历史系的张宗和先生。从《琵琶记·南浦》、《拜月记·走雨》开蒙，陆续学会了《游园·惊梦》、《拾画·叫画》、《哭像》、《闻铃》、《扫花》、

《三醉》、《思凡》、《折柳·阳关》、《瑶台》、《花报》……大都是生旦戏。偶尔也学两出老生花脸戏，如《弹词》、《山门》、《夜奔》……在曲社的基础上，还时常举行"同期"。参加"同期"的除同学外，还有校内校外的老师、前辈。常与"同期"的，有陶光（重华）。他是唱"冠生"的，《哭像》、《闻铃》均极佳，《三醉》曾受红豆馆主亲传，唱来尤其慷慨淋漓；植物分类学专家吴征镒，他唱老生，实大声宏，能把《弹词》的"九转"一气唱到底，还爱唱《疯僧扫秦》；张宗和和他的夫人孙凤竹常唱《折柳·阳关》，极其细腻；生物系的教授崔芝兰（女），她似乎每次都唱《西楼记》；哲学系教授沈有鼎，常唱《拾画》，咬字讲究，有些过分；数学系教授许宝騄，我的《刺虎》就是他亲授的；我们的系主任罗莘田先生有时也来唱两段；此外，还有当时任航空公司经理的查阜西先生，他兴趣不在唱，而在研究乐律，常带了他自制的十二平均律的钢管笛子来为人伴奏；还有一位世事洞明，人情练达，童心犹在，风趣非常的老人许茹香，每"期"必到。许家是昆曲世家，他能戏极多，而且"能打各省乡谈"，苏州话、扬州话、绍兴话都说得很好。他唱的都是别人不唱的戏，如《花判》、《下山》。他甚至能唱《绣襦记》的《教歌》。还有一位衣履整洁的先生，我忘记他的姓名了。他爱唱《山门》。他是个聋子，唱起来随时跑调，但是张宗和先生的笛子居然能随着他一起"跑"！

参加了曲社，我除了学了几出昆曲，还酷爱上吹笛，——我原来就会吹一点。我常在月白风清之夜，坐在联大"昆中北院"的一棵大槐树暴出地面的老树根上，独自吹笛，直至半夜。同学里有人说："这家伙是个疯子！"

抗战胜利后，联大分校北迁，大家各奔前程，曲社"同期"也就风流云散了。

一九四九年以后，我就很少唱戏，也很少吹笛子了。

我写京剧，纯属偶然。我在北京市文联当了几年编辑，心里可一直想写东西。那时写东西必须"反映现实"，实际上是"写政策"，必须"下去"，才有东西可写。我整天看稿、编稿，下不去，也就写不成，不免苦闷。那年正好是纪念世界名人吴敬梓，王亚平同志跟我说："你下不去，就从《儒林外史》里找一个题材编一个戏吧！"我听从了他的建议，就改一出《范进中举》。这个剧本在文化局戏剧科的抽屉里压了很长时间，后来是王昆仑同志发现，介绍给奚啸伯演出了。这个戏还在北京市戏曲会演中得了剧本一等奖。

我当了右派，下放劳动，就是凭我写过一个京剧剧本，经朋友活动，而调到北京京剧院里来的。一晃，已经二十几年了。人的遭遇，常常是不以自己的意志为转移的。

我参加戏曲工作，是有想法的。在一次齐燕铭同志主持的座谈会上，我曾经说："我搞京剧，是想来和京剧闹一阵别扭的。"简单地说，我想把京剧变成"新文学"。更直截了当地说：我想把现代思想和某些现代派的表现手法引进到京剧里来。我认为中国的戏曲本来就和西方的现代派有某些相通之处。主要是戏剧观。我认为中国戏曲的戏剧观和布莱希特以后的各流派的戏剧观比较接近。戏就是戏，不是生活。中国的古代戏曲有一些西方现代派的手法（比如《南天门》、《乾坤福寿镜》、《打棍出箱》、《一匹布》……）只是发挥得不够充分。我就是想让它得到更多的发挥。我的《范进中举》的最后一场就运用了一点心理分析。我刻画了范进发疯后的心理状态，从他小时读书、逃学、应考、不中、被奚落，直到中举，做了主考，考别人："我这个主考最公道，订下章程有一条：年未满五十，一概都不要，本道不取嘴上无毛！……"我想把传统和革新统一起来，或者照现在流行的话说：在传统与革新之间保持一种张力。

我说了这一番话，可以回答我在本文一开头提到的那位阔别三十多年的老朋友的疑问。

我写京剧，也写小说。或问：你写戏，对写小说有好处吗？我觉得至少有两点。

一是想好了再写。写戏，得有个总体构思，要想好全剧，想好各场。

各场人物的上下场，各场的唱念安排。我写唱词，即使一段长到二十句，我也是每一句都想得能够成诵，才下笔的。这样，这一段唱词才是"整"的，有层次，有起伏，有跌宕，浑然一体。我不习惯于想一句写一句。这样的习惯也影响到我写小说。我写小说也是全篇、各段都想好，腹稿已具，几乎能够背出，然后凝神定气，一气呵成。

前几天，有几位从湖南来的很有才华的青年作家来访问我，他们指出一个问题："您的小说有一种音乐感，您是否对音乐很有修养？"我说我对音乐的修养一般。如说我的小说有一点音乐感，那可能和我喜欢画两笔国画有关。他们看了我的几幅国画，说："中国画讲究气韵生动，计白当黑，这和'音乐感'是有关系的。"他们走后，我想：我的小说有"音乐感"么？——我不知道。如果说有，除了我会抹几笔国画，大概和我会唱几句京剧、昆曲，并且写过几个京剧剧本有点关系。有一位评论家曾指出我的小说的语言受了民歌和戏曲的影响，他说得有几分道理。

一九八五年五月二十二日

《西方人看中国戏剧》读后

　　施叔青在纽约从电视里看到《秋江》，激动得不得了，"想到我们这一辈年青人，只顾一味地往外冲，盲目地崇洋，对于自己的文化忽略漠视，更可能是故意的鄙弃。这是多么不可原谅的一件事。"我倒觉得，跑出去，看看人家的戏，读读西方的剧本和戏剧理论，——包括西方人对中国戏剧的看法，再回过头来审视中国戏曲，是有好处的。我一直主张中国的戏曲研究者把中国戏曲和外国戏剧——比如印度的、欧洲的放在一起，从一个宏观的、俯视的角度来看看，这样才能把中国戏曲是个什么东西，说得比较清楚。施叔青如果不是到美国学了几年戏剧，就不会对中国戏曲有这样比较清醒，也比较新鲜的看法。

　　贯穿全书，有一个重要观点，是把戏曲和中国文化联系起来考察。戏曲是一种文化现象，是整个中国文化的一个部分，并和中国文化的其他方面息息相关。这是施叔青的老师俞大纲教授的观点，也是施叔青奉为圭臬的观点。施叔青在序里说："老师的高妙在于他能把握重点，从大的、根本性的地方着手。他讲京剧，其实是在讲中国文化。"

俞教授认为："中国文化主要的一点，是受儒家思想的支配，儒家思想的根据是伦理观念，所以中国是个以伦理思想为主的民族，中国人基于伦理而形成一种文化模式。对中国人而言，伦理的意识代替了东方和西方的宗教道德观念"。伦理观念不但是戏剧的思想内核，而且直接影响到戏剧形式。"中国戏曲在抒写各种人与人之间的相互的故事，人际关系的接触，可以烘托出人物的性格与德性。人际关系以及人与自己性格的协调，便是京剧剧本的冲突性"。我以为这见解是很深刻的。

施叔青指出：中国戏剧无西方式的悲剧，都是千篇一律大团圆的结局，促成这样安排的理由，可能与中国戏的目的有关，它主要偏重在教育功能。"'善有善报，恶有恶报'的信念必得反映到剧中人上来。我们希望好人在历尽坎坷辛酸之余，最后应该有完满的下场，否则观众要抱憾离去的。"这似乎是大家都知道的事实，但是我们往往不正视这样的事实。

我觉得我们在处理京剧剧本时不能简单地对其中的伦理意识加以批判，或者抛弃。把这些都当成"封建糟粕"，予以剔除，是过于省事的办法。而且"剔除"也不易，正如施叔青所说："忠孝节义"已经不是抽象的思想，而是具体的"现象"了。把这些剔除了，原来的剧本就不存在。中国的伦理观念不只具有阶级属性，同时是一种普遍的人性。它不随着封建时代的结束而消失。提起"大团圆"，有人就会皱眉，仿佛这是很丢脸的事。希腊悲剧英雄的结局未必一定就是唯一可取的，"大团圆"也没有什么不好。这和中国戏曲的重伦理有关，是中国戏曲常有的本质性的特征。如何对待这些问题，不属本文讨论的范围。我只是从读施叔青的书后，得到启发，觉得这些问题需要重新认识。——我想不会有人产生误解，以为我对传统戏曲主张原封不动。

近年来，布莱希特在中国产生很大影响。都说布莱希特从中国戏曲受到很大启发。一般都对他的"间离效果"很有兴趣，施叔青指出，布莱希特还"十分重视中国戏剧中的教诲功能，以及它所含有的道德内容"。一提"教诲功能"，有人就十分厌烦。这一点我们也需要重新认识。布莱希特的戏，比如《高加索灰阑记》，教诲功能是很清楚的，但不妨碍其为杰出的艺术。我希望我们的剧作家不要鄙视教诲功能，只是不要搞得那样浅露。

施叔青介绍了传播中国戏曲的几位名家，其中史考特是"忠实的移植者"，他导演了《四郎探母》、《蝴蝶梦》。他对《蝴蝶梦》（《大劈棺》）的主题解释（不知是史考特自己的阐述还是施叔青的揣测），我觉得很深刻：

"《蝴蝶梦》的主题在述说着人在接受试探时，才反映人性的脆弱，以及容易受诱惑的劣根性，想要执着的困难。这是种普遍的人性。"

《大劈棺》在大陆事实上已经禁演，但是如果按照这样的解释，把它重写一遍，我以为会是一出好戏。施叔青对"二百五"被点化成人的过程极感兴趣，以为"其中道理之玄秘，以及'点化'这一举动背后所隐藏的宗教哲学，更显出中国精神的深不可测"，我觉得施叔青的理解，真是"妙不可言"，可惜过去的演员不大懂得其中的玄秘。

《拾玉镯》的研究，通过对一出戏的分析，广涉中国戏曲的若干带有原理性的问题，照大陆的流行说法，是"解剖麻雀"。"中国人创造花旦的心理"一节最为精辟。施叔青以为"倘若以心理学的观点来探讨，花旦的产生可以说，在潜意识里是针对老生、青衣所标榜的道德的一种反叛"，"中国男人可以一边欣赏花旦的妖媚风骚，而不与他所尊敬的贞节烈女相冲突。可以说是青衣是男人的理想，花旦则是他们可亲的伴侣"，可谓发前人所未发，却也言之成理。

此文的后半截是关于《拾玉镯》的详尽身段谱。中国许多戏都应有这样的身段谱。

我对台湾歌仔戏一无所知，但是看了《台湾歌仔戏》这部分文章，觉得很亲切。《危楼里的老艺人》、《阿花入城记》是两篇访问记，作者看来只是忠实地客观地记述两位歌仔戏的艺人生涯，没有加进自己很多的感情色彩，然而凄恻同情，溢于言表。《台湾歌仔戏初探》是一篇科学的全面的调查报告。这是一篇学术的论文，而且那样长（共 108 页），但读起来趣味盎然，丝毫不觉得沉闷，因为文笔极好。施叔青是小说家，她是用写小说的笔写学术论文的。她在《哭俞老师》中说："《拾玉镯》一文，以及其他有关中国戏剧的论述，我都是充分地用自己的想象力，很文学而抒情地来注释一些需要证据的问题，至于坐图书馆翻书，全不是我的兴趣所在。"把学术性和抒情性结合起来，是本书的始终一贯的特点。这一特点正是目前的学术文章（包括关于戏曲的论文）所缺乏的。

关于木偶、曲艺部分，我实在太生疏，只能当散文读，不能赞一词。

一九八八年七月十一日

《一捧雪》前言

这个戏只是小改。主要的三场戏，《搜杯》、《蓟州堂》、《法场》，基本上没有动。我认为改旧戏，不管是大改还是小改，对原来精采的唱念表演，最好尽量保留。否则就不是改编，而是创作。如果原剧并无精采的唱念表演，也就不值得去改。

我所做的只有三件事。一是把原来《蓟州堂》莫成想起的心事，在前面写成明场。二是在《蓟州堂》与《法场》之间加了一场唱工戏，《长休饭，永别酒》（《五杯酒》），对莫成的奴才心理作更深的揭示。三是加了一个副末，这个副末不但念，也唱。

许多旧戏对于今人的意义，除了审美作用外，主要是它有深刻的认识作用。莫成的时代已经一去不复返，但是他的奴性，他的伦理道德观念，是我们民族心理的一个病灶。病灶，有时还会活动的。原剧是可以引起我们对历史的反思的。我们可以由此想及一个问题：人的价值。为了减弱感情色彩，促使观众思考，所以加了一个副末。

《中国京剧》序

小小年纪，他就会唱：

"一马离了西凉界。"

——卞之琳

卞之琳是浙江人，说起话来北方人听起来像南方话，南方人听起来像北方话。他大概不大看京剧，但是生活在北京这个环境里，大街小巷随时听得到京剧，真是"洋洋乎盈耳"。我觉得卞之琳其实是很懂京剧的。这个唱"一马离了西凉界"的孩子，不但会这句唱腔，而且唱得"有味儿"，唱出了薛平贵满腹凄怆的感情。

京剧作为一种"非书面文化"，其影响之深远，也许只有国画和中国烹饪可以与之相比。

京剧文化是一种没有文化的文化。京剧原本是没有剧作者的。唐三千，宋八百的本子不知是什么人，怎么"打"出来的。周扬说过京剧对于历史事件、历史人物往往是简单化的。但是人们容忍了这种简单化，习惯于简单化。有的京剧歪曲了历史。比如刘秀并没有杀戮功臣，云台二十八将的结局是很风光的，然而京剧舞台上演的是《打金砖》。谁也没有办法。观众要看，要看刘秀摔"硬僵尸"。京剧有一些是有文学性的，时有俊语，如"走青山望白云家乡何在"（《桑园寄子》）、"一轮明月照芦花"（《打渔杀家》），但是大部分唱词都很"水"。有时为了"赶辙"，简直不知所云。《探皇陵》里的定国公对着皇陵感叹了一番，最后一句却是"今日里为国家一命罢休"，这位元老重臣此时并不面临生与死的问题啊，怎么会出来这么一句呢？因为这一段是"由求"辙。《二进宫》李艳妃唱的是"李艳妃设早朝龙书案下"。张君秋收到一个小学生的信，说"张叔叔，您唱的李艳妃怎么会跑到书桌底下去设早朝呀？"君秋也觉得不通，曾嘱我把这一段改改。没法改，因为全剧唱词都是这样，几乎没一句是通的。杨波进宫前大唱了一段韩信的遭遇，实在是没来由。听谭富英说，原来这一段还唱到"渔樵耕读"，言菊朋曾说要把这段教给他。听说还有在这段里唱"四季花"的。有的唱词不通到叫人无法理解，不通得奇怪，如《花田错》的"桃花怎比杏花黄"。桃花杏花都不黄，只因为这段是"江阳"。京剧有些唱词是各戏通用的，如〔点将唇〕"将士英豪，儿郎虎豹……"长靠戏的牌子〔石榴花〕、〔粉蝶儿〕都是一套，与剧情游离。有的武生甚至把《铁笼山》的牌子原封不动地唱在《挑滑车》里。有的戏没有定本，只有一个简略的提纲，规定这场谁上，"见"谁，大体情节，唱念可以由演员随意发挥，谓之"提纲戏"、"幕表戏"或"跑梁子"。马长礼曾在天津搭刘汉臣的班。刘汉臣排《全本徐策》，派长礼的徐夫人。有一场戏是徐策在台上唱半天，"甩"下一句"腿"，徐夫人上，接这句"腿"。长礼问："我上去唱什么？"——"你只要听我在头里唱什么辙，缝上，就行了。"长礼没听明白刘汉臣唱的什么，只记住是"发花"辙。一时想不出该唱什么。刘汉臣人称"四爷"，爱在台上"打哇呀"，这天他又打开了哇呀，长礼出场，接了一句："四爷为何打哇呀？"

　　既然京剧是如此的没文化，为什么能够存在了小二百年，为什么会有那么多演员，有才华的演员，那么多观众，那么多戏迷，那么多票友，艺术造诣很深的名票？像红豆馆主这样的名票，像言菊朋这样下海的票友，他们都是有文化的，未必他们不知道京剧里有很多"水词"，很多不通的唱词？但是他们照样唱这种不通的唱词，很少人想改一改（改唱词就要改唱腔）。京剧有一套完整的程式，唱、念、做、打、手、眼、身、法、步。这些程式可以有多种组合，变化无穷，而且很美。京剧的念白是一个古怪的东西，它是在湖北话的基础上（谭鑫培的家里是说湖北话的，一直到谭富英还会说湖北话）形成的一种特殊的语言，什么方言都不是，和湖北话也有一定的距离（谭鑫培的道白湖北味较浓，听《黄金台》唱片就可发现）。但是它几乎自成一个语系，就是所谓"韵白"。一般演员都能掌握，拿到本子，可以毫不费事地按韵白念出来。而且全国京剧都用这种怪语言。这样语言形成一种特殊的文体，尤其是大段念白，即顾炎武所说的"整白"（相对于"散白"），不文不白，似骈似散，抑扬顿挫，起落铿锵，节奏鲜明，很有表现力（如《审头刺汤》、《四进士》）。京剧的唱是一个更加奇怪的东西。决定一个剧种的特点的，首要的是它的唱。京剧之所以能够成为全国性的大剧种，把汉剧、徽剧远远地甩在后面，是因为它在唱上大大地发展了。京剧形成许多流派，主要的区别在唱。唱，包括唱腔和唱法，更重要的是唱法，因为唱腔在不同流派中大同小异。中国京剧的唱有一个玄而又玄的概念，叫做"味儿"，有味儿，没味儿；"挂"味儿，不"挂"味儿。这在外国人很难体会。帕瓦罗蒂对余叔岩的唱法一定不能理解，他又不明白"此一番领兵……"的"擞"是怎么弄出来的。他一定也品不出余派的"味儿"。京剧的唱造成京剧鲜明的民族特点。在代代相传、长期实践中，京剧演员总结出了一些唱念表演上的带规律性的东西，如"先打闪，后打雷"——演唱得"蓄势"，使观众有预感。如"逢大必小，逢左必右"，这是概括得很好的艺术辩证法。如台上要是"一棵菜"，——强调艺术的完整性。

京剧演员大都是"幼而失学"，没有读过多少书，文化程度不高。裘盛戎说他自己是没有文化的文化人，没有知识的知识分子。但是很奇怪，没有文化，对艺术的领悟能力却又非常之高。盛戎排过《杜鹃山》，原来有一场"烤番薯"，山下断粮，以番薯代饭，番薯烤出香味，雷刚惦记山下乡亲在受难，想起乡亲们待他的好处，有这样两句唱：

　　一块番薯掰两半，

　　曾受深恩三十年。

设计唱腔的同志不明白"一块番薯掰两半"是什么意思。盛戎说："这怎么不明白？'一块番薯掰两半'，有他吃的就有我吃的！"他在唱法上这样处理："掰两半"虚着唱，带着遥远的回忆；"深恩"二字用了浑厚的胸腔共鸣，倾出难忘的深情。盛戎那一代的名演员都非常聪明，理解得到，就表现得出。李少春、叶盛兰都是这样。他们是一代才人，一批京剧才子。这一代演员造成京剧真正的黄金时期。为什么会这样？因为他们是在几代人积累起来的京剧文化里长大的。

京剧文化成了风靡全国的文化，一种独特的文化传统。这种文化不仅造就了京剧自身，也影响了其他艺术，诸如年画、木雕、泥人、刺绣。不能不承认，京剧文化是一种文化，虽然它是没有文化的文化。又因它是没有文化的文化，所以现在到了"夕阳无限好，只是近黄昏"的时候，这是一种没有文化的文化，这是京剧走向衰落的根本原因。命中注定，无可奈何。

徐城北从事京剧工作有年。他是"自投罗网"。他的散文、杂文、旧体诗词都写得很好，但是却选中了京剧。他写剧本，写关于京剧的文章。用现在流行的说法，很"投入"。同时他又能跳出京剧看京剧，很"超脱"。他的文章既不似一般票友那样陈旧，也不像某些专业研究者那样啰嗦。他写过概论性的文章，写过戏曲史的札记，也写过专题的论文。他对"梅兰芳文化现象"的研究，我以为是深刻的，独到的。现在他又写了一本《京剧文化初探》，我以为开拓了一个新的领域。自来谈京剧的书亦多矣，但是从文化角度审视京剧的，我还没有见过。城北所取的角度，是新的角度。也许只有从文化角度审视京剧，才能把京剧说清楚。既然"初探"，自然是草创性的工作，要求很深刻、很全面，是不可能的。更深入的探求，扩大更广阔的视野，当俟来日。

一九九四年十一月三十日

读民歌札记

奇特的想象

汉代的民歌里，有一首，很特别：

> 枯鱼过河泣，何时悔复及？
>
> 作书与鲂鲔，相教慎出入。

枯鱼，怎么能写信呢？两千多年来，凡读过这首民歌的人，都觉得很惊奇。[①]这样奇特的想象，在书面文学里没有，在口头文学里也少见。似乎这是中国文学里的一个绝

[①] 黄节《汉魏乐府风笺》引陈胤倩曰："作意甚新"。

无仅有的孤例。

并不是这样。

偶读民歌选集，发现这样一首广西民歌：

> 石榴开花朵朵红，蝴蝶寄信给蜜蜂；
>
> 蜘蛛结网拦了路，水泡阳桥路不通。

枯鱼作书，蝴蝶寄信，真是无独有偶。

两首民歌的感情不一样。前一首很沉痛。这是一个落难人的沉重的叹息，是从苦痛的津液中分泌出来的奇想。短短二十个字，概括了世途的险恶。后一首的调子是轻松的、明快的。红的石榴花、蝴蝶、蜜蜂、蜘蛛，这是一幅很热闹的图画，让人想到明媚的春光——哦，初夏的风光。这是一首情歌。他和她——蝴蝶和蜜蜂有约，受了意外的阻碍，然而这点阻碍是暂时的，不足为虑的，是没有真正的危险性的。这首民歌的内在的感情是快乐的、光明的，不是痛苦、绝望的。这两首民歌是不同时代的作品，不同生活的反映。但是其设想之奇特，则无二致。

沈德潜在《古诗源》里选了《枯鱼》，下了一个评语，道是："汉人每有此种奇想。"[1]其实应该说：民歌每有此种奇想，不独汉人。

---

[1]　闻一多先生《乐府诗笺》也说"汉人常有此奇想"。

汉代民歌里的动物题材

现存的汉代乐府诗里有几首动物题材的诗。它所反映的生活、思想，它的表现方法，在它以前没有，在它以后也少见。这是汉乐府里的一个独特的组成部分，是文学史上一个很值得注意的现象。除了《枯鱼过河泣》，有《雉子班》、《乌生》、《蜨蝶行》。另，本辞不传，晋乐所奏的《艳歌何尝行》也可以算在里面。我们有理由相信，这是当时所流行的一种题材，散失不传的当会更多。

雉子班

"雉子，
班如此！
之于雉梁。
无以吾翁孺，
雉子！"
知得雉子高蜚止。

黄鹄蜚，

之以千里王可思。

雄来蜚从雌，

视子趋一雉。

"雄子！"

车大驾马滕，

被王送行所中。

尧羊蜚从王孙行。

一向都认为这首诗"言字讹谬，声辞杂书"，最为难读。余冠英先生的《乐府诗选》把它加了引号和标点，分清了哪些是剧中人的"对话"，哪些是第三者（作者）的叙述，这样，这首难读的诗几乎可以读通了。这是一个伟大的发现。我们说是"伟大的发现"，是因为用了这种方法，可以帮助我们把原来一些不很明白或者很不明白的古诗弄明白（古代的人如果学会用我们今天的标点符号，会使我们省很多事，用不着闭着眼睛捉迷藏）。余先生以为这首诗写的是一个野鸡家庭的生离死别的悲剧，也是卓越的创见。

但是这是一个什么样的悲剧，剧中人共有几人？悲剧的情节是怎样的？在这些方面，我的理解和余先生有些不同。

按余先生《乐府诗选》的注解，他似乎以为是一只小野鸡（雉子）被贵人捉获了，关在一辆马车里。老野鸡（性别不详）追随着马车，一面嘱咐小野鸡一些话。

按照这样的设想，有些辞句解释不通。

"之于雉梁"。"雉梁"可以有不同解释，但总是指的某个地方。"之于"是去到的意思。"之于雉梁"是去到某个地方。小野鸡已经被捉了，怎么还能叫它去到某个地方呢？

"知得雉子高蜚止"。这一句本来不难懂，是说知道雉子高飞远走了。余先生断句为"知得雉子，高蜚止"，说是知道雉子被人所得，老雉高飞而来，不无勉强。

尤其是，按余先生的设想，"雄来蜚从雌"这一句便没有着落。这是一句很关键性的话。这里明明说的是"雄来飞从雌"，不是"雄来飞从雉子"呀。

因此，我觉得有必要在余先生的生动的想象的基础上向前再迈一步。

问题：

一、这里一共有几个人物——几个野鸡？我以为一共有三只：雄野鸡、雌野鸡、小野鸡。

二、被捉获的是谁？——是雌野鸡，不是小野鸡。

对几个词义的猜测：

"班"，旧说同"斑"。"班如此"就是这样的好看。在如此紧张的生离死别的关头，还要来称赞自己的孩子毛羽斑斓，无此情理。"班"疑当即"乘马班如"、"班师回朝"的"班"，即是回去。贾谊《吊屈原赋》："骖纷纷其离此邮兮。"朱熹《集注》云："骖音班，……骖，反也"，"班"即"骖"。

"翁孺"，余先生以为是老人与小孩，泛指人类。"孺"本训小，但可引伸为小夫人，乃至夫人。古代的"孺子"往往指的是小老婆，清俞正燮《癸巳类稿·释小补楚语笄内则总角义》辨之甚详。①我以为"翁孺"是夫妇，与北朝的《捉搦歌》"愿得两个成翁姬"的"翁姬"是一样的意思。"吾翁孺"即"我们老公姆俩"。"无以吾翁孺"，以，依也，意思是你不要靠我们老公姆俩了。"吾"字不必假借为"俉"，解为"迎也"。

"黄鹄蜚，之以千里王可思"，我怀疑是衍文。

上述词意的猜测，如果不十分牵强，我们就可以对这首

---

① 俞正燮此文甚长，征引繁浩，其略云："小妻曰妾，曰孺，曰姬，曰侧室，曰次室，曰偏房，曰如夫人，曰如君，曰姨娘，曰姬娘，曰旁妻，曰庶妻，曰次妻，曰下妻，曰少妻，曰姑娘，曰孺子……。""《汉书艺文志·中山王孺子妾歌》注云：'孺子，王妾之有名号者。'……秦策志云：'某夕，某孺子纳某士'。《汉书·王子侯表》：'东城侯遗为孺子所杀。''则王公至士庶妾通名孺子'。值得注意的是同前条引《左传·哀公三年》，季桓子率，南孺子生子，谓贵妾，注云桓子妻者非是。这一条误注倒使我们得到一个启发，'孺子'也可以当妻子讲的，——否则就不至产生这样的错注。"

剧诗的情节有不同于余先生的设想：

野鸡的一家三口：雄野鸡、雌野鸡、小野鸡，一同出来游玩。忽然来了一个王孙公子，捉获了雌野鸡。小野鸡吓坏了，抹头一翅子就往回飞。难为了雄野鸡。它舍不下老的，又搁不下小的。它看见小野鸡飞回去了，就扬声嘱咐："雉崽呀，往回飞，就这样飞回去，一直飞到野鸡居住的山梁，别管我们老公姆俩！雉崽！"知道小野鸡已经高高飞走，雄野鸡又飞来追随着雌野鸡。它还忍不住再回头看看，好了，看见小野鸡跟上另一只野鸡，有了照应了，它放了心了。但这也是最后的一眼了，它惨痛地又叫了一声："雉崽！——"车又大，马又飞跑，（雌雉）被送往王孙的行在所了。雄雉翱翔着追随着王孙的车子，飞，飞……

乌生

乌生八九子，
端坐秦氏桂树间。——唶我！
秦氏家有游遨荡子，
工用睢阳彊、苏合弹。
左手持彊[彊]两丸，

386

出入乌东西。——嗜我！

一丸即发中乌身，

乌死魂魄飞扬上天：

"阿母生乌子时，

乃在南山岩石间，——嗜我！

人民安知乌子处？

蹊径窈窕安从通？"

"白鹿乃在上林西苑中，

射工尚复得白鹿脯，——嗜我！

黄鹄摩天极高飞，

后官尚复得烹煮之。

鲤鱼乃在洛水深渊中，

钓钩尚得鲤鱼口。——嗜我！

人民生各各有寿命，

死生何须复道前后？"

　　这是中弹身亡的小乌鸦的魂魄和它的母亲的在天之灵的对话。这首诗的特别处是接连用了五个"嗜我"。闻一多先生以为"嗜我"应该连读，旧读"我"属下，大谬。这样一来，就把一首因为后人断句的错误而变得很奇怪别扭的诗又变得十分明白晓畅，还了它的本来面目，厥功至伟。闻先生以为"嗜"是大声，"我"是语尾助词。我觉得，干脆，这是一个词，是一个状声词，这就是乌鸦的叫声。通篇充满了乌鸦的喊叫，增加诗的凄怆悲凉。

蜨蝶行

蝶之邀游东园，

奈何卒逢三月养子燕，

接我首薾间。

持之我入紫深宫中，

行缠之傅榱栌间。

雀来燕。

燕子见衔哺来，

摇头鼓翼何轩奴轩。

剔除了几个"之"字，这首诗的意思是明白的：一只快快活活的蝴蝶，被哺雏的燕子叨去当作小燕子的一口食了。

这几首动物题材的乐府诗有以下几个共同的特点：

一、它们是一种独特题材的诗，不是通常所说的（散体和诗体的）"动物故事"。"动物故事"，或名寓言，意在教训，是以物为喻，说明某种道理。它是哲学的、道德的。"动物故事"的作者对于其所借喻的动物的态度大都是超然的、旁观的，有时是嘲谑的。这些乐府诗是抒情的，写实的。作者对于所描写的动物寄予很深的同情。他们对于这些弱小的动物感同身受。实际上，这些不幸的动物，就是作者自己。

二、这些诗大都用动物自己的口吻，用第一人称的语气讲话。《蜨蝶行》开头虽有客观的描叙，但是自"接我首蓿间"之后，仍是蜨蝶眼中所见的情景，仍是第一人称。这些诗的主要部分是动物的独白或对话。它们又都有一个简单然而生动的情节。这是一些小小的戏剧。而且，全是悲剧。这些悲剧都是突然发生的。蜨蝶在苜蓿园里遨游，乌鸦在桂树上端坐，原来都是很暇豫安适，自乐其生的，可是突然间横祸飞来，弄得妻离子散，家破人亡。《枯鱼过河泣》、《雉子班》虽未写遇祸前的景况，想象起来，亦当如是。朱矩堂曰"祸机之伏，从未有不于安乐得之"，对于这些诗来说，是贴切的。

三、为什么汉代会产生这样一些动物题材的民歌？写动物是为了写人。动物的悲剧是人民的悲剧的曲折的反映。对这些猝然发生的惨祸的陈述，是企图安居乐业的人民遭到不可抗拒的暴力的摧残因而发出的控诉。动物的痛苦即是人的痛苦。这一类诗多用第一人称，不是偶然的。这些痛苦是由谁造成的？谁是这些惨剧的对立面？《枯鱼》

未明指。《蜨蝶行》写得很隐晦。《雉子班》和《乌生》就老实不客气地点出了是"王孙"和"游遨荡子"，是享有特权的贵族王侯。这些动物诗，实际上写的是特权阶层对小民的虐害。我们知道，汉代的权豪贵戚是非常的横暴恣睢、无所不为的。权豪作恶，成为汉代政治上的一个大问题。这些诗，是当时的社会生活的很深刻的反映。

这些写动物诗，应当联系当时的社会生活来看，应当与一些写人的诗参照着看，——比如《平陵东》（这是一首写五陵年少绑架平民的诗，因与本题无关，故从略）。

民歌中的哲理

民歌，在本质上是抒情的。

民歌当中有没有哲理诗？

湖南古丈有一首描写插秧的民歌：

赤脚双双来插田，低头看见水中天。

行行插得齐齐整，退步原来是向前。

首先，这是民歌么？论格律，这是很工整的绝句。论意思，"退步原来是向前"，是所谓"见道之言"。这很像是晚唐和宋代的受了禅宗哲学影响的诗人搞出来的东西。然而细读全诗，这的确是劳动人民的作品。没有亲身参加过插秧劳动的人，是不可能有这样真切的体会的。这不是像白居易《观刈麦》那样只是以旁观者的身份在那里发一通感想。

或者，这是某个既参加劳动，也熟悉民歌的诗人所制作的拟民歌？刘禹锡、黄遵宪的某些诗和民歌放在一起，是几乎可以乱真的。但是我们还没有听说过古丈曾出过像刘禹锡、黄遵宪这样的诗人。

是从别的地方把拟作的民歌传进来的？古丈是个偏僻的地方，过去交通很不方便，这种可能性也不大。

看来，我们只能相信，这是民歌，这是出在古丈地方的民歌。

或者说，这是民歌，但无所谓哲理。"退步原来是向前"，是记实，插秧都是倒退着走的，值不得大惊小怪！不能这样讲吧。多少人插过秧，可谁想到过进与退之间的辩证关系？唱出这样的民歌的农民，确实是从实践中悟出一番道理。清代的湖南，出过几个农民出身的唯物主义的哲学家。莫非，湖南的农民特别长于思辩？吁，非所知矣。

何况前面还有一句"低头看见水中天"呢。抬头看天，是常情；低头看天，就有点哲学意味。有这一句，就证明"退步原来是向前"不是孤立的，突如其来的。从总体看，这首民歌弥漫着一种内在的哲理性。——同时又是生机活泼的,生动形象的,不像宋代某些"以理为诗"的作品那样平板枯燥。

民歌,在本质上是抒情的,但不排斥哲理。

民歌中有没有哲理诗,是一个值得探讨下去的题目。

《老鼠歌》与《硕鼠》

藏族民歌里有一首《老鼠歌》:

从星星还没有落下的早晨,
耕作到太阳落土的晚上;
用疲劳翻开这一锄锄的泥土,
见太阳升起又落下山岗。

收的谷子粒粒是血汗,
耗子在黑夜里把它往洞里搬;
这种冤枉有谁知道谁可怜,
唉,累死累活只剩下自己的辛酸。

我们的皇帝他不管,他不管,

我们的朋友只有月亮和太阳；

耗子呀，可恨的耗子呀，

什么时候你才能死光！

读了这首民歌，立刻让人想到《诗经》里的《硕鼠》。现代研究《诗经》的人，都认为《硕鼠》是劳动者对于统治阶级加在他们头上的不堪忍受的沉重的剥削所发出的怨恨，诸家都无异词。这首《老鼠歌》可以作为一个有力的旁证。如果看了周良沛同志的附注，《诗经》的解释者对于他们的解释就更有信心了：

"这支歌是清末的一个藏族农民劳动时的即兴之作。他以耗子的形象来影射统治者对人民的剥削。这支歌流行很广，后遭禁唱。一九三三年人民因唱这支歌，曾遭到反动统治者的大批屠杀。"

不同的时代，不同的地区，不同的民族，却用同样的形象，同样影射的方法来咒骂压在他们头上的剥削者，这是很有意思的事。其实也不奇怪，人同此心而已。他们遭受的痛苦是一样的。夺去他们的劳动果实的，有统治者，也有像田鼠一样的兽类。他们用老鼠来比喻统治者，正是"能近取譬"。硕鼠，即田鼠，偷盗粮食是很凶的。我在沽源，曾随农民去挖过田鼠洞。挖到一个田鼠洞，可以找到上斗的粮食。而且储藏得很好：豆子是豆子，麦子是麦子，高粱是高粱。分门别类，毫不混杂！这是一个典型的不劳而食者的粮仓。而且，田鼠多得很哪！

《硕鼠》是魏风。周代的魏进入了什么社会形态，我无所知。周良沛同志所搜集的藏族民歌，好像是云南西部的。那个地区的社会形态，我也不了解。"附注"中说这是一个"农民"的即兴之作，是自由农民呢？还是农奴呢？"统治者"是封建地主呢？还是农奴主呢？这些都无从判断。根据直觉的印象，这两首民歌都像是农奴制时代的产物。大批地屠杀唱歌人，这种事只有农奴主才干得出来。而《硕鼠》的"逝（誓）将去汝，适彼乐土"很容易让人想到农奴的逃亡。——封建农民是没有这种思想的。有人说"适彼乐土"只是空虚渺茫的幻想，其实这是十分现实的打算。这首诗分三节，三节的最后都说："逝将去汝"，这是带有积极的行动意味的。而且感情是强烈的。"逝将"乃决绝之词，并无保留，也不软弱。在农奴制社会里，逃亡，是当时仅能做到的反抗。我们不能用今天工人阶级的觉悟去苛求几千年前的农奴。这一点，我和一些《硕鼠》的解释者的看法，有些不同。

一九七九年四月二十三日写成

一九八〇年二月六日修改

"花儿"的格律

——兼论新诗向民歌学习的一些问题

在用汉语歌唱的民歌当中，"花儿"的形式是很特别的。其特别处在于：一个是它的节拍，多用双音节的句尾；一个是它的用韵，用仄声韵的较多，而且很严格。这和以七字句为主体的大部分汉语民歌很不相同。

一

徐迟同志最近发表的谈诗的通讯里，几次提到仿民歌体新诗的三字尾的问题。他提的这个问题是值得注意的。民歌固多三字尾，这是不以人的意志为转移的客观事实。

并非从来就是如此。《诗经》时代的民歌基本上是四言的，其节拍是"二——二"，即用两字尾。《诗经》有三言、五言、七言的句子，但是较为少见，不是主流。

三字尾的出现，盖在两汉之际，即在五言的民歌和五言诗的形成之际。五言诗的特点不在于多了一个字，而是节拍上起了变化，由"二——二"变成了"二——三"，也就是由两字尾变成了三字尾。

从乐府诗可以看出这种变化的痕迹。乐府多用杂言。所谓杂言，与其说是字数参差不齐，不如说是节拍多变，三字尾和两字尾同时出现，而其发展的趋势则是三字尾逐渐占了上风。西汉的铙歌尚多四字句，到了汉末的《孔雀东南飞》，则已是纯粹的五字句，句句是三字尾了。

中国诗体的决定因素是句尾的音节，是双音节还是三个音节，即是两字尾还是三字尾。特别是双数句，即"下句"的句尾的音节。中国诗（包括各体的韵文）的格律的基本形式是分上下句。上句，下句，一开一阖，形成矛盾，推动节奏的前进。一般是两句为一个单元。而在节拍上起举足轻重的作用的，是下句。尽管诗体千变万化，总逃不出三字尾和两字尾这两种格式。

三字尾一出现，就使中国的民歌和诗在节拍上和以前诗歌完全改观。这是一个划时代的变化。

从五言发展到七言，是顺理成章的必然趋势。五言发展到七言，不像四言到五言那样的费劲。只要在五言的基础上向前延伸两个音节就行了。五言的节拍是"二——三"，七言的节拍是"二——二——三"。七言的民歌大概比七言诗早一些。我们相信，先有"柳枝"、"竹枝"这样的七言的四句头山歌，然后才有七言绝句。

七言一确立，民歌就完全成了三字尾的一统天下。

词和曲在节拍上是对五、七言诗的一个反动。词、曲也是由三字尾的句子和两字尾的句子交替组织而成的。它和乐府诗的不同是乐府由两字尾向三字尾过渡，而词、曲则是有意识地在三字尾的句子之间加进了两字尾的句子。《花间集》所载初期的小令，还带有浓厚的五七言的痕迹。越到后来，越让人感觉到，在词曲的节拍中起着骨干作用的，是那些两字尾的句子。试看柳耆卿、周美成等人的慢词和元明的散曲和剧曲，便可证明这点。词、曲和诗的不同正在前者杂入了两字尾。李易安说苏、黄之词乃"字句不葺"的小诗。所谓"字句不葺"，是因为其中有两字尾。

词、曲和民歌的关系，我们还不太清楚。一些旧称来自"民间"的词曲牌，如"九张机"、"山坡羊"之类，从严格的意义上讲，能不能算是民歌，还很难说。似乎词、曲自在城市的里巷酒筵之间流行，而山村田野所唱的，一直仍是七言的民歌。

"柳枝"、"竹枝"，未尝绝绪。直到今天，中国大部分地区的民歌仍以七言为主，基本上是七言绝句。大理白族的民歌多用"七、七、七、五"或"三、七、七、五"，实是七绝的一种变体。湖南的五句头山歌是在七绝的后面加了一个"搭句"，即找补了一句，也可说是七绝的变体。有些地区的民歌，一首只有两句，而且每句的字数比较自由，比如陕北的"信天游"和内蒙的"爬山调"，但其节拍仍然是"二——二——三"，可以说这是"截句"之截，是半首七绝。总之，一千多年以来，中国的民歌，大部分是七言，四句，以致许多人一提起民歌，就以为这是说七言的四句头山歌。在许多人的心目中，"民歌"和四句头山歌几乎是同一概念。民歌即七言，七言即三字尾，"民歌"和"三字尾"分不开。因此，许多仿民歌体的新诗多用三字尾，不是没有来的。徐迟同志的议论即由此而发，他似乎为此现象感到某种不安。

但不是所有的民歌都是三字尾。"花儿"就不是这样。

"花儿"给人总的印象是双字尾。

我分析了《民间文学》一九七九年第一期发表的《莲花山"花儿"选》，发现"花儿"的格式有这样几种：

①四句，每句都用双音节的语词作为句尾，如：

　　　尕梯子搭在（者）蓝天上，双手把星星摘上，

398

风云雷电都管上，党中央给下的胆量。

除去一些衬字，这实际上是一首六言诗。

②四句，每句的句尾用双音节语词，而在句末各加一个相同的语气助词，如：

政策回到山垴呢，社员起黑贪早呢，

赶着日月赛跑呢，尕日子越过越好呢。

除去四个"呢"字，还是一首六言诗。

菊花盅里斟酒哩，人民心愿都有哩，

敬给伟大的共产党，一心紧跟你走哩。

这里"有"、"走"本是单音节语词，但在节拍上，"都有"、"你走"连在一起，给人一种双音节语词的感觉。这一首第三句是三字尾，于是使人感到在节拍上很像是"西江月"。

③四句，上句是三字尾，下句是两字尾：

黑云里闪出个宝蓝天，开红了园里的牡丹，

党中央清算了"四人帮"的债，人民（们）心坎上喜欢。

④上句是七字句，下句是五字句，七、五、七、五。但下句加一个语气助词，这个助词有延长感，当重读（唱），与前面的一个单音节语词相连，构成双音节的节拍，如：

山上的松柏绿油油地长，风吹（者）叶叶儿响哩；

人民的总理人民爱，由不得眼泪（吆）淌哩。

⑤四句，上句的句尾是双音节语词加语气助词，下句为单音节语词加助词。同上，下句的单音节语词与语气助词相连，构成双音节的节拍，如：

南山的云彩里有雨哩，地下青草（们）长哩；

毛主席的恩情暖在心里哩，年年（吧）月月地想哩。

⑥五句，在四句体的第三句后插入一个三音节的短句，或各句都是两字尾，或上句是三字尾，下句是两字尾：

党的阳光照上了，
山里飞起凤凰了，
心上的“花儿”唱上了，
有好政策，
才有了六月的会场了。

画了南昌（者）画延安，
常青松画在个高山，
叶帅的功德高过天，
危难时，
把毛主席的旗帜肘端。

⑦六句，即在四句体的两个上句之后各插入一个三音节的短句。上句常为三字尾，下句或用双音节语词，或以单

音节语词加语气助词构成双音节：

> 云消雾散的满天霞，
>
> 彩云飘，
>
> 花儿开红（者）笑吓；
>
> 群众拥护敌人怕，
>
> 邓副主席，
>
> 拨乱反正的胆大。

> 祁连山高（者）云雾绕，
>
> 雪山水，
>
> 清亮亮流出个油哩！
>
> 叶帅八十（者）不服老，
>
> 迈大步，
>
> 新长征要带个头哩！

⑧六句、七句，下句句尾或用双音节语词，或以单音节语词加一语气助词构成双音节。

总之，"花儿"的节拍是以双音节、两字尾为主干的。我们相信，如果联系了曲调来考察，这种双字尾的感觉会更加突出。"花儿"和三字尾的七言民歌显然不属于一个系统。如果说七字句的民歌和近体诗相近，那么"花儿"则和词曲靠得更紧一些。"花儿"的格律比较严谨，很像是一首朴素的小令。四句的"花儿"就其比兴、抒情、叙事的结构看，往往可分为两个单元，这和词的分为上下两片，也很相似。这是一个很奇怪的现象。"花儿"是用汉语的少数民族（东乡族、回族）的民歌，为什么它有这样独特的节拍，为什么它能独立存在，自成系统，其间的来龙去脉，我们现在还一无所知。但这是一个很值得探讨，并且非常有趣的问题。

二

另一问题是"花儿"的用韵，更准确一点说是它的"调"——四声。

中国话的分四声，在世界语言里是一个很特别的现象。它在中国的诗律——民歌、诗、词曲、戏曲的格律里又占着很重要的位置。离开四声，就谈不上中国韵文的格律。然而这是一个非常麻烦的问题。

首先是它的历史情况。四声是什么时候开始有的，众说不一。清代的语言学家就为此聚讼不休。争论的焦点是古代有无上去两声。直到近代，尚无定论。有人以为古代只有平入两声，上去是中古才分化出来的（如王了一）；有的以为上去古已有之（如周祖谟）。从作品看，我觉得至少《诗经》和《楚辞》时代已经有了四声——有了上去两声了，民歌的作者已经意识到，并在作品中体现了他们的认识。

比如《卿云歌》：

> 卿云烂兮，糺缦缦兮，
> 日月光华，旦复旦兮。

小时读这首民歌，还不完全懂它的意思，只觉得一片光明灿烂，欢畅喜悦，很受感动。这种华丽的艺术效果，无疑地是由一连串的去声韵脚所造成的。

又如《九歌》《礼魂》：

> 成礼兮会鼓，
> 传芭兮代舞，
> 姱女倡兮容与，
> 春兰兮秋菊，
> 长无绝兮终古。

年轻时读到这里，不仅听到震人肺腑的沉重的鼓声，也感受到对于受享的诸神的虔诚的诵颂之情。这种堂皇的艺术效果，也无疑地是由一连串的上声韵脚所造成的。

古今音不同，我们不能完全真切地体会到这两首民歌歌词的音乐性，但即以现代的语音衡量，这两首民歌的声音之美，是不容怀疑的。

从实践上看，上去两声的存在是相当久远的事，两者的调值也是有明显的区别的。至于平声、入声的存在，自不待言。

麻烦出在把四声分成平仄。这不知道究竟是什么时候的事。旧说沈约的《四声谱》把上去入归为仄声。不知道有什么根据。中国的语言从来不统一，这样的划分不知是根据什么时代、什么地区的语音来定的。我们设想，也许古代语言的平声没有分化成为阴平阳平，它是平的——"平声平道莫低昂"。入声古今变化似较小，它是促音，"入声短促急收藏"。上去两声，从历来的描模，实在叫人摸不着头脑。也许在一定时期，上去入是"不平"的，即有升有降的。但是平仄的规定，是在律诗确定的时候。或者更准确的说，是在唐代以律诗取士的时候。我很怀疑，这是官修的韵书所定，带有很大的人为的成分。我就不相信说四川话（当时的四川话）的李白和说河南话的杜甫，对于四声平仄的耳感是一致的。

就现代语言说，"平仄"对举是根本讲不通的。大部分方言平声已经分化成为阴平阳平。阴平在很多地区是高平调，可以说是平声。但有些地区是降调，既不高，也不平，如天津话和扬州话。阳平则多数地区都不"平"。或为升调，如北京话；或为降调，如四川、湖南话。现在还把阴平阳平算作一家，有些勉强。至于上去两声，相距更远。拿北京话来说，上声是降升调，去声是降调，说不出有共同之处。把上去入三声挤在一个大院里，更是不近情理。

因此，我们说平仄是一个带有人为痕迹的历史现象，在现代民歌和诗的创作里沿用平仄的概念，是一个不合实际的习惯势力。

沿用平仄的概念带来了不好的后果，一个是阴平阳平相混；一个是仄声通押，特别是上去通押。

阴平、阳平相混，问题小一些。因为有相当地区的阳平调值较高，与阴平比较接近。

大部分民歌和近体诗都是押平声韵的。为什么会这样，照王了一先生猜想，以为大概是因为它便于"曼声歌唱"。乍听似乎有理。但是细想一下，也不尽然。上去两声在大部地区的语言里都是可以延长，不妨其为曼声歌唱的。要说不便于曼声歌唱的，其实只有入声，因为它很短促。然而词曲里偏偏有很多押入声韵的牌子，这是什么道理？然而，民歌、诗，乃至词曲，平声韵多，这是事实。如果阴平、阳平有某种相近之处，听起来或者不那么别扭。

麻烦的是还有一些仄韵的民歌和近体诗。

本来这是不成问题的。照唐以前的习惯，仄韵诗中上去人不能通押。王了一先生在《汉语诗律学》里说："汉字共有平上去入四个声调；平仄格式中虽只论平仄，但是做起仄韵诗来，仍然应该分上去入。上声和上声为韵，去声和去声为韵，入声和入声为韵；偶然有上去通押的例子，都是变例。"不但近体诗是这样，古体诗也是这样。杜甫和李颀的许多多到几十韵的长篇歌行，都没有上去通押。白居易的《琵琶行》和《长恨歌》，照今天的语音读起来，间有上去通押处，但极少。

由此而见，唐人认为上去有别，上去通押是不好听的。

"花儿"的歌手也是意识到这一点的。我统计了一下《民间文学》一九七九年第一期发表的"花儿"，用平韵的十首，用仄韵的三十四首，仄韵多于平韵。仄韵中上去通押的也有，但不多，绝大部分是上声押上声，去声押去声。试看：

> 五月端阳插柳哩，牡丹开在路口哩，
>
> 共产党英明领导哩，精神咋能不有哩？

> 榆木安了镢把了，一切困难不怕了，
>
> 共产党的恩情记下了，劳动劲头越大了。

这样的严别上去，在民歌里显得很突出。

"花儿"的押韵还有一个十分使人惊奇的现象，是它有间行为韵这一体，上句和上句押，下句和下句押，就是西洋诗里的 ABAB，如：

> 南山的云彩里有雨哩，
>
> 地下的青草（们）长哩；
>
> 毛主席的恩情暖在心底哩，
>
> 年年（吧）月月地想哩。

"雨"和"底"协，"长"和"想"协。

> 东拐西弯的洮河水，（A）
>
> 不停（哈）流，（X）
>
> 把两岸的庄稼（们）浇大；（B）
>
> 南征北战的老前辈，（A）
>
> 朱委员长，（X）
>
> 把您的功德（者）记下。（B）

> 千年的苦根子毛主席拔了，（A）
>
> 高兴（者）把"花儿"漫了；（B）
>
> "四人帮"就像黑霜杀，（A）
>
> 我问你，（X）
>
> 唱"花儿"，把啥法犯了？！（B）

这样的间行为韵，共有七首，约占《民间文学》这一期发表的"花儿"总数的六分之一，不能说是偶然的现象。我后来又翻阅了《民间文学集刊》和过去的《民间文学》发表的"花儿"，证实这种押韵方式大量存在，这是"花儿"押韵的一种定格，无可怀疑。

间句为韵的一种常见的办法是两个上句或两个下句的句尾语词相同，如：

> 麦子拔下了草丢下，麻雀抱两窝蛋呢；
>
> 阿哥走了魂丢下，小妹妹做两天伴呢。

> 石崖吧头上的穗穗草，风刮着摆天下呢；
>
> 身子边尕妹的岁数小，疼模样占天下呢。

"花儿"还有一种非常精巧的押韵格式：四句的句尾押一个韵；而上句和上句的句尾的语词，下句和下句句尾前的语词又互相押韵。无以名之，姑且名之曰"复韵"，如：

> 冰冻三尺口子开，雷响了三声（者）雨来；
>
> 爱情缠住走不开，坐下是无心肠起来。

这里"开"、"来"为韵，"口"和"走"为韵，"雨"和"起"又为韵。

> 十样景装的（者）箱子里，小圆镜装的（者）柜子里；
>
> 我冤枉装的（者）腔子里，我相思病的（者）内里。

这里四个"里"字是韵，"箱子"、"腔子"为韵，"柜"、"内"又为韵。

间句为韵，古今少有。苏东坡有一首七律，除了双数句押韵外，单数句又互押一个韵，当时即被人认为是"奇格"。苏东坡写这样的诗是偶一为之，但这说明他意识到这样的押韵是有其妙处的。像"花儿"这样大量运用间行为韵，而且押得这样精巧，押出这样多的花样，真是令人惊叹！这样的间行为韵有什么好处呢？好处当然是有的，这就是比双句入韵、单句不入韵可以在声音上造成更为鲜明的对比，更大幅度的抑扬。我很希望诗人、戏曲作者能在作品里引进这种 ABAB 的韵格。在常见的 AAXA 和 XAXA 的两种押韵格式之外，增加一种新的（其实是本来就有的）格式，将会使我们的格律更丰富一些，更活泼一些。

"花儿"押韵的一个优点是韵脚很突出。原因是一句的韵脚也就是一句的逻辑和感情的重音。有些仿民歌体的新诗，也用了韵了，但是不那么突出，韵律感不强，虽用韵仍似无韵，诗还是哑的。原因之一，就是意思是意思，韵是韵，韵脚不在逻辑和感情重点上，好像是附加上去的。"花儿"的作者是非常懂得用韵的道理的，他们长于用韵，善于用韵，用得很稳，很俏，很好听，很醒脾。韵脚，是"花儿"的灵魂。删掉或者改掉一个韵脚，这首"花儿"就不存在了。

三

综上所述，我们可以为"花儿"的格律作一小结，以赠
有志向民歌学习的新诗人：

（1）"花儿"多用双音节的句尾，即两字尾。学习它，
对突破仿民歌体新诗的三字尾是有帮助的。汉语的发展趋
势是双音节的词汇逐渐增多，完全用三字尾作诗，有时不免
格格不入。有的同志意识到这一点，出现了一些吸收词曲
格律的新诗，如朔望同志的某些诗，使人感到面目一新。
向词曲学习，是突破三字尾的一法，但还有另一法，是向
"花儿"这样的民歌学习。我并不同意完全废除三字尾，三
字尾自有其方兴未艾的生命。我只是主张增入两字尾，使
民歌体的新诗的格律更丰富多样一些。

（2）"花儿"是严别四声的。它没有把语言的声调笼统
地分为平仄两大类。上去通押极少。上声和上声为韵，去
声和去声为韵，在声音上取得很好的效果。上去通押，因
受唐以来仄声说的影响，在多数诗人认为是名正言顺、理所
当然的事。其实这是一种误会，这在耳感上是不顺的，是

会影响艺术效果的。希望诗人在押韵时能注意到这一点。

（3）"花儿"的作者对于语言、格律、声韵的感觉是非常敏锐的。他们不觉得守律、押韵有什么困难，这在他们一点也不是负担。反之，离开了这些，他们就成了被剪去翅膀的鸟。据剑虹同志在《试谈"花儿"》中说："每首'花儿'的创作时间顶多不能超过三十秒钟。"三十秒钟！三十秒钟，而能在声韵、格律上如此的精致，如此的讲究，真是难能之至！其中奥妙何在呢？奥妙就在他们赖以思维的语言，就是这样有格律的、押韵的语言。他们是用诗的语言来想的。莫里哀戏剧里的汝尔丹先生说了四十多年的散文，民歌的歌手一辈子说的（想的和唱的）是诗。用合乎格律、押韵的、诗的语言来思维（不是想了一个散文的意思再翻译为诗）。这是我们应该向民歌手学习的。我们要学习他们，训练自己的语感、韵律感。

我对于民歌和诗的知识都很少，对语言声韵的知识更是等于零，只是因为有一些对于民歌和诗歌创作的热情，发了这样一番议论。

我希望，能加强对于诗和民歌的格律的研究。

我和民间文学

前年在兰州听一位青年诗人告诉我，他有一次去参加花儿会，和婆媳二人同坐在一条船上。这婆媳二人一路交谈，她们说的话没有一句不是押韵的！这媳妇走进一个奶奶庙去求子。她跪下来祷告。那祷告词是：

今年来了，我是跟您要着哩，

明年来了，我是手里抱着哩，

咯咯嘎嘎地笑着哩！

这使得青年诗人大为惊奇了。我听了，也大为惊奇。这样的祷词是我听到过的最美的祷词。群众的创造才能真是不可想象！生活中的语言精美如此，这就难怪西北几省的"花儿"押韵押得那样巧妙了。

去年在湖南桑植听（看）了一些民歌。有一首土家族情歌：

> 姐的帕子白又白，
>
> 你给小郎分一截。
>
> 小郎拿到走夜路，
>
> 如同天上蛾眉月。

我认为这是我看到的一本民歌集的压卷之作。不知道为什么，我立刻想起王昌龄的《长信秋词》："玉容不及寒鸦色，犹带昭阳日影来。"二者所写的感情完全不同，但是设想的奇特有其相通处。帕子和月光，妙在似与不似之间。民歌里有一些是很空灵的，并不都是质实的。

一个作家读一点民间文学有什么好处？我以为首先是涵泳其中，从群众那里吸取诗的乳汁，取得美感经验，接受民族的审美教育。

我曾经编过大约四年《民间文学》期刊，后来写了短篇小说。要问我从民间文学里得到什么具体的益处，这不好回答。这不能像《阿诗玛》里所说的那样：吃饭，饭进到肉里；喝水，水进了血里。要指出我的哪篇小说受了哪几篇民间文学的影响，是不可能的。不过有两点可以说一说。一是语言的朴素、简洁和明快。民歌和民间故事的语言没有是含糊费解的。我的语言当然是书面语言，但包含一定的口头性。如果说我的语言还有一点口语的神情，跟我读过上万篇民间文学作品是有关系的。其次是结构上的平易自然，在叙述方法上致力于内在的节奏感。民间故事和叙事诗较少描写。偶尔也有，便极精采，如孙剑冰同志所记内蒙故事中的"鱼哭了，流出长长的眼泪"。一般故事和民间叙事诗多侧重于叙述。但是叙述的节奏感很强。"三度重叠"便是民间文学的一种常见的美学法则。重叙述，轻描写，已经成为现代小说的一个显著特点。在这一点上，小说需要向民间文学学习的地方很多。

我认为，一个作家要想使自己的作品具有鲜明的民族风格、民族特点，不学习民间文学是绝对不行的。

我的话说得很直率，但确是由衷之言，肺腑之言。

我的创作生涯

　　我生在一个地主家庭。祖父是清朝末科的拔贡，——从他那一科以后，就"废科举，改学堂"了。他对我比较喜欢。有一年暑假，他忽然高了兴，要亲自教我《论语》。我还在他手里"开"了"笔"，做过一些叫做"义"的文体的作文。"义"就是八股文的初步。我写的那些作文里有一篇我一直还记得："孟子反不伐义。"孟子反随国君出战，兵败回城，他走在最后。事后别人给他摆功，他说："非敢后也，马不前也。"为什么我对孟子反不伐其功留下深刻的印象呢？现在想起来，这一小段《论语》是一篇极短的小说：有人物，有情节，有对话。小说，或带有小说色彩的文章，是会给人留下深刻的印象的。并且，这篇极短的小说对我的品德的成长，是有影响的。小说，对人是有作用的。我在后面谈到文学功能的问题时还会提到。我的父亲是个很有艺术气质的人。他会画画，刻图章，拉胡琴，摆弄各种乐器，糊风筝。他糊的蜈蚣（我们那里叫做"百脚"）是用胡琴的老弦放的。用胡琴弦放风筝，我还没有见过第二人。如果说我对文学艺术有一点"灵气"，大概跟我从父亲那里接受来的遗传基因有点关系。我喜欢看我父亲画画。我喜欢"读"画帖。我家里有很多有正书局珂罗版影印的画帖，我就一本一本地反复地看。我从小喜欢石涛和恽南田，不喜欢仇十洲，也不喜欢王石谷。倪云林我当时还看不懂。我小时也"以画名"，一直想学画。高中毕业后，曾想投考当时在昆明的杭州美专。直到四十多岁，我还想彻底改行，到中央美术学院从头学画。我的喜欢看画，对我的文学创作是有影响的。我把作画的手法融进了小说。有的评论家说我的小说有"画意"，这不是偶然的。我对画家的偏爱，也对我的文学创作有影响。我喜欢疏朗清淡的风格，不喜欢繁复浓重的风格，对画，对文学，都如此。

一个人的成为作家，跟小时候所受的语文教育，跟所师事的语文教员很有关系。从小学五年级到初中三年级，教我们语文（当时叫做"国文"），都是高北溟先生。我有一篇小说《徙》，写的就是高先生。小说，当然会有虚构，但是基本上写的是高先生。高先生教国文，除了部定的课本外，自选讲义。我在《徙》里写他"所选的文章看来有一个标准：有感慨，有性情，平易自然。这些文章有一个贯串性的思想倾向，这种倾向大体上可以归结为：人道主义"，是不错的。他很喜欢归有光，给我们讲了《先妣事略》、《项脊轩志》。我到现在还记得他讲到"世乃有无母之人，天乎痛哉"，"庭有枇杷树，吾妻死之年所手植也，今已亭亭如盖矣"的时候充满感情的声调。有一年暑假，我每天上午到他家里学一篇古文，他给我讲的是"板桥家书"、"板桥道情"。我的另一位国文老师是韦子廉先生。韦先生没有在学校里教过我。我的三姑父和他是朋友，一年暑假请他到家里来教我和我的一个表弟。韦先生是我们县里有名的书法家，写魏碑，他又是一个桐城派。韦先生让我每天写大字一页，写《多宝塔》。他教我们古文，全部是桐城派。我到现在还能背诵一些桐城派古文的片段。印象最深的是姚鼐的《登泰山记》。"苍山负雪，明烛天南。望晚日照城郭，汶水、徂徕如画，而半山居雾若带然。""苍山负雪，明烛天南"，我当时就觉得写得非常的美。这几十篇桐城派古文，对我的文章的洗炼，打下了比较坚实的基础。

一九三八年，我们一家避难在乡下，住在一个小庙，就是我的小说《受戒》所写的庵子里。除了准备考大学的数理化教科书外，所带的书只有两本，一本屠格涅夫的《猎人日记》，一本《沈从文选集》，我就反反复复地看这两本书，这两本书对我后来的写作，影响极大。

一九三九年，我考入西南联大的中国文学系，成了沈从文先生的学生。沈先生在联大开了三门课，一门"各体文习作"是中文系二年级必修课；一门"创作实习"，一门"中国小说史"。沈先生是凤凰人，说话湘西口音很重，声音又小，简直听不清他说的是什么。他讲课可以说是毫无系统。没有课本，也不发讲义。只是每星期让学生写一篇习作，第二星期上课时就学生的习作讲一些有关的问题。"创作实习"由学生随便写什么都可以，"各体文习作"有时会出一点题目。我记得他给我的上一班出过一个题目：《我们的小庭院有什么》。有几个同学写的散文很不错，都由沈先生介绍在报刊上发表了。他给我的下一班出过一个题目，这题目有点怪：《记一间屋子的空气》。我那一班他出过什么题目，我倒记不得了。沈先生的这种办法是有道理的，他说："先得学会车零件，然后才能学组装。"现在有些初学写作的大学生，一上来就写很长的大作品，结果是不吸引人，不耐读，原因就是"零件"车得少了，基本功不够。沈先生讲创作，讲得最多的一句话，是"要贴到人物写"。我们有的同学不懂这话是什么意思。照我的理解，他的意思是：小说里，人物是主要的，主导的；其余部分都是次要的，派生的。作者的感情要随时和人物贴得很紧，和人物同呼吸，共哀乐。不能离开人物，自己去抒情，发议论。作品里所写的景象，只是人物生活的环境。所写之景，既是作者眼中之景，也是人物眼中之景，是人物所能感受的，并且是浸透了他的哀乐的。环境，不能和人物游离，脱节。用沈先生的说法，是不能和人物"不相粘附"。他的这个意思，我后来把它称为"气氛即人物"。这句话有人觉得很怪，其实并不怪。作品的对话得是人物说得出的话，如李笠翁所说："写一人即肖一人之口吻。"我们年轻时往往爱把对话写得很美，很深刻，有哲理，有诗意。我有一次写了这样一篇习作，沈先生说："你这不是对话，是两个聪明脑壳打架。"对话写得越平常，越简单，越好。托尔斯泰说过："人是不能用警句交谈的。"如果有两个人在火车站上尽说警句，旁边的人大概会觉得这二位有神经病。沈先生这句简单的话，我以为是富有深刻的现实主义精神的。沈先生教写作，用笔的时候比用口的时候多。他常常在学生的习作后面写很长的读后感（有时比原作还长）。或谈这篇作品，或由此生发开去，谈有关的创作问题。这些读后感都写得很精彩，集中在一起，会是一本很漂亮的文论集。可惜一篇也没有保存下来，都失散了。沈先生教创作，还有一个独到的办法。看了学生的习作，找了一些中国和外国作家用类似的方法写成的作品，让学生看，看看人家是怎么写的，我记得我写过一篇《灯下》（这可能是我发表的第一篇小说），写一个小店铺在上灯以后各种人物的言谈行动，无主要人物，主要情节，散散漫漫，是所谓"散点透视"吧。沈先生就找了几篇这样写法的作品叫我看，包括他自己的《腐烂》。这样引导学生看作品，可以对比参照，触类旁通，是会收到很大效益，很实惠的。

创作能不能教，这是一个世界性的争论的问题。我以为创作不是绝对不能教，问题是谁来教，用什么方法教。教创作的，最好本人是作家。教，不是主要靠老师讲，单是讲一些概论性的空道理，大概不行。主要是让学生去实践，去写，自己去体会。沈先生把他的课程叫做"习作"、"实习"，是有道理的。沈先生教创作的方法，我以为不失为一个较好的方法。

我二十岁开始发表作品，今年七十岁了，写作生涯整整经过了半个世纪。但是写作的数量很少。我的写作中断了几次。有人说我的写作经过了一个三级跳，可以这样说。四十年代写了一些。六十年代初写了一些。当中"文化大革命"，搞了十年"样板戏"。八十年代后小说、散文写得比较多。有一个朋友的女儿开玩笑说"汪伯伯是大器晚成"。我绝非"大器"，——我从不写大作品，"晚成"倒是真的。文学史上像这样的例子不是很多。不少人到六十岁就封笔了，我却又重新开始了。是什么原因，这里不去说它。

有一位评论家说我是唯美的作家。"唯美"本不是属于"坏话类"的词，但在中国的名声却不大好。这位评论家的意思无非是说我缺乏社会责任感，使命感，我的作品没有强烈的现实意义和教育作用。我于此别有说焉。教育作用有多种层次。有的是直接的。比如看了《白毛女》，义愤填膺，当场报名参军打鬼子。也有的是比较间接的。一个作品写得比较生动，总会对读者的思想感情、品德情操产生这样那样的作用。比如读了孟子反不伐，我不会立刻变得谦虚起来，但总会觉得这是高尚的。作品对读者的影响常常是潜在的，过程很复杂，是所谓"潜移默化"。正如杜甫诗《春雨》中所说："随风潜入夜，润物细无声。"我曾经说过，我希望我的作品能有益于世道人心，我希望使人的感情得到滋润，让人觉得生活是美好的，人，是美的，有诗意的。你很辛苦，很累了，那么坐下来歇一会，喝一杯不凉不烫的清茶，——读一点我的作品。我对生活，基本上是一个乐观主义者，我认为人类是有前途的，中国是会好起来的。我愿意把这些朴素的信念传达给人。我没有那么多失落感、孤独感、荒谬感、绝望感。我写不出卡夫卡的《变形记》那样痛苦的作品，我认为中国也不具备产生那样的作品的条件。

一个当代作家的思想总会跟传统文化、传统思想有些血缘关系。但是作家的思想是一个复合体，不会专宗那一种传统思想。一个人如果相信禅宗佛学，那他就出家当和尚去得了，不必当作家。废名晚年就是信佛的，虽然他没有出家。有人说我受了老庄思想的影响，可能有一些。我年轻时很爱读《庄子》。但是我自己觉得，我还是受儒家思想影响比较大一些。我觉得孔子是个通人情，有性格的人，他是个诗人。我不明白，为什么研究孔子思想的人，不把他和"删诗"联系起来。他编选了一本抒情诗的总集——《诗经》，为什么？我很喜欢《论语·曾晳冉有公西华侍坐》，"暮春者，春服即成，冠者五六人、童子六七人，浴乎沂，风乎舞雩，咏而归"，曾点的这种潇洒自然的生活态度是很美的。这倒有点近乎庄子的思想。我很喜欢宋儒的一些诗："万物静观皆自得，四时佳兴与人同；""顿觉眼前生意满，须知世上苦人多。""生意满"，故可欣喜，"苦人多"，应该同情。我的小说所写的都是一些小人物、"小儿女"，我对他们充满了温爱，充满了同情。我曾戏称自己是一个"中国式的抒情人道主义者"，大致差不离。

前几年，北京市作协举行了一次我的作品的讨论会，我在会上作了一个简短的发言，题目是"回到现实主义，回到民族传统"。为什么说"回到"呢？因为我在年轻时曾经受过西方现代派的影响。台湾一家杂志在转载我的小说的前言中，说我是中国最早使用意识流的作家。不是这样。在我以前，废名、林徽音都曾用过意识流方法写过小说。不过我在二十多岁时的确有意识地运用了意识流。我的小说集第一篇《复仇》和台湾出版的《茱萸集》的第一篇《小学校的钟声》，都可以看出明显的意识流的痕迹。后来为什么改变原先的写法呢？有社会的原因，也有我自己的原因。简单地说：我是一个中国人。我觉得一个民族和另一个民族无论如何不会是一回事。中国人学习西方文学，绝不会像西方文学一样，除非你侨居外国多年，用外国话思维。我写的是中国事，用的是中国话，就不能不接受中国传统，同时也就不能不带有现实主义色彩。语言，是民族传统的最根本的东西。不精通本民族的语言，就写不出具有鲜明的民族特点的文学。但是我所说的民族传统是不排除任何外来影响的传统，我所说的现实主义是能容纳各种流派的现实主义。比如现代派、意识流，本身并不是坏东西。我后来不是完全排除了这些东西。我写的小说《求雨》，写望儿的父母盼雨。他们的眼睛是蓝的，求雨的望儿的眼睛是蓝的，看着求雨的孩子的过路人的眼睛也是蓝的，这就有点现代派的味道。《大淖记事》写巧云被奸污后错错落落，飘飘忽忽的思想，也还是意识流。不过，我把这些溶入了平常的叙述语言之中，不使它显得"硌生"。我主张纳外来于传统，融奇崛于平淡，以俗为雅，以故为新。

关于写作艺术，今天不想多谈，我也还没有认真想过，只谈一点：我非常重视语言，也许我把语言的重要性推到了极致。我认为语言不只是形式，本身便是内容。语言和思想是同时存在，不可剥离的。语言不仅是所谓"载体"，它是作品的本体。一篇作品的每一句话，都浸透了作者的思想感情。我曾经说过一句话：写小说就是写语言。语言是一种文化现象。谁也没有创造过一句全新的语言。古人说：无一字无来历。我们的语言都是有来历的，都是从前人的语言里继承下来，或经过脱胎、翻改。语言的后面都有文化的积淀。一个人的文化修养越高，他的语言所传达的信息就会更多。毛主席写给柳亚子的诗"落花时节读华章"，"落花时节"不只是落花的时节，这是从杜甫《江南逢李龟年》里化用出来的。杜甫的原诗是：

岐王宅里寻常见，

崔九堂前几度闻。

正是江南好风景，

落花时节又逢君。

"落花时节"就包含了久别重逢的意思。

语言要有暗示性，就是要使读者感受到字面上所没有写出来的东西，即所谓言外之意，弦外之音。朱庆余的《近试上张水部》，写的是一个新嫁娘：

洞房昨夜停红烛，

待晓窗前拜舅姑。

妆罢低声问夫婿，

画眉深浅入时无？

诗里并没有写出这个新嫁娘长得怎么样，但是宋人诗话里就指出，这一定是一个绝色的美女。因为字里行间已经暗示出来了。语言要能引起人的联想，可以让人想见出许多东西。因此，不要把可以不写的东西都写出来，那样读者就没有想象余地了。

语言是流动的。

有一位评论家说：汪曾祺的语言很怪，拆开来没有什么，放在一起，就有点味道。我想谁的语言都是这样，每一句都是平常普通的话，问题就在"放在一起"，语言的美不在每一个字，每一句，而在字与字之间，句与句之间的关系。包世臣论王羲之的字，说他的字单看一个一个的字，并不觉得怎么美，甚至不很平整，但是字的各部分，字与字之间"如老翁携带幼孙，顾盼有情，痛痒相关"。文学语言也是这样，句与句，要互相映带，互相顾盼。一篇作品的语言是有一个整体，是有内在联系的。文学语言不是像砌墙一样，一块砖一块砖叠在一起，而是像树一样，长在一起的，枝干之间，汁液流转，一枝动，百枝摇。语言是活的。中国人喜欢用流水比喻行文。苏东坡说"大略如行云流水"，"吾文如万斛泉源"。说一个人的文章写得很顺，不疙里疙瘩的，叫做"流畅"。写一个作品最好全篇想好，至少把每一段想好，不要写一句想一句。那样文气不容易贯通，不会流畅。

附录:

《晚翠文谈》初版本目录

自序

关于《受戒》

《大淖记事》是怎样写出来的

《汪曾祺短篇小说选》自序

《晚饭花集》自序

美学感情的需要和社会效果

回到现实主义,回到民族传统

道是无情却有情

＊ 《晚翠文谈》,浙江文艺出版社,一九八八年三月第一版第一次印刷。

编后记

汪曾祺的文论集《晚翠文谈》从一九八六年开始筹划。他在一九八六年八月二十日给妹婿金家渝写信云："前两天编完了我的一本创作谈和评论的集子，名曰《晚翠文谈》，交给浙江文艺出版社了，大概明年上半年能出版。" 一九八八年三月，这本书才由浙江文艺出版社出版。其间可能颇多曲折。

程绍国《文坛双璧》中说："《晚翠文谈》原是应北京出版社之约编就，交稿后却未通过。责任编辑舍不得，又不好意思退稿，与林斤澜商量，眼睛都红了。林斤澜说：'交给我吧。'便略加整理，添上两篇新作，林斤澜介绍给浙江文艺出版社，出版了。"交到浙江文艺出版社，大约也不是一路绿灯。林斤澜给浙江文艺的编辑写信谈这本书稿："汪曾祺说，你看了《晚翠文谈》稿后，给他去信说'大部分可用'。此事有些意外。汪老的文章你们都是推崇的，年近七十，今后的集子恐不多得。原先和温总一起，在我家说定不作删削。而后由我帮汪编出来，请你们多所考虑，最好照发，要挑也只能挑出来不关紧要的个别篇章。'大部分可用'不妥。"

汪曾祺一九八七年去美国参加爱荷华国际写作计划，写给夫人的信中又提及此事："反正在国外就是这样，交情是交情，钱是钱。像林斤澜那样和浙江洽商《晚翠文谈》，门也没有。"

《晚翠文谈》最终得以出版，也只印了两千七百册，以致汪曾祺"心有余悸"。一九八八年四月三日，他给漓江出版社《汪曾祺自选集》责任编辑彭匈写信，关于书的征订非常关心："自选集征订数惨到什么程度？ 我在浙江文艺出版社出了一本《晚翠文谈》，只印了2700册，出版社为此赔本，我心里很不安。漓江恐怕赔不了这个钱，早知如此，真不该出这本书。"

《晚翠文谈》作为一本纯粹的文论集，普通读者的热情或许不高，这也正常。但是，它集中反映了汪曾祺的创作思想，有其独立的价值。此重编本，仍尽量贴近初版本的编选原则，略微做了调整。

编后记

第一辑是创作谈和自序。《汪曾祺集》十种的初版本自序，分别收录在每一本书中；此外，作者给自己的著作所写自序、题记，就都在这里了。

第二辑是文学评论，包括讲稿。

第三辑是为别人的著作所写序言和短评。

第四辑是戏曲杂论和谈民间文学、创作经历的文章。

李建新

二〇一七年四月十三日